读客悬疑文库

认准读客读悬疑,本本都是大师级。

哲瑞·雷恩的最后一案

[美] 埃勒里·奎因 著　　刘臻 译

河南文艺出版社
·郑州·

DRURY LANE'S LAST CASE
copyright © 1933 BY BARNABY ROSS, COPYRIGHT RENEWED BY ELLERY QUEEN
This edition arranged with JABberwocky Literary Agency, Inc.
Through Big Apple Agency, Inc.
Simplified Chinese edition copyright © 2025 Dook Media Group Limited
All rights reserved.

中文版权 © 2025 读客文化股份有限公司
经授权，读客文化股份有限公司拥有本书的中文（简体）版权
豫著许可备字-2024-A-0059

图书在版编目（CIP）数据

哲瑞·雷恩的最后一案 /（美）埃勒里·奎因著；刘臻译. —— 郑州：河南文艺出版社，2025. 2. —— ISBN 978-7-5559-1720-5

Ⅰ. I712.45

中国国家版本馆CIP数据核字第2024AS2780号

哲瑞·雷恩的最后一案

著　　者	［美］埃勒里·奎因
译　　者	刘　臻
责任编辑	孙清文
责任校对	殷现堂
特约编辑	顾珍奇
策　　划	读客文化
版　　权	读客文化
封面设计	陈绮清　李子琪
出版发行	河南文艺出版社
印　　刷	河北中科印刷科技发展有限公司
开　　本	880mm × 1230mm　1/32
印　　张	10.75
字　　数	253 千
版　　次	2025 年 2 月第 1 版　2025 年 2 月第 1 次印刷
定　　价	79.90 元

如有印刷、装订质量问题，请致电 010-87681002（免费更换，邮寄到付）
版权所有，侵权必究

DRURY LANE'S LAST CASE

The Tragedy of 1599
1599年的悲剧

作者的话

当一位专业美食家因自己的职业，正无可奈何地咀嚼着可怕的食物时，突然遇到了一道罕见的美味佳肴，这种勾起食欲的滋味简直让人起死回生。而我记录下的戏剧圈那位伟大的老人——哲瑞·雷恩先生付出卓绝的努力解决的最后一案，正是这样一桩案子。

能够默默地担任雷恩先生的速记员，记录他的丰功伟绩，实属我的荣幸。在我命名为"X的悲剧""Y的悲剧""Z的悲剧"的案件中，雷恩先生表现出的非凡思维可塑性，没有人会质疑——就算你对这位演员本人抱有不同看法。但是，记录下这位伟人所解决的最后一案，不仅是一种荣幸，更是一种责任。我将副标题定为"1599年的悲剧"，诸位读完本书时自然会明白个中原因。我说"责任"是因为，如果说在上述已经记录下来的三桩犯罪调查中，雷恩先生凭借思维过程的卓越性让同行和公众大吃一惊的话，那么这桩案子会让他们更加瞠目结舌，因为这桩案子终结了他自封的法律守护者的事业。而且，向那些付出极大耐心、给予无限鼓励并且时而热情关注着哲瑞·雷恩命运的人隐瞒这段惊人的冒险无疑是令人遗憾的不公行径。

  以我个人偏颇的观点来看，本书所记载的案件不但奇特而且罕见，在整个犯罪学史上没有先例可循。

埃勒里·奎因[1]

---

[1] 本书最初是以"巴纳比·罗斯"的名义出版的，初版时的署名是罗斯。——译者注（本书注释若无特殊说明，皆为译者注）

案件中出场人物

阿朗佐·乔特博士,不列颠博物馆即将退休的馆长

哈姆内特·塞德拉,不列颠博物馆即将上任的馆长

莉迪亚·萨克森夫人,艺术赞助人

克拉布,萨克森家的图书管理员

戈登·罗,年轻学者

阿莱斯博士,藏书家

马克斯韦尔,阿莱斯博士的仆人

多诺霍,不列颠博物馆的特聘警卫

乔·维拉,窃贼

乔治·费希尔,巴士司机

博林,塔里敦警察局局长

萨姆探长,退休探长

佩兴丝·萨姆,探长的女儿

哲瑞·雷恩先生,即将谢幕的演员

其他人物：塞缪尔·萨克森（已故）、约翰·汉弗莱-邦德爵士（已故）、詹姆斯·韦思（健在，但没有露面）、博物馆员工、警察、地方检察官、里沃利巴士公司员工、来自印第安纳州的十七位学校老师等

地点：纽约市及其周边地区

时间：不久之后

序 幕
约瑟夫的胡子

那胡子很奇怪,不同寻常,甚至有些滑稽。胡子的形状就像法国人的铲子,呈现出最奇特的卷曲形状,从那看不见的下巴一直延伸到那看不见的衣领下边缘整齐的尖角处。这一连串完美的胡子卷有一种女孩子气,又有一种尊贵气,好像宙斯雕像上威严的大胡子。但是吸引眼球的既不是胡子鲜明的尖端分叉带来的美感,也不是它那螺旋卷富有的韵律感。真正叫人惊讶的是那胡子的颜色。

那是名副其实的约瑟夫[1]的胡子,就像约瑟夫的外衣一样斑驳陆离、条纹交错,闪烁着令人意想不到的黑色、蓝色和绿色。难道是爱开玩笑的阳光让它变得五彩斑斓的?还是这个有大胡子的人不知出于什么原因,将这庄严的长须放在实验室的桌子上,接着把非凡的胡子用化学药剂洗涤过?这仿若奥林匹斯诸神一般的胡子应该

---

1 《圣经》中的人物,据《福音书》载,他是耶稣母亲玛利亚的丈夫,经常以大胡子的形象出现在艺术作品中。

有着不俗的来头。有人会觉得它有着重要的历史意义，值得博物馆珍藏，保存下来供后人瞻仰。

萨姆探长曾经在纽约警察局工作，现在已经退休，靠着私人侦探社的工作来安抚自己焦躁不安的心灵。他已经干了四十年的警察工作，足以让他对人类的奇特行为习以为常。但是，在这个五月的某个阳光和煦的周一早晨，来访者下巴上那非同凡响的胡子着实让他先是惊恐万分，继而又十分着迷。在探长以往的经历中，他还从未见过五颜六色的胡子如此这般惊人地组合在一起。他瞪大了眼睛，仿佛怎么看也看不够。

最终他开了口：“请坐。"那声音很微弱。他瞥了一眼桌上的日历，想看看自己是不是中了什么健忘的魔法而忘记今天是愚人节。然后他深深地陷在椅子里，摩挲着泛青的宽大下巴，用敬畏、惊讶的眼神注视着来访者。

彩虹胡子不慌不忙地坐了下来。

萨姆探长打量起他来。对方是个瘦高个儿，其他几乎也看不出个名堂来，因为他身体的其他部分好像被衣服裹得很紧，和他的下巴一样神秘莫测。他穿了很多衣服，仿佛身体被裹上了一层又一层的厚布。探长训练有素的眼睛看到这人戴着手套的手上露出纤细的手腕，他还有纤细的腿——无疑说明他是个很瘦的人。蓝色的眼镜遮住了男人的眼睛。他戴了一顶难以形容的软呢帽。走进探长的办公室时，他表现出一副迷人的漫不经心的样子，并没有把帽子摘掉，这也恰好遮住了他脑袋的形状和头发的颜色。

彩虹胡子始终一言不发，就好像宙斯那般沉默不言。

萨姆咳了两声。"有事吗？"他鼓励对方开口。

胡子先生动了动，好像来了兴致。

"有事吗？我能为你做点儿什么？"

突然，对方两条瘦削的腿交叉在一起，戴着手套的双手也交握在一起，放在瘦骨嶙峋的膝盖上。"我猜你就是萨姆探长本人吧？"那个怪人用略带沙哑的声音说道。萨姆紧张地抽动了一下，仿佛听到一尊雕像在说话。

"正是在下，"探长轻声说道，"你是——？"

对方挥了挥手："这不重要，探长。事实上——我该怎么说呢？——我要向你提出一个相当不同寻常的请求。"

探长心想，以你这副打扮，如果你不提出请求，那才不同寻常呢！想到这里，他不禁站了起来。平日里他的那点儿精明已经赶走了眼中的惊讶。他的手轻轻移动到桌子后面看不见的地方，拨动了一个小开关，随之响起了人耳几乎听不见的嗡嗡声，那位彩虹胡子先生显然没有注意到这声响。

"坐在那把椅子上的人大都是有所请求的。"探长风趣地说。

那人从嘴唇周围的胡子丛中探出小小的舌尖，而他的舌尖好像被胡子怪异的颜色给吓到了，又匆忙缩了回去："我可以告诉你，探长，我一直在找你。你吸引我的原因是，你似乎不是……啊……那种普通的私人侦探。"

"我们的目标是让客户满意。"

"非常好。非常好……啊……你是绝对私人的吗？我的意思是，你现在和警方没有半点儿关系吧，探长？"萨姆紧盯着他，他继续说："你瞧，我必须搞清楚。我交给你的事情必须严格保密。"

"我守口如瓶,"萨姆的语气中带着不快,"我甚至不会告诉我最好的朋友——如果你是担心这个的话。除非是什么见不得人的事,否则打死我都不会说的,先生。但萨姆侦探社绝不会和歹人同流合污。"

"哦,不,不,"彩虹胡子赶紧说,"绝不是那种事情,我向你保证。只是这事情有点儿……有点儿不一般,探长。"

"如果那是关于你妻子和她男朋友的事,"探长说道,"我可没兴趣。这儿不是那种侦探社。"

"不,不,探长,完全不是家庭纠纷。不是那种事。这事……嗯,总而言之,"彩虹胡子说道,他的呼吸搅动了下巴上的胡须,"我想请你替我保管一样东西。"

"哦,"萨姆说,他稍微动了动,"保管什么?"

"一个信封。"

"信封?"探长皱起眉头,"里面是什么?"

彩虹胡子表现出意想不到的坚定。他的双唇紧闭:"不,我不能告诉你。当然说和不说没什么差别吧?"

探长冷峻的灰眼睛盯了这位非比寻常的来访者几秒钟,依然无法看透那副蓝眼镜。"我明白了。"探长说道,虽然很明显他并不明白,"只是,你说替你保管,这话是什么意思?"

"替我安全地保管,直到我要拿回去。类似托管那种。"

萨姆打了个哈欠:"见鬼,我又不是开保险库的。你为什么不去银行?那样,价钱也便宜些。"

"恐怕你还是不明白,探长,"彩虹胡子小心翼翼地说,"你该知道,那样是行不通的。我必须把它交给一个人来妥善保管,你知道的,这个人必须是一个诚实正直的人。"他仔细打量着探长那张坚毅的胖脸,好像在重新衡量这位勇敢强悍的先生是否值得信赖。

"听到了,"萨姆说,"听到了,也明白了。好吧,让我们看看东西,无名氏先生。拿来看看,瞧瞧看!"

有一会儿,来访者毫无反应,但是他一旦有了反应,就十分迅速,似乎是在深思熟虑之后下定了决心。他戴着手套的右手在层层包裹的衣服下面摸索着,过了一会儿,抓出一个长长的棕色马尼拉纸信封。萨姆两眼发亮,伸出手。对方不情愿地把信封递到他手中。

这是一个普通的马尼拉纸信封,在任何一家文具店都能买到。正反两面都没有任何标记。信封不仅用原本的自粘胶封了起来,而且,来访者显然还采取了一些预防人性弱点的额外措施——他剪下六片大小不一的廉价白色纸片粘在封口处,防止有人拆阅。

"不错,"探长评价道,"很有用的手段,而且不夸张,嗯。"他用手指摸了摸信封,可是没有觉察出里面是什么。他眯起眼睛。来访者一动不动地坐着。"里面是什么?你不能指望——"

彩虹胡子想必是笑了笑,因为他嘴角的胡子忽然向上抽动了一下:"我喜欢你这种坚持不懈的精神,探长,喜欢得不得了。这证实了我所听到的关于你的传闻。你的名声非常不错,你也知道的。你谨慎的态度——"

"是的,但里面是什么?"萨姆带着不快的语气说道。

这个男人——如果这人是男的话,萨姆心里突然掠过一个荒谬的怀疑——倾身向前。"如果我告诉你,"他嗓音嘶哑地低声说,"如果我告诉你,探长,你拿着的那个信封里藏着一条线索,事关某个秘密,它非常重大,非常要紧,我甚至不敢把全部真相告诉世界上其他任何一个人!"

萨姆探长眨了眨眼睛。他早该知道了。陌生访客的胡子、眼镜、层层包裹的用来掩饰的衣服,还有古怪的行为——天哪,这个人显然是从疯人院里逃出来的疯子!线索,秘密,世界上其他任何一个人……这可怜的家伙是个疯子。

"嗯……慢慢来,先生,不必激动。"探长急忙去摸藏在腋下枪套里的小型自动手枪。这疯子可能携带了武器!

突然,他吓了一跳,因为彩虹胡子发出了洪亮的笑声。"你以为我疯了。我不能怪你,探长。我想我的话听起来有点儿……呃……可笑。但是我向你保证,"那奇怪、嘶哑的声音变得十分理性冷漠,"我对你说的都是实话,没有任何夸大其词。你不需要去摸你的手枪,探长,我不会咬你。"萨姆把手从外套里抽出来,满脸通红,瞪着来访者。

"这样好多了,真的。现在请你仔细听我说,因为我没有什么时间了,你一定要听清楚。我再说一遍,信封里有一条线索,事关一个天大的秘密,探长。我再补充一句,"彩虹胡子的语气很平静,"这是一个价值数百万美元的秘密!"

"好吧,如果不是你疯了,"萨姆带着不快的语气说道,"那么就是我疯了。你要让我相信你的信口开河,就必须告诉我更多的情况。你说'价值数百万美元'是什么意思?就在这个扁扁的信封里?"

"正是。"

"政治秘密？"

"不是。"

"油田发现？勒索信？情书？宝藏？珠宝？得了吧，先生，说清楚些。如果被蒙在鼓里的话，我是不会接手这种事的。"

"但是我不能告诉你，"彩虹胡子回答道，声音中带着一丝不耐烦，"别傻了，探长。我以名誉担保，信封里的东西完全不违法。这个秘密相当合法，和你刚才说的那些俗事毫无关联。它所涉及的事情更有趣，价值也要更高。还有，请记住，我再把话说清楚些，信封里装的并不是秘密本身，里面装的只是通向秘密的线索。"

"你也快要把我搞疯了，"萨姆抱怨道，"为什么要搞得这么神秘？为什么你要我来保管这该死的东西？"

"理由很充分。"彩虹胡子噘起他的红嘴唇，"我正在顺藤摸瓜……哦，这么说吧，就是信封里那条线索的'源头'，也就是我提到的那个秘密。那么，你明白了，我还没有找到。可是这条线索非常重要，真的非常重要！我完全有望成功。喂，如果……如果我出了什么事，探长，我要你打开这个信封。"

"哈！"探长很无奈。

"万一我出事了——当你打开信封时——你会看到我的小线索。它会引导你绕个大圈子找到——我，或者说是我的宿命。你要明白，我不是为了找人替我报仇才提供这条线索作为预防措施。如果我出事了，我对报仇并不在意，我只是想保住这个秘密的根源。我说得够清楚了吗？"

"天哪，不清楚！"

彩虹胡子叹了口气："这个信封里的线索仅此而已；它本身说

明不了什么。但这正是我想要的！它的不完整性可以使我避免遭受——我这么说并不是想冒犯你，我亲爱的探长！——你的好奇心，或者其他任何拿到这个信封的人的好奇心所带来的麻烦。如果你在我希望你打开它之前打开了它，我向你保证，信封里装的东西对你来说毫无意义。"

"哦，得了吧！"萨姆站起身来叫道，他的脸涨得通红，"你是在存心耍我。到底是谁让你来耍这种疯孩子的把戏的？该死！我不想浪费——"

探长桌子上有东西在嗡嗡作响。来访者一动不动。萨姆探长压住一触即发的怒火，抓起内线听筒。一个女人的声音在他耳边厉声响起。他不情愿地听了一会儿，然后挂起听筒，坐了下来。

"继续说吧，"他生气地说道，"继续说。把东西给我。我会咬钩的。我会连钩子、鱼线和铅坠一起吞下去。接下来还有吗？"

"天哪，天哪，"彩虹胡子关切地说，"真的，探长，我无意……就是这些了。"

"去你的吧，当然还有别的。"探长冷冷地说，"我如果上钩了，就会好好咬钩。一定还有别的什么。这事情很疯狂，但你这样把话说到一半才更叫人抓狂。"

男人捋了捋他那不同凡响的胡子，接着好像喃喃自语一般说道："我越来越喜欢你了，是的，我还有话没说。你必须答应不会打开这个信封，除非——"他停了下来。

"除非什么？"萨姆咆哮起来。

来访者舔了舔嘴唇。"今天是五月六日。两周后，也就是五月二十日，我会给你打电话。我相信我会在那天给你打来电话。然后在六月二十日、七月二十日——每个月的二十日都会，一直到我找到那个秘密为止。我按照这样的安排给你打电话，告诉你我还活着，我没有遇到意外的危险。"他沙哑的声音中透出一丝轻快，"这种事情如果一直发生，你就只要让信封留在保险箱里，一直等到我把它要回来为止。如果事与愿违，我在任何一个二十日的午夜之前还没有给你打电话，你就知道我可能根本无法打电话了。那么——只有到了那时候——你才能打开信封，查看里面的东西，然后基于你的判断力——我相信你的判断力——做出决定。"

萨姆深陷在椅子里，铁青的脸写满了不快；他那受到过严重击打的拳击手的鼻子呈现出一种愤世嫉俗的扭曲形状。他的身上散发出一种固执的气息，并且又有着难掩的好奇心："先生，为了确保你的这个秘密安全无虞，你可真是费尽了心机啊。有人在觊觎它，对吧？你觉得有人会在你之前或之后把你踢出局，抢走它，对吧？"

"不，不，"彩虹胡子叫道，"你误会了。据我所知，没有其他人在追查这个……这个秘密。但不能保证没有人想知道这个秘密，而我并不清楚他们的目的或身份。我只是对这种可能性微乎其微的意外未雨绸缪罢了。这种事几乎不可能发生，所以我不会告诉你我的名字或者任何信息！因为如果什么事都没发生——我不期待发生什么事——我不想让你或者其他任何人掌握有关我的这个秘密的明确线索。我相信这已经够坦白了，探长……"

"天哪，"探长咕哝着，"这还不过分吗？听着，先生。"他用力敲了下桌子："起先我认为你是个疯子。然后我以为有人派你来耍我。现在我不知道该怎么想，不过请你马上离开这里，我才会好过些。滚！出去！"

彩虹胡子一脸疑惑，真的不知所措，这时候电话又响了。萨姆吓了一跳，脸红得像个偷苹果却被抓个正着的小男孩，接着他把拳头塞进了口袋。"好啦，好啦。"他对着话筒咕哝了一句，然后放下听筒大声说道，"抱歉。我……我今天早上起床时就火气很大。我想我不习惯你这种——"他又大声抱怨起来："案子。我只不过是个普通的侦探，无法适应给一个信封当奶妈……好吧，我连和人说话都会发疯！你二十日打电话给我的时候，我怎么知道那是你？"

来访者如释重负，吐了一大口气。"我真是太高兴了……嗯，很聪明，探长，真的很聪明。我还没有想到这点。"他笑了起来，戴着手套的双手相互搓着，"真的，这太叫人兴奋了！就像那个疯狂的叫罗宾的家伙所经历的冒险！"

"谁？"萨姆疑惑地问道。

"不朽的亚森·罗宾[1]。嗯，暗号。当然是暗号啦！那才合情合理，探长。很好，我给你打电话时，我就说——让我想想看——哈！'我不知道是从哪里来的。百万！'说这话的一定就是我了。哈哈！"

"哈哈，'我不知道——'"他谨慎地摇摇头，然后眼里闪过一丝希望，"但是我的费用可能不——"

"啊，你的费用。"彩虹胡子说道，"是的，是的，我差点儿忘记了那个。探长，要接下我的这桩古怪的小案子，需要多少费用呢？"

---

1 法国作家莫里斯·勒布朗（1864—1941）笔下的怪盗和侦探。

"只是把这该死的信封放在我的保险箱里？"

"没错。"

"那你得花上，"探长不顾一切地说，"区区五百。"

"什么五百？"彩虹胡子重复道，显然十分困惑。

"票子。钞票。美金。五百美金。"萨姆叫道。他急切地注视着委托人的脸，想要看到惊愕的表情；那个藏在可怕胡子后面的下巴应该掉下来，当来访者面对如此荒谬的要求选择撒腿跑路时，他就会有种如释重负般的胜利感。

"哦，美元。"来访者带着含糊的微笑说道，一点儿也没有表现出惊讶。他从紧裹的衣服里翻出一只厚厚的钱包，抽出一张挺括的钞票丢在桌子上。

那是一张崭新的千元大钞。

"我想，"彩虹胡子轻快地说，"一千美元是一个比较合理的报酬，探长。这是一桩不同寻常且……啊……不合常理的案子，对我来说付这么多钱也是非常值得的。求个心安理得，一种安全感——"

"嗯——嗯。"萨姆倒吸一口气，手指茫然地摸了摸钞票。

"那就这么定了，"来访者站起身来说道，"另外还有两个要求，我要你必须遵守，探长。第一，当我离开办公室的时候，你不可以——那个词怎么说来着？——盯我的梢。而且，除非我在二十日那天没有打电话给你，否则不要找我。"

"那当然，那当然。"萨姆用颤抖的声音说。一千美元！他冷冰冰的眼睛里噙满了喜悦的泪水。这段日子，他的生活过得很拮据。只要把一个薄薄的信封锁在保险箱里，就能得到一千美元！

"第二，"那人迅速走到门边，"如果我没有在二十日打电话给你，你也不能打开信封——除非哲瑞·雷恩先生在场。"

探长的嘴巴张得很大，一脸疑惑的表情。这是最后一击，让人彻底崩溃了。彩虹胡子不以为意地笑了笑，快步走出门，消失不见了。

* * *

佩兴丝·萨姆小姐已经过了二十一岁，她性格直率，皮肤白皙，头发呈蜜色。从园艺学的角度来说，她是父亲眼中宝贵的苹果。她一把扯下头上的耳机，迅速放进前厅她桌子底层的抽屉里。这个抽屉用来接收安装在探长那个非常现代化的办公室里的窃听设备的信号。几乎同一时刻，探长房间的门打开了，那个层层包裹、戴着蓝眼镜、有着不可思议的胡子的高个子出现了。他似乎没有看见佩兴丝，真是有些遗憾，事实上，他似乎心里只想着一件事：以最快的速度赶紧让眼镜、胡子连同那个不可思议的自己离开萨姆侦探社。外面的门在他身后砰的一声关上，佩兴丝可不像大多数女性那样有道德上的顾忌，毕竟她没有应允过什么承诺，这一刻她冲到门边，探出头去，正好看到一撇漂亮的胡子飘过走廊的拐角处，因为胡子的主人不屑乘坐电梯，宁愿从逃生楼梯遁走。佩兴丝咬住下唇，浪费了宝贵的三秒钟，然后摇了摇头——美德的那一面占了上风。她匆匆回到前厅，冲进父亲的房间，蓝眼睛里透着兴奋之情。

萨姆探长瘫坐在桌前，一手拿着那个长长的马尼拉信封，一手拿着那张一千美元的钞票，呆若木鸡。

"帕蒂[1]，"他哑着嗓子说，"帕蒂，你看到了吗？你听到了吗？那个家伙挺奇怪吧？是我疯了，还是他疯了？这是怎么回事？"

"哦，老爸，"她叫道，"别傻了。"她抢过信封，反复打量着。她用手指摸索着信封，里面有东西沙沙作响："嗯，里面还有一个信封。形状不一样。好像是方形的，亲爱的老爸。我想知道——"

"哦，你别去想，"探长急忙说道，从她手上抢过信封，"记住了，我已经收了那家伙的钱。帕蒂，这是十个一百美元，一千美元！"

"你真小气，"佩兴丝抱怨道，"我不懂为什么——"

"听着，小家伙，这意味着你的新衣服，就是这么回事。"探长哼了一声，把信封塞进办公室保险箱里最隐秘的角落。他把铁门关上，回到办公桌前坐下来，擦了擦眉毛上的汗水。

"我本应该把他赶走，"他咕哝道，"我从来没有遇到过这么疯狂的事。如果你没有打电话来，我是会这么做的。天哪，如果有人把这次会面写成一本书，没人会相信是真的！"

佩兴丝的眼神里充满了幻想："这是桩有趣的案子。真是有趣！"

"对于一个精神病医生来说才是，"探长抱怨道，"要不是为了这张一千美元的大钞，我——"

"不！他……哦，他是个怪人。我想象不出来，一个脑子有病的成年人——他没有疯，老爸！——会把自己打扮得像童话故事里

---

[1] "帕蒂"是"佩兴丝"的昵称。

的人物,而且……我想你对他的胡子应该印象深刻吧?"佩兴丝突然说道。

"胡子看起来更像是染过色的羊毛。"

"那是一件艺术品。异想天开的艺术品。那些可爱的卷胡子!不,其中肯定有古怪,"佩兴丝喃喃地说,"我能看出来这个男人觉得有必要伪装自己……"

"原来你也看出来了?那的确是伪装,没错。"探长阴郁地说,"但这是我见过的最奇特的伪装。"

"毫无疑问。胡子、眼镜、层层包裹的衣服,这一切都是用来隐藏他真实的外表的。可是,为什么胡子要五颜六色的呢,老爸?"

"我告诉你,他是个疯子。绿色和蓝色的胡子!"

"有没有可能是他想要表达什么?……"佩兴丝叹了口气,"但这太荒谬了。去掉伪装,他应该是个瘦高的男人,五官分明,可能是个中年人,声音带有鼻音——"

"声音也做了伪装,"探长咕哝道,"但你说得没错。他说话带了一些鼻音。但不是那种鼻音。他不是新英格兰地区[1]的北方佬,帕蒂。"

"当然不是。你肯定听出来了吧?他是英国人,老爸。"

探长一拍大腿:"天哪,帕蒂,这就对了!"

"他掩饰不了这个,"佩兴丝皱着眉头说,"他的一些表达也是英式的。他的口音是牛津的,不是剑桥。然后他又没听懂你说

---

1 新英格兰地区位于美国的东北部,该地区较早就有大量英国移民定居。——编者注

的'美元'的俚语，尽管也可能是故意的。"她耸耸肩："我觉得他是个有文化的人，这一点毋庸置疑。他身上甚至有些教授的气质，你不觉得吗？"

"他身上有些狡猾的气质。"萨姆恶狠狠地将一支雪茄塞进嘴里，没好气地瞪着女儿。"但是他说了一件事，"他继续用更加平静的声音说道，"让我很困扰。如果他在五月二十日没有打电话来，而我们又必须打开信封，那么我们就得请老哲瑞来揭露真相。天哪，为什么呢？"

"是啊，为什么呢？"佩兴丝奇怪地重复道，"我得说，这个男人来访最特别的一点就是这个了。"

他们一言不发地坐着，若有所思地看着对方。这个乔装打扮的英国人临别时提出的不同寻常的要求，让其他谜团黯然失色。哲瑞·雷恩先生虽然是一个多姿多彩的人物，但也是这个世界上最不神秘的老绅士。他已经七十多岁，从舞台上退下来也有十多年，住在韦斯特切斯特[1]北部一处广阔的庄园里，过着富裕的老演员的隐居生活，那里的城堡、花园和小村落都是按照他所钟爱的伊丽莎白时期的样式建造的。他称自己的庄园为"哈姆雷特山庄"，这倒也很相配。作为上一代的演员，哲瑞·雷恩是这个世界上最优秀的莎士比亚戏剧演员。六十岁那年，他的事业正如日中天，不幸的是他突然失聪。因为有着超人的理智，他开始学习读唇术——之后他对这门技艺非常精通——并且退出舞台，住在哈姆雷特山庄，靠着自己可观的财富过日子，并且为落难的同行和贫困的艺术人士提供遮

---

1 韦斯特切斯特是纽约州东南部的一个县，与纽约市相邻。

风挡雨的地方。哈姆雷特山庄成了学习的圣地；那里的剧院成了实验戏剧的实验室；那里收藏着伊丽莎白时期对开本和莎士比亚相关资料的图书馆成了野心勃勃的学者们朝圣的麦加。纯粹出于兴趣，这位舞台上叱咤风云的老人将难有用武之地的智慧转向了犯罪调查。在追求这门兴趣的过程中，他结识了萨姆探长——当时探长还在纽约警察局凶案组工作——并且和萨姆探长建立了奇特的友谊。在萨姆从警察局退休前，到现在开立私人侦探社，他们卓有成效地合作调查过许多谋杀案。后来萨姆的女儿佩兴丝也加入其中。佩兴丝还是个小姑娘的时候就在一位年长女伴的陪同下去欧洲游学，之后回到了她的出生地。她旋即带着热情投入父亲和老演员结成的侦探联盟的工作中。

萨姆父女陷入了沉思。这位神秘而有些粗俗的来访者用奥本海姆[1]式的暗示提到了一个价值数百万美元的秘密，这究竟和他们那位失聪、体弱（近些年来雷恩因为上了年纪而疾病缠身）、正直、深受爱戴、才华横溢的老朋友之间有什么联系呢？

"我要不要写信给他？"佩兴丝喃喃地说。

探长厌恶地扔掉雪茄："我不写。帕蒂，我告诉你，整件事都是混乱扭曲的。老哲瑞和我们的关系尽人皆知，而这个下巴戴着假胡子的滑稽小丑也许只是利用雷恩的名字让我们意识到事情很重要。这家伙在耍把戏！现在没有必要去打扰雷恩。我们要等到五月二十日。我告诉你，孩子，大胡子不会在五月二十日打电话来

---

[1] E. 菲利普斯·奥本海姆（1866—1946），英国作家，主要创作与国际间谍和阴谋有关的小说和短故事。

的——他就没想过要打。他想让我们打开信封。事情早就计划好了,我觉得这件事可能会不太妙……反正时间来得及让雷恩参与进来。"

"就按你说的办。"佩兴丝顺从地说。可是当目光转到保险箱紧锁的门上时,她眉间挤出了一道深深的沟壑。

* * *

事实证明,探长是个糟糕的预言家,因此也是个让他自己大吃一惊的预言家。就在五月二十日正午,萨姆的电话铃响了。一个有些许沙哑的英国口音说道:"萨姆探长吗?"

"有事吗?"

佩兴丝在分机上听着,感觉到自己的心脏怦怦直跳。

"我不知道是从哪里来的。百万!"沙哑的英国口音说道。电话另一头传来咯咯的笑声,还没等探长从惊愕中回过神来,电话就咔嗒一声挂断了。

第一章
戴蓝帽子的男人

五月二十八日，周二，因为上班时间不固定，佩兴丝·萨姆在十点差几分的时候走进了萨姆侦探社的前厅。看到满脸愁容、瞠目结舌的侦探社官方速记员布劳迪小姐，她微微一笑，然后闯进里面的房间，发现父亲正专心地听着一位来访者语气沉重而恳切地说话。

"啊，帕蒂，很高兴你来这么早。这是乔治·费希尔先生，他带来了一个有趣的小故事。"探长说道。"这是我女儿，费希尔。她就好像是我这个父亲的监护人。"他笑着说，"也是这儿的智囊，所以你最好把整件事都和她说一遍。"

来访者把椅子往后推了推，笨拙地站起身，摸了摸帽子。那是一顶鸭舌软帽，帽子上有一块小珐琅铭牌，上面写着"里沃利巴士公司"。年轻人个子挺高，肩膀宽阔，面容和蔼，长了一头刺眼的红发；整洁的蓝灰色制服与他魁梧的身材很是贴合；他胸口斜系着一条黑皮带，直通到腰部的宽皮带上；他粗壮的小腿紧紧裹在皮靴里。

"很高兴见到你,萨姆小姐,"他喃喃地说,"这其实不是什么案子——"

"请坐吧,费希尔先生,"佩兴丝笑着说,这种笑容是她专门为年轻英俊的委托人准备的,"是什么麻烦事呢?"

"啊,我刚才和探长唠叨了一遍,"费希尔说着,耳根都发红了,"你瞧,我都不知道是不是有什么事。但也许算个事情。多诺霍那家伙是我的朋友,你知道的,可是——"

"哇,"探长说道,"我们最好从头开始,费希尔先生。费希尔是开旅游大巴的,就是停在时代广场周围的那种,帕蒂.里沃利巴士公司。他很担心他的一位朋友。他之所以来找我们,是因为这个名叫多诺霍的朋友经常向他提起我的名字。多诺霍以前是个警察,我似乎记得他是个身材强壮的好小伙子,在警队的记录不错。"

"多诺霍也在你们公司上班吗?"佩兴丝问道,心里暗暗感叹这个故事的开头实在平淡无奇。

"不,小姐。他大约五年前从警队退休,在第五大道和六十五街交叉口的不列颠博物馆担任特别警卫的工作。"佩兴丝点点头。不列颠博物馆是一家规模不大但备受推崇的机构,他们专门收藏和展出英国古老的手稿和书籍。她曾经在哲瑞·雷恩先生的陪同下去那里参观过几次,雷恩先生是这家博物馆的赞助人之一。"多诺霍曾和我父亲在一起工作,所以我从小就认识他,小姐。"

"他出了什么事?"

费希尔摆弄着帽子:"他……小姐,他失踪了!"

"啊,"佩兴丝说道,"哦,老爸,这事情好像更适合你。一个老实沉稳、受人尊敬、已过中年的男士消失不见了,这通常都是因为女人,不是吗?"

"哦,不,小姐,"这位巴士司机说,"多诺霍不会的!"

"你通知失踪人口部门了吗?"

"没有,小姐。我……我不知道该不该去。如果我无缘无故弄出很大动静,老多诺霍会像小狗一样不开心的。你瞧,小姐,"费希尔语气诚恳地说,"也许他没什么事。我不知道。但我觉得着实非常古怪。"

"的确很古怪,"探长说,"很是蹊跷,帕蒂。费希尔,继续说,把你告诉我的都说给萨姆小姐听。"

费希尔说了一个古怪的故事。一支由印第安纳波利斯的学校老师组成的旅行团来到纽约,一边度假一边学习,他们包了里沃利巴士公司的一辆大巴,按照事先安排好的行程在纽约游览。昨天——周一,费希尔接到通知,让他带这个团参观市区。中午,他们准时从公司的始发站,也就是百老汇附近的四十四街出发。当天行程的最后一个目的地是不列颠博物馆。费希尔心平气和地说,这家博物馆通常不在巴士公司的常规观光路线上,原因显而易见:那里显然是个"高雅场所",大多数观光客都喜欢游览唐人街、帝国大厦、大都会美术馆(只看其代表性的外景)、无线电城音乐厅[1]、东区和格兰特将军墓。然而,一群由学校老师组成的旅行团绝不是一般的观光客,他们是内陆地区教授艺术和英语的老师,用费希尔那不

---

[1] 无线电城音乐厅位于美国纽约的第六大道上,1932年底启用,是托尼奖(美国话剧和音乐剧的最高奖项)颁奖礼的举行地点。

卑不亢的无产阶级用语来说，他们是"一群知识分子"。游览著名的不列颠博物馆早就成为这群爱好文艺的人士探访纽约时的主要行程之一。起初，看起来他们注定要失望了，因为过去的几周里博物馆要对内部进行大规模维修和改建，一直处于关闭状态，而且实际上至少在未来两个月内都不会对公众开放。不过，不列颠博物馆的馆长和董事会最终还是特别批准这个只能在纽约短暂停留的旅行团参观博物馆。

"现在古怪的地方就来了，萨姆小姐，"费希尔慢慢说道，"他们登上巴士的时候，我数了数人数——没必要这么做，因为像这样的包车，发车员会安排好一切，我只管开车，但我出于习惯还是数了数，他们一共十九个人。男男女女一共十九个人……"

"男女各有几个？"佩兴丝问道，蓝眼睛闪闪发亮。

"说不上来，小姐。我们离开总站的时候一共十九个人。你有什么想法了？"

佩兴丝笑了："我可一点儿头绪都没有呢，费希尔先生。那么，你是怎么想的？"

"想法很多。"那个巴士司机面无表情，"当我们回到总站，你要知道，那已经是傍晚了——公司的规定是观光行程从四十四街车站开始，最后还回到那里——当我们回到那儿，乘客们开始下车，我又数了一遍，天哪，只有十八个人了！"

"我懂了，"佩兴丝说，"说实话，确实非常奇怪。但这和你的朋友多诺霍的失踪有什么关系？"

"他的朋友多诺霍之后才牵扯进来。你注意到情节开始变得曲折了。继续说，费希尔。"探长盯着窗外时代广场的灰墙，慢吞吞地说。

"是谁不见了？"佩兴丝问道，"你和团队确认了吗？"

"没人不见了，小姐。这一切发生得太快了。但是后来回想起来，我恐怕知道那个没和我们一起回来的家伙是谁了。"费希尔回答道，魁梧的身躯朝前拱起，"我在旅途中注意过他，因为他的样子很古怪。他大概是中年人，留着浓密的灰色八字胡——就是你在电影里看到的那种常见的上唇胡子，个子挺高，绅士模样。他戴着一顶奇怪的帽子——蓝色的那种。他整天都独来独往，现在我突然想起来了——他不曾和其他人结过伴或者说过话。他就这么不见了——没和我们一起回来。"

"挺奇怪，不是吗？"探长说道。

"非常奇怪。"佩兴丝说，"多诺霍是怎么回事，费希尔先生？我还是没有看出其中有什么联系。"

"哦，小姐，是这样的。当我们到达不列颠博物馆，我把乘客交给了乔特博士——"

"啊，乔特博士，"佩兴丝愉快地说，"我见过这位先生，是博物馆的馆长。"

"没错，小姐。他把他们带走了，领着他们开始参观。我的工作在返程之前暂时告一段落，于是我到门口找多诺霍聊上几句。我有一两个星期没见过他了，所以我们约好昨天晚上去麦迪逊广场花园[1]看打架——"

---

[1] 麦迪逊广场花园是美国纽约州纽约市的一座著名体育馆，简称"花园"，是许多大型体育比赛、演唱会和政治活动的举办地。——编者注

"打架，费希尔先生？"

费希尔一脸疑惑："没错，小姐，打架，也就是花园的拳击赛！我自己戴上拳击手套也能来上两下，我喜欢快拳……啊，不管怎样，我告诉了多诺霍，昨晚吃完晚饭后我去接他。他是个单身汉，住在市中心切尔西的一处出租公寓里。后来我就跟着我的那些乘客，随着他们四处逛。当他们都看完之后，我就载着他们回到了总站。"

"你把旅行团带出博物馆的时候，多诺霍在门口吗？"探长若有所思地问道。

"不在，先生。至少我没有看到。昨天晚上下班后，我随便吃了点儿东西——我也是单身，小姐，"费希尔说道，脸也红了起来，"之后我就去出租公寓找多诺霍。但是他不在那里，房东太太说他还没有下班。我想也许有什么事情，他需要加班，所以我在那里晃了一小时。我还是没有见到多诺霍，所以我就打电话给他的两个朋友。他们整晚都没见到他，也没他的消息，那时候我就开始有些害怕了。"

"你这样的大块头还会害怕？"佩兴丝喃喃地说，眼神热切地注视着他，"然后呢？"

费希尔像个小孩一样咽了咽口水："我给不列颠博物馆打了电话。跟看门人，也就是守夜人说了，小姐，他名叫伯奇——他告诉我，他看见多诺霍在当天下午离开了博物馆，在我的乘客离开之前走的，当时我还在博物馆，但是多诺霍没有回去。我不知道该怎么办，就一个人去看拳击了。"

"可怜的家伙。"佩兴丝同情地说道，而费希尔看着她的眼神又变得男子气十足了,"就这么多吗?"

费希尔宽阔的肩膀垂了下来,眼神中也没有了那种雄武的神采:"这就是整个糟糕的故事,小姐。今天早上来这里之前,我又去了他住的出租公寓,但他整夜都没有回去。我打电话给博物馆,他们告诉我,他也没有上班。"

"但是,"佩兴丝继续追问道,"你朋友多诺霍失踪和乘客的失踪又有什么关联,费希尔先生?恐怕我今天早上脑子有些迟钝。"

费希尔紧绷着下巴。"这个我也不清楚。但是,"他语气顽固地继续说下去,"这个戴蓝帽子的家伙和多诺霍差不多是同时失踪的,我不禁觉得其中有什么联系。"佩兴丝若有所思地点点头。"我来这里的原因是,就像我之前说的,小姐,"费希尔用一种沉重的语气继续道,"如果我去警察局,多诺霍恐怕会不高兴。他不信任别人,萨姆小姐,他可以自己处理。可是……唉,该死,我很担心他,我觉得应该请探长看在老交情的分儿上,查一下这个爱尔兰大块头到底出了什么事。"

"好吧,探长,"佩兴丝喃喃地说,"你能抵挡住虚荣心对你的诱惑吗?"

"恐怕不行,"她父亲咧嘴笑道,"这事情我们不收钱,费希尔,而且现在日子不好过,我看我们就四处打探一下。"

费希尔孩子似的脸庞神奇般地有了亮光。他叫道:"太好了!你真是太好了,探长。"

"好吧,那么,"萨姆语气轻松地说道,"我们开始办案吧。你之前见过这个戴蓝帽子的男人吗,费希尔?"

"没有，先生。完全不认识。"巴士司机皱起眉头说道，"而且，我相信多诺霍也没有见过他。"

"你怎么知道的？"佩兴丝惊讶地问道。

"哦，我和那十九个叽叽喳喳的游客进去的时候，多诺霍仔细地打量过他们，一个一个地看过去。他没对我说认识其中哪个人。他如果认出了某人，应该会说的。"

"这样的推论没什么道理，"探长冷冷地说，"可是我想应该也没错。麻烦你描述一下多诺霍的样子。我记得不是很清楚了——我有大约十年没见过他了。"

"块头很大，大约一百七十五磅[1]，"费希尔迅速答道，"身高大约五英尺[2]十英寸[3]，六十岁，跟牛一样壮，有着爱尔兰人的红脸，右脸颊上有一道子弹留下的伤疤——我猜你应该记得那个吧，探长，你如果看过一眼，就不会忘记的——走路慢吞吞的，有点儿……"

"大摇大摆？"佩兴丝提示道。

"正是！现在他的头发已经灰白了，但是他灰色的眼睛还是很锐利。"

"棒小伙儿，"探长赞许地说，"你会成为一名出色的警察，费希尔。我现在想起来了。他是不是还在抽那支臭烘烘的旧黏土烟斗？我记得那是他最糟糕的恶习之一。"

---

[1] 英制重量单位，1磅=0.4536千克。——编者注
[2] 英美制长度单位，1英尺=0.3048米。——编者注
[3] 英美制长度单位，1英寸=2.54厘米。——编者注

"还是老样子，"费希尔笑着说，"他不当班的时候就会抽。我忘了提这一点。"

"好，"探长突然站了起来，"你回去上班吧，费希尔，把事情交给我去办。我会调查的，如果发现了什么不对劲的地方，就把事情交给警方接手。其实这是警方的工作。"

"谢谢，探长，谢谢。"那个司机笨拙地向佩兴丝弯腰鞠了一躬，大步走出办公室，经过了坐在前厅的布劳迪小姐身边。看见他那一身结实健硕的肌肉，这位速记员的少女之心如小鹿般乱撞。

"不错的家伙，"佩兴丝喃喃地说，"就是有些粗里粗气。亲爱的老爸，你注意到他的肩膀了吗？如果他把精力花在挣学分而不是踩刹车上，肯定能成为一个出色的运动员！"

萨姆探长嗤之以鼻，隆起自己宽阔的肩膀，翻查起电话簿来。他拨了一个号码："你好！里沃利巴士公司吗？我是萨姆，萨姆侦探社的。你是经理吗？……哦，就是你啊。怎么称呼？……什么？哦，西奥菲尔。啊，对了，西奥菲尔先生，你那里有没有一个叫乔治·费希尔的员工？"

"是的，"一个略带惊慌的声音说道，"有什么事吗？"

"不，不，"探长温和地说，"我只是问问，仅此而已。他是不是一个大块头、红头发、长相老实的年轻人？"

"哦，是的，是的，他是我们最出色的司机之一。我不知道有什么——"

"没错，没错。我只是想核实一下，仅此而已。昨天他带了一群乡下的老师去观光。你知道他们在哪里歇脚吗？"

"当然。帕克希尔饭店,在广场旁边。你确定没什么——?"

"再见。"探长挂断了电话。他站起身,伸手去拿外套:"在鼻子上扑点儿粉,孩子。我们有约了,和一群知……知……"

"知识分子。"佩兴丝叹了口气。

第二章
十七位学校老师

事实证明,这些知识分子是形形色色的淑女和绅士,没有一个在四十岁以下;他们以女性为主,还有一些干巴巴的、灰头土脸的男性。他们坐在帕克希尔饭店的主餐厅里,面前的餐桌上摆满了丰盛的早餐,他们像一群站在春天第一批发新芽的树枝上的麻雀,叽叽喳喳,说个不停。

这会儿上午已经过了大半,除了这群老师,餐厅里空荡荡的。餐厅领班懒散地用拇指指了指这些正在度假的淑女和绅士。萨姆探长面无表情地走进餐厅,从光洁的桌子中间穿过(帕克希尔饭店除了法国美食,还有造作的法国家具摆设),身后跟着窃笑的佩兴丝。

当探长大步往前走之际,叽叽喳喳的声音突然减弱了,他们偷偷看了一眼,然后完全停了下来。一双双惊愕的眼睛——老师们那些被眼镜保护起来的哀伤的眼睛——就像训练有素的大炮一样转动,打量着两个入侵者。探长的长相向来不会让孩子和害羞的成人对他产生信任，他的脸庞又大又红，线条硬朗，面相瘦削，而被打得扁平的鼻子更平添了几分凶恶。

"你们是印第安纳波利斯来的学校老师吗？"萨姆大声问道。

一种不安的气氛顺着餐桌蔓延开来，年长的女士们捂着胸口，男士们开始舔舐他们尊贵的嘴唇。

一位五十多岁、脸庞滚圆、衣冠楚楚的男士——显然是博·布鲁梅尔[1]那种类型的人，也是这群人的发言人——把桌首的椅子往后挪了挪，半欠起身子，一边微微转过身，一边抓住椅背，脸色苍白。

"有事吗？"他声音颤抖地说。

"我是萨姆探长。"萨姆用和平常一样粗鲁的语气嚷道。有那么一瞬间，半躲在父亲宽阔身子背后的佩兴丝觉得女士们就要昏倒了。

"警察！"发言人喘着气说，"警察！我们干了什么？"

探长憋住了笑。如果这位胖胖的先生着急得出结论认为"探长"就是"警察"的同义词，那么再好不过了。"我就是来这里查明此事的，"探长严厉地说，"所有人都到齐了？"

那人的眼睛茫然地扫视了桌子。桌边的人一个个睁着又大又圆的眼睛，目光移回探长那张令人生畏的脸。"哎呀——嗯，是的，当然。"

"没有人不见了？"

"不见？"发言人不解地重复道，"当然没有。为什么会不见？"

---

[1] 博·布鲁梅尔（1778—1840），英国社交名流，被认为是19世纪初的时尚领袖。

人们的脖子扭来扭去，两位被吓坏了的、脸色憔悴的女士发出压抑而惊恐的声音。

"只是问问。"探长说道。他冷酷的眼神在餐桌上来回扫视，仿佛镰刀一样砍向众人的目光："你们昨天下午搭乘里沃利巴士公司的车子去兜风了，对吗？"

"没错，先生。是的，确实！"

"你们全都去了？"

"哦，是的！"

"你们全都回来了？"

那位胖胖的先生坐到椅子上，好像被突如其来的悲剧吓得不知所措。"我……我想是的，"他可怜兮兮地低声说道，"弗……弗里克先生，我们是不是都回来了？"于是人们的注意力都转到一位衣领很高而且浆得发硬的瘦小男士身上。那人水汪汪的棕色眼睛吃惊地盯着桌布，然后四下打量，仿佛寻求救命稻草一般。他含糊地说："是的。是的，安德多克先生。我们都回来了。"

"那么，"探长说，"好吧，各位，你们在给什么人打掩护？是谁不见了？"

"不可能的，"在瞬间降临的这种惊骇的、忐忑的沉默中，佩兴丝喃喃地说道，"这些老好人说的都是实话，老爸。"

萨姆狠狠地瞪了女儿一眼，示意她不要说话。但她甜甜一笑，继续道："你瞧，老爸，我已经数过人数了。"

"什么？"他厉声喝道，目光迅速扫过桌子。

"这儿一共十七个人。"

* * *

"我们到底碰上了什么见鬼的事情?"探长嘀咕道,他在确认这一惊人的情况时,暂时忘记了自己的恶人角色。"费希尔说是十九个……喂,你们,"他在发言人的耳边吼道,"你们一直是十七个人吗?"

安德多克先生只能点点头,虽然他勇敢地咽了几下口水。

"喂,服务生!"萨姆朝餐厅对面的领班大声吼道。正在研究菜单的领班抬起头来,面露惊讶。萨姆对着他吼道:"过来,说的就是你!"

领班僵住了。他不悦地注视着探长,然后昂首阔步地走过来,就好像一个生气的掷弹兵。

"什么事?"他用悦耳的语调,不满地轻声说道。

"仔细瞧瞧这群人。"领班优雅的脑袋晃了一下,遵从着探长的指令。探长问道:"他们就这么多人吗?"

"是的,先生[1]。"

"说英语,"探长不悦地说道,"十七个,对吗?"

"不多不少,正是十七个,先生。"

"他们自打住进来就是十七个?"

"哈,"领班说道,扬了扬优雅的眉毛,"你是警察。恐怕我应该把经理叫来——"

"回答我的问题,你这白痴!"

---

[1] 原文是法语。

"十七个。"领班坚定地说。他转身朝着那些因为害怕而发抖的淑女和绅士,此时餐桌旁欢乐的气氛已经荡然无存:"别慌,女士们。我向你们保证,小事一桩,没什么,一定是弄错了。"女士们和先生们都谨慎地松了口气。他以一种疲惫的、感觉自己身上担子很重的牧羊人的勇敢尊严面对着萨姆探长:"请您长话短说,先生。这太不礼貌了。我们不能让客人们——"

"听着,法国佬!"萨姆怒不可遏地吼道,同时他抓住了领班那无可挑剔的翻领,"这些人在这里住几天了?"

领班的身体气愤地扭动了一下,然后被吓得不敢动了。旅行团里的女士们脸色苍白,男士们都紧张地站了起来,相互窃窃私语。佩兴丝那张俏丽的小脸也抽搐了好一阵子。

"从……从周五开始。"领班倒吸了一口气说。

"那还差不多,"探长咕哝着,松开了抓皱的翻领,"你滚吧。"

领班逃也似的走了。

"现在,让我们好好聊聊,"这位凶狠得让人害怕的探长一屁股坐在发言人空出的椅子上,继续道,"找把椅子坐下来,帕蒂,看起来要花上一整天的工夫。天哪,都是些什么慢性子啊!喂,你,昨天中午你们这些人上车的时候你有没有数人数?"

发言人感到了危机,急忙说道:"没有,先生,我没有数。真的很抱歉——你瞧,我们并不觉得……我真是不明白……"

"好吧,好吧,"探长用温和一些的语气说道,"我不会吃了你。我只是在打听消息。我会告诉你我想知道什么。你们这些人说,你们的团队一共十七个人。你们离开波汉克斯时——管你们是从哪里来的——一共十七个人,你们到达纽约的时候一共十七个人,你们住进这个垃圾堆的时候一共十七个人,你们到城里旅游的时候也是十七个人。到目前为止都对吧?"

众人一致点头,动作飞快。

"我是说,"萨姆若有所思地继续说,"到昨天中午为止。你们包了一辆巴士,带你们四处游览。你们去了位于四十四街和百老汇交叉口的里沃利巴士公司的总站,上了巴士。你们在去总站的路上是不是十七个人?"

"我……我不知道,"发言人无助地说道,"我真的不知道。"

"那么好吧。但是有一件事是确定的。当车子开动的时候,车上一共有十九个人。你们怎么解释这件事呢?"

"十九个!"一个戴着夹鼻眼镜、身材丰满的中年女士惊呼道,"哦,我注意到了——我还好奇那个男人在那里做什么呢!"

"什么男人?"探长问道,佩兴丝放下手中正在摆弄的勺子,一动不动地坐着,看着那个丰满的女人脸上既喜悦又困惑的表情。

"什么男人,拉迪小姐?"发言人皱着眉头问道。

"啊,那个男人戴着怪异的蓝帽子!你们都没注意到他吗?玛莎,我相信我在巴士发车前和你提过他。你还记得吗?"

那位瘦骨嶙峋的玛莎小姐喘着气说道:"是的,没错!"

佩兴丝和探长交换了一个眼神:那么这是真的了,乔治·费希尔的故事是有事实根据的。

"拉……拉迪小姐,"佩兴丝带着胜利的微笑问道,"你还记得这个人的其他外貌细节吗?"

拉迪小姐满脸笑容："我当然记得！他是个中年人，留着大胡子，就像电影里切斯特·康克林[1]的胡子。"她脸红起来："你知道的，那个喜剧演员。只是他的胡子是灰色的。"

"而且当拉维妮亚——就是拉迪小姐把他指给我看的时候，"干瘦的玛莎小姐兴奋地补充道，"我看得出他很高，也很瘦！"

"还有别人注意到他吗？"探长问道。

众人一脸茫然。

"你们两位女士难道没有想过，"萨姆语带讽刺地继续说道，"一个你们不认识的男人是没有权利坐上你们包下的巴士的？"

"哦，确实，"拉迪小姐支支吾吾地说，"但我不知道该怎么办。你瞧，我以为他和巴士公司有什么关系。"

探长翻了个白眼："返程的时候你有没有注意到那个家伙？"

"没有。"拉迪小姐用颤抖的声音说道，"没有，我还特意看了看。但他没有和我们在一起。"

"很好。现在我们开始有些头绪了。但是，"探长冷笑着说，"那么也只有十八个人。我们知道你们昨天坐的那辆巴士上有十九个人。好了，各位，仔细想一下。我相信你们一定有人注意到那第十九个人。"

"我想，"佩兴丝喃喃地说，"桌尾的那位迷人的女士记得一些事情。在过去的两分钟里，我看到她的嘴唇微微嚅动，好像在说什么。"

---

1 切斯特·康克林（1886—1971），美国喜剧电影演员，代表作品有《挚爱侦探》等。

那位迷人的女士倒吸了口气。"我……我只是想说，"她的声音颤抖起来，"我确实注意到还有一个人——他不属于我们这群人。不是那个戴蓝帽子的男人。是另外一个男人——"

"哦，一个男人，对吗？"探长急切地说道，"他长什么样子，女士？"

"他……他……"她停了下来，"我想他个子挺高。"

"哦！"一个鼻子上长着疣、壮硕如亚马孙女战士[1]的女人喘着气说道，"斯塔巴克小姐，你说错了。"

那位迷人的女士吸了吸鼻子："也许是的，但是我看见他了，而且——"

"喂，我也注意到他了！"那位亚马孙女战士叫道，"我确信他块头很大！"

几双眼睛放出亮光。"我现在记起来了，"一位胖胖的光头先生主动说道，"是的，没错。我确信他挺矮的，而且很瘦，呃，四十来岁。"

"胡说八道！"亚马孙女战士厉声说道，"你的记性一向不好，斯科特先生。我明明记得——"

"现在我想起来了，"一位小个子老妇人胆怯地说道，"我相信我也看到了。他是个高个子，身材魁梧，年纪不大——"

"等一下，"探长疲惫地说，"这样下去，我们问不出什么来。显然你们没有人知道第十九个家伙长什么样。但是你们有没有

---

[1] 希腊神话传说中的女战士族群，骁勇，善骑射，据说住在黑海沿岸一带，由女王统治，境内禁男子居留。——编者注

人记得他是否和你们一起回到了巴士总站？"

"我记得，"斯塔巴克小姐立刻说道，"我确定他和我们一起回来了。他就在我前面下了车。在那之后我就再也没见过他。"这位迷人的女士瞪了那位亚马孙女战士一眼，好像在看她会不会反驳这句话。

但是没有人反驳。萨姆探长摩挲着下巴，陷入沉思。"好吧，"他最后开口道，"至少我们知道事情发展到哪一步了。如果我派你——你叫什么名字来着——"

"安德多克。路德·安德多克。"发言人热切地说道。

"我交代你一件事，安德多克先生，万一有什么事情，你代表你们团队和我保持联系。比如，如果你们中有人看见昨天巴士上和你们在一起的那两个人，请告诉安德多克先生，他会打电话去我的办公室。"他在桌布上留下自己的名片，发言人小心翼翼地拿起来，"请你们所有人睁大眼睛。"

"你们都是在当侦探，"佩兴丝欢快地说，"我相信这将是你们纽约之行中最令人兴奋的事。"

十七位从印第安纳波利斯来的学校老师一齐喜形于色起来。

"是的，但别乱来，"探长大声道，"只要好好坐着看就行。你们要在这里待多久？"

"我们原本打算，"安德多克先生抱歉地轻轻咳了一声说道，"周五启程回去。"

"一周之旅，嗯？好吧，你们离开这里之前，记得给我打个电话。"

"我一定照办，萨姆探长，"安德多克先生恳切地说，"我一定会的。"

探长大步走出帕克希尔饭店的餐厅,佩兴丝顺从地跟在后面。路过前厅的时候,他狠狠瞪了一眼脸色苍白、神情沮丧的领班,然后穿过大堂,来到广场。

佩兴丝顺从的表情消失了:"我觉得你很可怕,老爸——竟然这样吓唬那些人。可怜的家伙们被吓得半死。他们就像一群小孩。"

出乎意料的是,探长咯咯笑起来。他朝着路边一位正在破旧的出租车里昏昏欲睡的上了年纪的司机丢了个眼色。"技巧,孩子,技巧!与一个女人相处,只要表现得温柔深情,再加上微笑就行。但是一个男人想要得到什么东西,一定要比另一个家伙的嗓门儿更大、嘴脸更凶恶,否则什么也得不到。其实,我向来都替那些瘦弱的家伙感到难过。"

"那么拿破仑该怎么办?"佩兴丝说着,用胳膊挽住了父亲的胳膊。

"别说他不是大嗓门儿!听着,宝贝,我已经把那些可怜的学校老师兜得团团转了。"

"总有一天你要遭报应的。"佩兴丝阴郁地预测着未来。

探长咧嘴一笑:"喂,出租车!"

第三章
第十九个人

出租车危险地在马路边停下来,把他们带到了百老汇附近的四十四街的南侧,这里有很多辆大巴一字排开。它们全都闪闪发亮,以粉色和蓝色为主色调,装饰得异想天开,好像多愁善感的母亲打扮出来的患有肢端肥大症的婴儿。它们的保姆都是穿着笔挺的蓝灰色制服、身材健壮的年轻人,他们腿肚子光溜溜的,有着军人般的风度,聚在人行道上一个粉色和蓝色的小亭子旁,一边抽烟一边聊天。

探长付钱给出租车司机的时候,佩兴丝就站在小亭子外面的人行道上等着,她并非没有意识到那些穿着制服的年轻人投来的毫无掩饰的爱慕眼光。

显然其中一个金发的大个子看到她显得特别高兴,他往下推了推帽子,遮住眼睛,缓缓地走过来,非常愉快地说道:"你好,宝贝。怎么样?"

"现在,"佩兴丝微笑着说,"感觉不怎么样。"

他瞪大了眼睛。一个红头发的年轻人朝她走过来，然后愤怒地转向那个金发的大个子。"你走开，"他咆哮道，"否则我就给你一拳。这位小姐——"

"啊，费希尔先生！你来得正好！我想你的朋友没有……呃……不敬的意思。"佩兴丝惊呼道，"不是吗，大个子爱神[1]？"她眨了眨眼睛。

那个大个子的嘴巴张得很大，过了一会儿，他面红耳赤道："当然没有，小姐。"他就这样消失在那群巴士司机之中，引来一阵哄笑。

乔治·费希尔摘下帽子："别管这些家伙，萨姆小姐。他们就是一群爱说俏皮话的大猩猩……你好，探长。"

"你好，"探长简单地说，他锐利的目光扫过那群年轻人，"这里发生了什么事？嗯，帕蒂？有个小崽子放肆了？"

这些年轻人顿时鸦雀无声。

"没什么，没什么，"佩兴丝连忙说，"这么快又见到你真是高兴，费希尔先生！"

"是的，"费希尔咧嘴一笑，"我正等着叫我去出车。我……呃……"

"啊！"探长说道，"有什么消息吗，伙计？"

"没有，先生，什么都没有。自从离开了你的办公室，我就打电话去了多诺霍的出租公寓和博物馆。但是都没找到那个爱尔兰老

---

1 原文为big male Venus，直译为大个子的男性维纳斯。维纳斯是罗马神话中爱和美的女神，佩兴丝以此打趣那个大个子搭讪的行为。——编者注

家伙,该死!"

"看起来博物馆的那些人应该有些担心了,"探长喃喃地说,"他们听起来怎么样,费希尔?"

费希尔耸耸肩:"我只是和看门人通了话,探长。"

萨姆点点头。他从胸前的口袋里拿出一支雪茄,随意地咬掉了一头。他这么做的时候,眼睛扫视着眼前的每一张脸。司机们还是小心翼翼,不敢说话;那个金发的大个子已经退到队伍的后面。他们虽说粗鲁,却是一群老实人。萨姆把雪茄头吐在人行道上,刚好看到敞开的粉色和蓝色的小亭子,与站在亭子里抓着电话听筒的男人四目相对。那个男人立刻把目光移开,他一头白发,红脸膛,穿着和其他人一样的制服,只是鸭舌帽上的牌子除了"里沃利巴士公司",还有"发车员"几个字。

"哦,也许我们发现了什么,"探长突然和蔼地说,"别着急,费希尔。我们走,姑娘。"

他们从那群默不作声的人身旁走过,来到时代广场地区众多破旧不堪的老式建筑中的一栋,进了门,登上咯吱作响的黑色楼梯。走到楼梯尽头,他们来到一扇玻璃门前面,上面写着:

J. 西奥菲尔
经理
里沃利巴士公司

探长敲了敲门,一个男人应道:"进来!"然后他们走进了一间到处是灰尘的小办公室,从高高的装着栅栏的窗户中,纽约那典型的淡淡的阳光射了进来。

J. 西奥菲尔显然是一个老气横秋的年轻人,脸上已经有了深深的皱纹。"什么事?"他从一堆表格中抬起头,语气尖锐地说道。他的目光先停留在佩兴丝身上,然后转向了探长。

"我叫萨姆,"探长粗声粗气地说,"这是萨姆小姐。我就是今天早上打电话问你费希尔的事情的那个人。"

"哦,"西奥菲尔慢慢说道,身子往后靠了靠,"请坐,萨姆小姐。到底是什么麻烦,探长?恐怕我今天早上在电话里没有弄清楚。"

"没什么麻烦,根本不是什么案子。"萨姆忽然瞪大了眼睛,"你怎么知道我是探长?"

西奥菲尔微微一笑:"我并没有看上去那么年轻。我记得有一阵子你的照片几乎每天都见报。"

"哦,"萨姆说,"要来支雪茄吗?"西奥菲尔摇摇头。"好吧,"萨姆继续道,一边得意地哼哼,一边坐下来,"我们只是在调查一些看起来不太对劲的事。请告诉我,西奥菲尔先生,谁负责替那群印第安纳波利斯来的老师安排租车事宜?"

经理眨了眨眼睛。"我想……等等,我具体确认下。"他站起身,开始翻阅一堆厚厚的文件,然后从里面挑出一份记录,"我记得没错,是一位名叫安德多克的先生。他似乎是那个团队的负责人。他在两周之前给我们写了一封信,然后周五的时候从帕克希尔饭店给我打了电话。"

"安排了昨天的旅行?"佩兴丝皱起眉头问道。

"不完全是,萨姆小姐。那只是其中一部分。他希望在一周的行程中由我们为他的团队提供租车服务。"

"所以他们周六和周日也出去了？"萨姆问道。

"哦，是的。而且他们今天、明天，还有这周剩下的几天也要出去。行程很紧张。事实上有点儿不同寻常。当然，我们给了他们特别的折扣。"

"嗯。一开始就是十七个人吧？"

"十七个？是的。"

"周六或周日出去的时候没有超过十七个人？"

西奥菲尔瞪了他一眼，然后冷冷地说："应该没有多出来……如果你是说这个的话。等一下。"他拿起手肘边几部电话中的一部。显然这是一条不通过总机转接的专线，因为他立刻说道："巴比，叫沙莱克和布朗上来。"他慢慢放下听筒。

"巴比，"探长说，"就是那个发车员吗？"

"是的。"

"我明白了。"探长说着，用火柴点燃了雪茄。

门打开了，两个穿着制服的壮小伙走进来。

"布朗，"西奥菲尔严厉地对第一个走进门的人说道，"周六是你带帕克希尔的那群老师出去的。你数过人数吗？"

布朗一脸惊讶："当然。十七个，西奥菲尔先生。"

经理目光严峻地瞥了他一眼，然后对他的同伴说："你呢，沙莱克？"

"十七个，头儿。"

"你们两个都确定？"

他们自信地点了点头。

"那么好了，伙计们。"

他们转身要走。"等一下，"探长客气地说道，"我想，你们下楼的时候最好能叫发车员巴比上来，伙计们。"

经理对两人询问的眼神报以点头的回应。"你觉得……？"当门在两人身后关上之后，经理焦急地问道。

"我知道，"探长咧嘴一笑，"你把他交给我吧，西奥菲尔先生。我擅长这种事。"他搓搓手，又歪头看了看正皱起眉头的佩兴丝。萨姆从来都没有搞懂过应该如何处理父女关系这一巨大的难题。他很晚才品尝到当父亲的滋味，女儿还梳着两条小辫时就去了国外，不在他身边了，回来的时候已经是一个年轻的姑娘。但是在这种场合下，他希望获得赞许的无言请求却没人理睬；佩兴丝正在思考着许多事情，而满足父亲的虚荣心并不包括在其中。探长叹了口气。

门打开了，楼下小亭子里的那个白头发男人出现了。他的双唇闭得更紧了，而且对于萨姆父女的在场视而不见。

"找我什么事，西奥菲尔先生？"他粗声粗气地说。

探长以职业警察那种冷静、权威的语气说道："说出来，巴比。"

那人不情愿地转过头，看了一眼萨姆，然后把目光移开："什么——我不明白，先生。"

"探长在和你说话，"萨姆的大拇指钩在背心的袖孔里，"快点儿，巴比。我知道你拿了好处，所以没必要再拐弯抹角。"

巴比迅速环顾了一下周围，舔了舔嘴唇，然后结结巴巴地说："我脑子不大好。什么好处？你是什么意思？"

"贿赂。"探长不带丝毫怜悯地说道。

那个发车员脸上的血色渐渐褪去，变得煞白，两只大手无力地抽动着："怎么——你是怎么发现的？"

佩兴丝毫无声息地吐了口气。西奥菲尔满是皱纹的脸上浮现出愤怒的神情。

探长笑了："我就是干这个的。现在就告诉你，伙计，我可以马上把你扔进牢里，但是，哦……如果你坦白说出来，西奥菲尔先生就不会控告你。"

"没错。"经理嘶哑地说，"好了，巴比，你听到探长说的话了！不要像头蠢牛似的站在那里！这到底是怎么回事？"

巴比笨手笨脚地摸了摸帽子："我……我有一家老小。我知道这违反了公司的规定。但是这笔钱看起来有些——诱人。当第一个家伙来找我的时候，我想告诉他这么做不行——"

"一个大胡子、戴蓝帽子的家伙，嗯？"萨姆厉声说。

"是的，先生！我是想告诉他这么做不行的，你瞧，但是他露了一张十美元的一角给我看，"巴比支支吾吾道，"于是我说'好吧'。我让他和其他人一起上了车。然后大约一分钟之后，又来了一个家伙，他向我提出了和第一个人一样的要求，要我让他上费希尔的巴士。我已经让第一个人上去了，那么我觉得既然做了，何不再多赚个五美元？他给了我一张五美元钞票。这就是第二个家伙，他也上了车。我就知道这么多。"

"费希尔和这件事有关吗？"西奥菲尔厉声问道。

"没关系，西奥菲尔先生。他完全不知情。"

"第二个家伙长什么样？"探长问道。

"一个外国佬，长官，脸长得像老鼠一样尖嘴猴腮的，黑皮肤，我看像意大利人。他穿得很花哨，像在皇宫剧院附近闲逛的那种人，左手上戴着一枚奇怪的戒指——长官，他是个左撇子，至少他是用左手把钞票递给我的——"

"你所说的'奇怪'是什么意思？"

"戒指是马蹄形的，你会以为那上面镶嵌着宝石，"巴比嘟哝着，"看起来像是铂金或者白金。上面镶着碎钻。"

"嗯，"探长摩挲着下巴，"我想你之前没见过这个人吧？"

"没有，先生！"

"如果再见到他，你能认出来吗？"

"能的，先生！"

"他和那群老师一起回来了，是不是？可是戴蓝帽子的家伙没有，对吗？"

巴比因为探长的一语中的而瞪大了眼睛："啊，正是如此。"

"棒极了。"探长站起来，把手伸到桌子对面，"非常感谢，西奥菲尔先生。别对这个小伙子太严厉。"他朝经理眨眨眼睛，友好地拍了拍惊慌失措的发车员的肩膀，把佩兴丝戴着手套的手夹在腋下，往门口走去。

"这件事告诉我们，"他们踩着咯吱作响的楼梯下楼时，探长咯咯地笑着说，"如果一个家伙总是盯着你看，而等你看他的时候，他又把目光移开，这时候就有问题了。第一眼看到他待在那个好像理发店标志的亭子里时，我就知道这家伙一定和这件事脱不了干系！"

"哦，老爸，"佩兴丝笑出了声，"你真是无可救药地爱卖弄。我该拿你怎么办？现在——"

探长的脸阴沉下来。"真是的。我们在寻找老多诺霍的事情上一点儿进展也没有……好吧，帕蒂，"他叹了口气，黯然说道，"让我们去一趟那该死的博物馆吧。"

第四章
年轻的罗先生

不列颠博物馆位于第五大道靠近六十五街的地方，是一栋又高又窄的四层楼建筑，夹在两栋外观朴素的公寓大楼中间。博物馆高耸的青铜大门正对着中央公园的绿地，南北两侧是公寓大楼古板的顶棚。

萨姆父女踏上唯一的石阶，凝视着青铜大门。对开的大门上有朴素的浮雕花纹，主要的装饰是莎士比亚那尊贵的头像，每一扇门上各有一个。大门看起来十分坚固——给人的感觉是非常不友善的。这绝没有曲解它的意思，因为铜质的门把手上也很不友善地挂了一块牌子，上面清楚地写着不列颠博物馆正"闭馆整修"。

探长可是一个不服输的人。他右手握拳，重重地敲打着青铜大门。

"老爸！"佩兴丝咯咯笑道，"你在打莎士比亚！"

探长咧嘴一笑，更用力地敲打着英国这位埃文河畔游吟诗人的鼻子。门后传来门闩重重的摩擦声，过了一会儿，一个脑袋探出来，是个长着蒜头鼻的怪老头儿。

"喂！"怪老头儿厉声呵斥道，"你看不懂字吗？"

"一边去，老兄，"探长乐呵呵地说，"我们赶时间。"

看门人没有动，他的鼻子继续从门缝中伸出来，就好像一个害羞的百合球。"你们要干什么？"他冷冷地问道。

"当然是想要进去！"

"喂，你们不能进去。对公众不开放。装修。"门缝开始合上。

"喂！"探长吼道，他想阻止关门，但是徒劳无功，"我们……喂，我们是警察！"

一串阴森的咯咯声从莎士比亚头像后面传来，随后就悄无声息了。

"好吧，真该死！"探长愤愤地说，"天哪，这个老蠢货，看我把你这该死的门砸烂！"

佩兴丝靠在门边，笑得更大声了。"哦，老爸，"她喘着气说，"你真可笑。这就是你乱敲不朽的威廉的鼻子得到的报应……我有个主意。"

探长哼了一声。

"你也不用拿怀疑的眼神看我，你这个呆老头儿。我们在敌方阵营里有个朋友，不是吗？"

"你是什么意思？"

"就是所向披靡的哲瑞·雷恩先生，他是不列颠博物馆的赞助人之一，不是吗？我相信打个电话给他就能'芝麻开门'。"

"天哪，没错！帕蒂，你遗传了老爸的头脑。我们去找部电话吧。"

* * *

他们在东面一个街区外的麦迪逊大道上的一家药店里找到一个公共电话亭。探长打了长途电话到哈姆雷特山庄。

"你好！我是萨姆。你是谁？"

一个无比古老的声音尖声说："我是奎西。你好！"奎西已经很老很老了，跟随哲瑞·雷恩有四十多年，原本是替他制作假发的师傅，现在成了从他那里领取养老金的朋友。

"雷恩在吗？"

"哲瑞先生就在这里，探长。他说你是个罪犯。"

"我有罪。我们都为自己而惭愧。老伙计怎么样了？听着，你这猴子，告诉雷恩先生我们需要他的帮忙。"

电话另一头响起轻微的谈话声。老演员虽然失聪了，但是这并没有妨碍他和别人面对面谈话——他读唇语的本事非常厉害——但是不能和别人在电话上交谈；奎西多年来一直充当主人的耳朵。

"他想知道是不是一桩案子。"奎西终于说话了。

"哦，算是吧。告诉他，我们在追查一些线索，涉及非常神秘的事情，必须进入不列颠博物馆。但是那个看门的臭老头儿不让我们进去。那里在闭馆整修。雷恩能帮上忙吗？"

又是一阵沉默，然后萨姆惊讶地听到雷恩本人的声音出现在听筒里。尽管上了年纪，但是老先生的声音仍然保持着奇迹般圆润的质感和丰富多变的弹性，当年他的声音正是因此成了享誉世界的好声音。"你好，探长，这次我们换一下，轮到你来听我说。"哲瑞·雷恩笑着说，"和往常一样，我还是忍不住要来一段独白。佩兴丝还好吧？不，不要回答，你这个老家伙，我可是什么也听不见……不列颠博物馆出事啦，嗯？我无法想象会出什么事，真的，我想象不出来。那里是这个世界上最平静的地方。当然我会立刻打电话给馆长乔特博士，你知道的——阿朗佐·乔特，我的好友。我相信他在那儿，但是如果他不在，我会找到他的，等回到博物馆——我猜你们就在附近——你们就能获得准许进去了。"说完，老绅士叹了口气："好吧，再见，探长。我真希望你们——你和佩兴丝，我非常想念她！——能找个时间尽快来哈姆雷特山庄看看我。"

短暂的停顿之后，传来一声不情愿的咔嗒声。

"再见。"探长对着挂断的电话冷静地说道。当女儿从电话亭外投来询问的目光时，他赶紧躲开，并且完全出于自卫地皱起眉头。

* * *

再次来到不列颠博物馆的门前时，莎士比亚的胡子显得不那么冷漠了，事实上，博物馆的门是虚掩的。在门口恭候他们的是一个上了年纪的男人，他身材高大，留着优雅的南方风格山羊胡，黝黑的脸上带着微笑，漂亮的胡子上方露出了闪亮的牙齿。在他身后站着那个长着蒜头鼻的老人，仿佛满是歉意的影子，而就在刚才他还严守着大门，禁止他们进入。

"萨姆探长吗？"那个留着胡子的男人说着伸出了柔软的手，"我是阿朗佐·乔特。这位一定是萨姆小姐！我记得很清楚，你上次和雷恩先生一起来过我们博物馆。请进，请进！非常抱歉，刚才糊涂的伯奇犯了错。我打包票，他下次不会这么鲁莽了，是吧，伯奇？"看门人小声咕哝了一句不礼貌的话，就退到阴影中。

"这不是他的错，"探长大方地说，"命令就是命令。我猜你已经从老哲瑞那里听说了。"

"是的。他的手下奎西刚刚来过电话。请别介意不列颠博物馆糟糕的样子，萨姆小姐，"乔特博士笑道，"我觉得自己就好像一个兢兢业业的家庭主妇，在为厨房的脏乱局面向一位意外来访的客人道歉。你知道的，我们正处在漫长的重新装修过程中，要全面大扫除。鄙人这个馆长也不例外。"

他们穿过大理石前厅，进入一间小接待室。接待室里弥漫着一股新刷油漆的刺鼻味道。家具都挤在房间中央，上面盖着奇怪的、色彩斑驳的罩子，这是油漆工人干活儿时用来防止家具沾上油漆用的。油漆工人在脚手架上，拿着湿漉漉的刷子粉刷墙壁和天花板，发出沙沙的声音。在壁龛里茫然地望着这一切的是那位英国文坛巨匠的几座半身像。房间的另一头是通往电梯的铁栅门。

"我不确定是不是喜欢这个想法，乔特博士，"佩兴丝吸了吸鼻子说道，"呃——关于这里被装点成这样的风格一事。让

051

莎士比亚、琼森、马洛[1]的塑像保持原样,岂不是更尊重他们的方式吗?"

"也是个好主意,我自己也反对这么干,但是我们有个推行革新的董事会。我们好不容易才让他们打消了念头,不在莎士比亚厅放置一系列现代壁画!"他笑了笑,侧着脸看探长,"要不去我的办公室吧?就在这旁边,谢天谢地,那里还没有被粉刷过!"

他带路穿过一堆斑驳的画布,来到一扇通往凹室的门。他的名字端正地写在木门板上。他们走进一间宽敞明亮的房间,天花板很高,靠墙的橡木书架上摆满了书籍。

一个年轻人坐在一把扶手椅上,正在专心地看书,他们进门的时候那人才抬起头。

"啊,罗,"乔特博士大声说道,"抱歉打扰到你了。我想让你见见哲瑞·雷恩的两位朋友。"那个年轻人赶紧站起身,立在椅子旁边,脸上带着友善的笑容。他缓缓地摘下玳瑁眼镜。他个子高挑,摘掉眼镜后,显得面容俊朗。他的肩膀带有弧线,透露出某种运动员的气质,掩盖了淡褐色眼睛中表现出的乏味的学究气。"萨姆小姐,这位是戈登·罗先生,他是不列颠博物馆最忠实的新人之一。这是萨姆探长。"

年轻人的目光始终没有从佩兴丝身上移开,他和探长握了握手:"你好!博士,我来替你说吧,你知道眼睛疲劳的时候应该怎么做才好。萨姆……嗯。不。恐怕我对这个名字并不满意。完全不

---

[1] 克里斯托弗·马洛(1564—1593),英国剧作家、诗人,剧作有《帖木儿大帝》《浮士德博士的悲剧》《马耳他的犹太人》等。——编者注

合适。我们来瞧瞧看……啊,探长!我好像听说过你。"

"多谢。"探长冷冷地说,"我们还是别打扰你了,这位叫什么名字来着的先生。也许我们最好到别处去,乔特博士,留下这个年轻人看他的廉价小说。"

"老爸!"佩兴丝叫道,"哦,罗先生,请不要在意我父亲。你瞧,他可能不喜欢你拿'萨姆'这个姓氏开玩笑。"她的脸越来越红,而那个年轻人丝毫不在意探长愤怒的目光,继续用欣赏的眼光看着佩兴丝。"你想给我安个什么姓氏呢,罗先生?"

"达林[1]。"罗先生热情地说。

"佩兴丝·达林?"

"呃——只是达林。"

"喂——"探长开始生气了。

"请坐吧。"乔特博士满脸堆笑地说,"罗,看在老天的分儿上,规矩点儿。萨姆小姐,请。"佩兴丝发现这个年轻人坚定的眼神让自己有些不安,而且,自己手腕上的血管因为某种莫名其妙的原因突然悸动起来。她坐了下来,探长和乔特博士也坐了下来,罗先生仍然站在那里盯着她看。

"等待叫人心烦,"乔特博士匆忙说道,"他们才刚刚开始。我说的是油漆工人。楼上都还没有碰呢。"

"啊,"萨姆探长抱怨道,"现在我来告诉你——"

戈登·罗坐了下来,茫然地咧嘴笑着。"如果我打扰到——"他愉快地开口说。

---

1 原文是Darling,意为亲爱的。——编者注

萨姆探长一脸满意的神情。可是佩兴丝给了父亲迷人的一瞥，对馆长说："我是不是听您刚才说起，您也被归入大扫除对象的行列，乔特博士？——罗先生，请留步。"

乔特博士靠在他那张长桌后面的转椅上，环顾整个房间，叹了口气："某种程度上可以这么说，还没有正式宣布，但是我要走了，要退休了。我的一生有十五年都待在这栋建筑里，是时候要替自己着想了。"他闭上眼睛，喃喃地说："我非常清楚自己要做什么。我在康涅狄格州北部看中一栋英式小别墅，打算买下来，埋头写我的书，过起隐退学者的生活……"

"好主意，"探长说，"但我想说的是——"

"真迷人。"罗先生喃喃地说，仍旧盯着佩兴丝。

"从雷恩先生告诉我的关于您的情况来看，您真应该好好休息。"佩兴丝连忙说，"您什么时候离开，博士？"

"我还没有决定。你知道，我们马上就要来新馆长了。实际上他今晚从英国坐船来，他乘坐的船明天早晨将会靠岸，然后我们就能见到他了。他还要花点儿时间熟悉工作，当然我会待在这里，直到他可以独当一面为止。"

"这是社交拜访吗，达林小姐？"那个年轻人突然问道。

"我向来以为，美国人从英国借东西仅限于绘画和书籍，"佩兴丝有些困惑地说，"我猜你们这位即将上任的馆长一定是一位非常特别的藏书家吧，乔特博士？他真的是什么重要人物吗？"

探长在椅子上坐立不安。

"哦，他在海外是树立了一些名声，"乔特博士微微摆了摆手说道，"我不能说他是第一流的。他曾经在伦敦一家小型博物馆——肯辛顿博物馆当了很多年馆长。他的名字叫塞德拉，哈姆内特·塞德拉……"

"绝对是如假包换的英国佬！"那个年轻人热情洋溢地说。

"你知道的，他是我们董事会主席詹姆斯·韦思亲自聘请的。"

佩兴丝因为突然不能与那个年轻人倾慕的眼神对视而显得有些不自在，扬了扬细长的眉毛。韦思在显贵中也有头有脸，是一个冷酷、有教养、对知识充满热情的人。

"而且，塞德拉也得到了约翰·汉弗莱-邦德爵士的强烈推荐，"乔特博士亲切地继续说下去，"当然约翰爵士的背书是举足轻重的。几十年来，他一直是英国最杰出的伊丽莎白时代珍品的收藏家。萨姆探长，我想你应该知道吧？"

探长准备开口。他清了清嗓子："当然，当然。但是我们——"

"当然你不会介意我留在这里吧？"罗先生突然问道。"我一直希望有人会来，你知道的。"他笑了笑，合上了他刚才在看的厚重而古老的对开本，"今天是我的幸运日。"

"当然不介意，罗先生，"佩兴丝喃喃地说，她的脸颊微微泛红，"呃……乔特博士，我人生中的大部分时间都是在英国度过的——"

"幸运的英国。"那个年轻人不无虔诚地说道。

"而且我一直觉得，大多数有教养的英国人都觉得我们不仅奇怪，而且是有些好斗的野蛮人。我想这里给塞德拉开出的条件一定很好吧？"

乔特博士笑了，胡子也抖动起来："错了，萨姆小姐。不列颠博物馆的财务状况不允许我们为塞德拉博士提供与他在伦敦时

055

同等的待遇。但他似乎真的对在这里加入我们的前景很热心，所以他立刻接受了韦思先生的提议。我猜他和我们一样——不讲求实际。"

"一点儿没错，"那个年轻人叹了口气，"如果我讲求实际——"

"真奇怪，"佩兴丝笑了，"不知为什么，听起来不像是真正的英国人心理。"

探长故意咳得很大声。"喂，帕蒂，"他用责备的口吻说道，"乔特博士是个大忙人，我们不能占用他一整天的时间去打听和我们此行无关的事情。"

"哦，说真的，探长——"

"我相信，对于乔特这种老顽固来说，"罗先生热情地说，"能与像您女儿这样美丽的小姐交谈，称得上是一种享受，探长——"

萨姆的眼睛里开始闪现出不顾一切的光芒。"乔特博士，"他不顾那个年轻人，自顾自地说道，"我们此行的真正目的是查明多诺霍的情况。"

"多诺霍？"馆长显得很疑惑，他盯着罗先生，后者身子前倾、两眼发亮，"多诺霍怎么了？"

"多诺霍怎么了？"探长咆哮道，"天哪，多诺霍不见了，就是这么回事！"

年轻人脸上的笑容消失了。"不见了？"他轻轻说道。

乔特博士皱着眉头："你确定吗，探长？我想你指的是我们的特聘警卫吧？"

"正是！啊，你难道不知道他今天早上没来上班吗？"

"当然。但是我觉得没什么大不了。"馆长站起来,开始在桌子后面的地毯上踱步,"伯奇——我们的看门人——的确在今天早上和我提起多诺霍没有来上班的事情,但是我觉得没什么——事实上,罗,我和你提到过,你记得吧?你瞧,我们大家都喜欢他,愿意给他别处享受不到的更多自由。现在博物馆正在闭馆……出什么事了?怎么回事,探长?"

"嗯,就我们现在所知道的,"探长冷冷地回答,"昨天下午,当那群学校老师来这里四处参观时,他就离开了,此后就再没人见过他。他没有回自己的出租公寓,也没有赴昨晚和一个朋友的约会——就这么消失不见了。"

"这事情挺奇怪的,您不这么认为吗,博士?"佩兴丝喃喃地说。

戈登·罗静静地把书放下。

"确实,确实,"乔特博士看上去很是不安,"那群老师……他们看起来似乎人畜无害,探长。"

"如果你像我一样当了这么多年警察,"探长反驳道,"你就知道不能太依赖外表来看人。我了解到是你带着那群人参观博物馆的。"

"是的。"

"他们当时有多少人,你还记得吗?"

"说实话,我不知道。恐怕我没有数人数,探长。"

"您有没有碰巧注意到,"佩兴丝温柔地问道,"人群中有一个中年男人,留着浓密的灰色八字胡,戴着一顶蓝帽子,有吗,博士?"

"我向来心不在焉,萨姆小姐,大部分时间我对周遭的情况都不在意。"

"我注意到了,"罗抬起瘦削的下巴说道,"但只是瞥了一眼,没有细看。"

"太糟了,"探长挖苦地说道,"所以你只是带他们四处看了看,嗯,博士?"

"那是我的过错,探长,"馆长耸耸肩,回答道,"为什么你们特别在意这个戴蓝帽子的男人,萨姆小姐?"

"因为这个戴蓝帽子的男人,"佩兴丝回答道,"不属于这群人,乔特博士,而且我们完全有理由相信多诺霍的失踪和他有着某种联系。"

"奇怪了,"年轻的罗喃喃地说,"奇怪了。博物馆里藏着阴谋,博士!听上去正像是多诺霍会做出来的,他那爱尔兰人的浪漫气质简直到了不可救药的地步。"

"你是说他也许注意到了这个戴蓝帽子的家伙有什么奇怪的地方,"乔特博士思忖着说,"于是忍不住自己展开了私下调查?当然,这是有可能的。不过,我相信多诺霍不会有事。我非常确信他有照顾好自己的本事。"

"那么他在哪里呢?"探长冷冷地说。

乔特博士再次耸耸肩,很明显,他觉得整件事情微不足道。他笑容可掬地站起身。

"现在你的事情已经处理完了,你想要四处看看吗,探长?还有你,萨姆小姐?我知道你以前来过不列颠博物馆,但是我们最近得到了一批重要的捐赠藏品,我相信你会感兴趣的。东西放在我们的萨克森厅。你知道的,那是以塞缪尔·萨克森之名命名的。他不久之前才去世——"

"嗯——"探长吼道。

"我相信我们会喜欢的。"佩兴丝赶紧说。

* * *

乔特博士像摩西[1]一样在前面带路。他们穿过接待室地上沾满油漆的画布之间的夹道,沿着走廊来到一间很大的阅览室。那里墙上的书架排满了书籍,而且都挂着画布。萨姆探长疲惫地在博士身旁拖着脚步往前走,佩兴丝和那个高个子年轻人跟在他们两人后面——这种安排产生了一种奇妙的效果,让佩兴丝的脸颊上又多了一抹红色。

"你不介意我这样跟着吧,达林?"年轻人喃喃地说。

"我从来不拒绝英俊男士的陪伴,"佩兴丝不自在地说,"而且我想我也不会让你太过骄傲自满,罗先生。有没有人告诉过你,你是个非常讨厌的年轻人?"

"我哥哥说过,"罗严肃地说,"有一次我把他的眼圈打黑了。达林,我不知道自己什么时候遇到过一个女孩——"

乔特博士领着他们穿过阅览室,来到另一头的门旁。"事实上,"他大声说,"罗先生恐怕比我更有资格在萨克森厅尽地主之谊。他就是你们听说过的那种神童。"

---

1 《圣经》故事中古代犹太人的领袖。——编者注

"太可怕了。"佩兴丝说着,甩了甩头。

"一个字也别信!"罗立刻说,"乔特,我要掐死你!萨姆小姐,这位博士大人的意思是——"

"哦,现在又成了萨姆小姐,对不对?"

他脸红了:"对不起。我有时候就会这样。乔特博士的意思是,我很幸运地吸引了老山姆[1]·萨克森的目光。他在遗嘱中将一批珍本书留给了不列颠博物馆。你知道的,他几个月前才去世。身为他的门徒,我以一种半公务的身份来到这里,监督这些书在新家能有个好的开始。"

"越来越可怕了,罗先生。我基本上只对那些没有脑子又没有靠山的年轻人才感兴趣。"

"你存心这么残忍,"他低声说,眼睛里闪烁着光,"除了我的靠山,我向你保证我是够资格的!事实上,我正在进行一些关于莎士比亚的原创研究。萨克森先生收留了我,而我在这里继续我的研究,因为他去世了,很多莎士比亚的资料就遗赠给了这家博物馆。"

他们走进一个狭长的房间,根据焕然一新的面貌、松节油的气味和没有罩子等情况来看,这里最近刚重新装修过。房间里大概容纳了一千册书籍,大部分放在开放书架上。还有小部分摆放在有着细长金属脚的木质陈列柜里,柜子上都盖着玻璃——显然是比较珍贵的书籍。

"刚刚完成,"乔特博士说,"这里有一些真正非常独特的东

---

[1] "山姆"是"塞缪尔"的昵称。

西,是吧,罗?当然,这一侧的东西还没有展出过,这些藏品是几周前刚送来的,那是在我们停止开放之后。"探长靠在门边的墙上,显得有些无聊。

"这里,"乔特博士以肖托夸[1]式的口吻继续说道,同时慢慢走到最近的一个陈列柜,"就是——"

"天哪!"探长尖叫起来,"那边的柜子怎么回事?"

乔特博士和戈登·罗像惊弓之鸟一样迅速转身。佩兴丝呼吸急促起来。

探长指着房间中央的一个陈列柜,它的外表和其他柜子一模一样,只有一点儿不同:柜子顶上的玻璃被敲碎了,只有几块参差不齐的碎片留在边框上!

---

1 肖托夸是19世纪末期与20世纪早期在美国非常流行的成人教育运动(同时也指其集会教育形式)。肖托夸为社区提供娱乐与文化教育,与会成员包括了当时的演说家、教师、音乐家、艺人、牧师和其他行业的专家。

第五章
杰加德的陈列柜

馆长和年轻人脸上惊恐的表情瞬间变得轻松起来。

"哦！"罗说，"别紧张，探长。我还以为真出了什么事呢。只是昨天出了点儿意外，仅此而已。"

佩兴丝和探长迅速交换了眼神，目光变得明亮起来。"意外，嗯？"探长说，"好吧，好吧。我欣然决定接受你们的文化熏陶，博士。你说的'意外'是什么意思，罗？"

"哦，我向你保证，根本没有别的意思。"馆长笑着说，"完全不值一提。这其实该由罗先生来说。昨天下午他正在隔壁的阅览室工作，正好要到这里来查阅一本萨克森的藏书。就是他发现这个柜子的玻璃碎了的。"

"是的，"罗解释说，"昨天早上工人们才装修完这间房间，我猜应该是什么人回来拿落下的工具或者什么东西，不小心敲碎了玻璃。没什么值得大惊小怪的。"

"你们是昨天什么时候发现的，罗先生？"佩兴丝慢慢问道。

这一次她的目光没有任何个人感情色彩。

"哦,我想应该是大约五点半。"

"那群印第安纳波利斯来的游客是什么时候离开的,乔特博士,您说起过吗?"她继续道,脸上的笑容几乎完全消失了。

乔特博士似乎有些恼怒:"哦,我向你保证根本没事!我之前没提起过这个,萨姆小姐。我想那些老师是五点离开的。"

"那么玻璃是五点半打碎的,罗先生?"

年轻人瞪着她:"福尔摩斯小姐!我真的不知道。你是女侦探吗?"

"别闹了,你这家伙,"探长上前说道,但是他说这话的时候没有火气,似乎真的恢复了幽默感,"怎么回事呢?你一定是听到了玻璃破碎的声音。"

罗沮丧地摇摇头:"我没有听到,探长。您瞧,从阅览室通往萨克森厅的门是关着的,而且我通常都很专注于手上的事情,就算您引爆了我椅子下面的炸弹,我都不会眨一下眼睛。所以,您瞧,意外发生的时间可能是昨天下午的任何时候。"

"嗯,"探长走到玻璃碎了的柜子前面,探头看了看,"有东西被偷吗?"

乔特博士开心地笑了:"好了,探长,你瞧,我们又不是小孩子。我们当然会想到可能有人偷偷溜进这里,偷走了柜子里的三本稀世珍本中的一本——你瞧,那里还有一扇门,通往主走廊,所以要进这个房间很简单。但是它们都完好无损,你可以看到的。"

萨姆父女低头看着破损的陈列柜。它的底部垫着柔软的黑色天鹅绒;三个长方形凹槽巧妙地嵌入天鹅绒,每个凹槽里都放着一本又厚又大的书，它们粗糙陈旧的小牛皮装帧已经有些褪色，留有污渍。左手边那本书是金棕色小牛皮装帧，右手边那本是褪了色的猩红色，中间那本是蓝色。

"今天下午会有一个玻璃工人来换玻璃。"馆长继续说，"现在——"

"别着急，博士，"萨姆探长忽然说道，"你说昨天上午工人们就把装修的活儿给干完了。下午的时候你难道没有派个警卫在这里执勤吗？我以为这些博物馆每时每刻都会有警卫看守呢。"

"天哪，没有，探长。博物馆闭馆装修期间，我们不需要像平常一样，用那么多人手。多诺霍和看门人伯奇就足够了。这些印第安纳来的老师是我们闭馆之后第一批允许进入参观的外人。但是我们并不认为有必要——"

"好吧，"探长低沉地说，"我想我可以告诉你发生了什么，它其实并不像你们想的那么简单。"

佩兴丝的眼睛亮了起来。戈登·罗看上去一脸疑惑。

"你是什么意思？"乔特博士立刻问道。

"我的意思是，"探长厉声说，"你的猜测是对的，博士，也就是说多诺霍看到蓝帽子先生有什么不对劲，然后便跟着他。他为什么跟着蓝帽子？我敢说因为蓝帽子打碎了这个柜子的玻璃，那就是原因，而多诺霍看到他动手了！"

"那么为什么没丢东西呢？"馆长反驳说。

"也许没等他拿走其中哪本书，多诺霍就把他吓跑了。你说它们价值连城。事情很简单——企图盗窃。"

佩兴丝若有所思地舔了舔丰满的下唇，眼睛盯着玻璃被打碎的柜子。

"那么为什么多诺霍没有发出警报呢,探长?"罗喃喃地说,"而且,如果多诺霍正在追赶这个戴蓝帽子的家伙,那么为什么没有人看到蓝帽子跑出去呢?"

"最重要的是,"佩兴丝用低沉的声音说,"多诺霍在哪里呢?为什么他还没有回来?"

"我不知道,"探长粗暴地反驳说,"可是我告诉你,事情就是这样。"

"我非常担心,"佩兴丝用一种略显僵硬的怪异口吻说道,"发生了什么十分可怕的事情。而且那事情不是发生在蓝帽子那个家伙身上,老爸,而是发生在可怜的老多诺霍身上!"

* * *

大家沉默不语。探长开始在铺着石板的地板上踱步。

佩兴丝叹了口气,再次弯腰检查柜子。柜子里的三本书后面都放了一张折成三角形的立起来的卡片。前面则放了一张更大的说明卡片,上面印着:

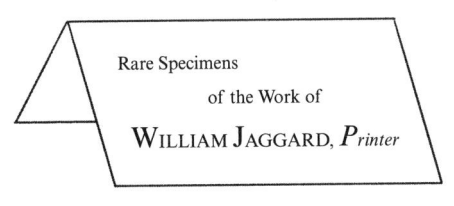

> Rare Specimens
> of the Work of
> WILLIAM JAGGARD, P*rinter*

罕见的样品
印刷商威廉·杰加德的作品

"伊丽莎白时代的?"佩兴丝问道。

乔特博士心不在焉地点点头:"是的。这里的东西很有趣,萨姆小姐。你知道的,杰加德是伦敦著名的印刷商兼出版商,他制作了莎士比亚的'第一对开本'[1]。这几本全都是塞缪尔·萨克森的收藏——天知道他是从哪里弄来的!他是个小气鬼。"

"我不会么说。"戈登·罗说道,淡褐色的眼睛里闪烁着光芒。

"哦,纯粹是从藏书家的角度来说。"乔特博士匆匆补充了一句。

"好了,"探长粗声粗气地说,"我想要调查一下。"

* * *

虽然有很多事要查,但实际上却一无所获。在乔特博士的协助下,萨姆探长召集齐了不列颠博物馆里所有的工人——装修工、油漆工、泥瓦匠和木匠,而且详尽询问了他们前一天发生的事情。他们中没有一个记得看到过一个戴蓝帽子的人进入或离开萨克森厅,也没有一个人记得失踪的多诺霍的确切活动。

佩兴丝在萨克森厅逗留了一会儿,被年轻的罗先生缠着说了些话,这时她匆匆走进阅览室,脸上喜形于色,而探长正在里面徒劳地询问着工人们。

---

[1] 莎士比亚去世后,他的同事约翰·赫明斯、亨利·康德尔把莎士比亚所写的戏剧收集、编辑成一部合集,于1623年由杰加德父子和爱德华·布朗特出版,版本为对开本,称为"第一对开本"。

"老爸！我想有件事……你不介意我不跟你回办公室吧？"

探长突然想起自己的父亲身份，他摆出一副严厉的模样："你要去哪里？"

"吃午饭。"佩兴丝愉快地说，偷偷瞄了一眼手提包的镜子里自己的样貌。

"哈，"探长说，"吃午饭，嗯？"他一脸愁容。

"我猜是和年轻的罗一起吧？"乔特博士笑着说，"文学本是一门十分严肃的学科，可这个年轻人作为文学研究者真是轻浮到不可救药的地步。啊，他来了。"说话的同时，罗拿着帽子和手杖走了过来。"今天下午还回来吗，罗？"

"如果我能离开的话，"这个年轻人咧嘴笑道，"莎士比亚已经等了三百多年，我想他还可以再多等一会儿。您不介意吧，探长？"

"介意？介意？"探长咆哮道，"为什么该死的我要介意？"他在佩兴丝的额头上狠狠地亲吻了一下。

这对年轻人轻快地走出房间，谈得很投入，他们好像从古代就开始交谈了，可能还要永远交谈下去。现场又陷入沉默。

"好啦，"探长叹了口气，"看来我也该走了。帮我留意一下，可以吗？如果你听到任何有关多诺霍的消息，或者他找上了你，请打电话给我。"他给了馆长一张名片，无力地和馆长握了握手，跌跌撞撞地走出阅览室。

乔特博士若有所思地注视着他宽阔的、猿猴似的背影。然后他用名片轻轻敲了敲周围胡子拉碴的嘴唇，轻轻吹了一声口哨，转身朝萨克森厅走去。

第六章
寻求帮助

"我一直以为,"佩兴丝从葡萄柚上方露出头说道,"研究文学的人就像研究化学的人一样,都是弓着背、身材瘦削的年轻人,眼睛里闪着狂热的光芒,完全没有对异性的吸引力。你是个例外,还是说我漏掉了什么呢?"

"是我漏掉了什么。"罗先生断言,说完还狠狠地咽下满嘴的水果。

"我注意到,精神上的缺漏并没有影响你的胃口!"

"谁说那是精神上的?"

侍者拿走了空盘子,端上来两碗清炖肉汤。

"美好的一天,"佩兴丝匆匆说道,然后匆忙喝了一口汤,"说说关于你本人的事,年轻人。要松饼吗?……我的意思是,说点儿能写个人传记的东西。"

"我更想来杯鸡尾酒。这里的乔治认识我,不过即使他不认识我,也没什么差别。乔治,来两杯马提尼,要最干涩的那种。"

"莎士比亚和马提尼！"佩兴丝喃喃地说，然后咯咯笑了起来，"真新鲜！现在我明白了。这就是为什么你是个学者，却还像个普通人。你在布满灰尘的书页上洒下酒精，然后它就会烧起来，是吗？"

"就像魔鬼一样，"年轻的罗先生咧嘴笑道，"事实上，你故作聪明。我讨厌和聪明的女人共进午餐。"

"哦，我喜欢，"佩兴丝倒吸一口气说，"哎呀，你这个狂妄自大的家伙！我有文学硕士学位，我会让你见识一下，而且我写过一篇精彩的论文，讨论托马斯·哈代的诗歌！"

"哈代？哈代？"年轻人一边说一边皱起直挺挺的鼻子，"哦，那个拙劣的诗人！"

"你在胡说些什么？我哪里故作聪明了？"

"你不了解莎翁最基本的精神。我亲爱的小姐，你如果真的对莎士比亚有深入的了解，那么就会知道，他的诗不需要外在的刺激，就能自己燃烧出火焰。"

"领教了，领教了，"佩兴丝喃喃地说，"谢谢你，先生。我永远都不会忘记这堂短短的美学课。"她两颊绯红，同时狠狠地把松饼掰成两半。

他把头往后一仰，大笑起来，把正端着托盘的乔治吓了一跳——托盘上放着两个装有琥珀色的冰凉液体的杯子。"哦，天哪！"罗先生喘着气说，"她受不了了！我想我们都有点儿疯了……啊，乔治。把酒杯放下吧，伙计……干杯，萨姆小姐？"

"萨姆小姐？"

"达林！"

"叫我佩兴丝,罗先生。"

"很好,那就叫佩兴丝吧。"他们严肃地喝着酒,目光在杯缘交会,双双大笑起来,又被鸡尾酒给呛着了。罗说道:"现在开始写自传。我叫戈登·罗。等到米迦勒节[1]过了,我就满二十八岁了。我是个孤儿,收入少得可怜。我觉得洋基队今年真是糟透了,我知道哈佛队今年买下了一名很好的四分卫。还有,如果再多看你几眼,我真想亲你一口。"

"你真是个奇怪的年轻人,"佩兴丝满脸通红,"不,不,这并不意味着接受,所以你最好把我的手放下,隔壁桌的两位老太太正用反对的眼光看着你……天哪,我羞死了!只要一提到亲吻,我就会像个未谙世事的女学生一样满脸通红!你总是这么轻佻吗?我倒更期待听到一场引人入胜的讨论,关于约翰·弥尔顿使用的动词不定式拆分,或者鳞翅目的分类问题。"

他盯着她,脸上的笑容渐渐消失:"你真是好得不得了。"他用力戳了戳盘子里的肉排,沉默了一会儿。当他再次抬起头的时候,两个人都认真地打量对方,佩兴丝先低下了目光。他继续说:"说实话,帕蒂——真高兴你让我这样称呼你——这种孩子气的粗俗行为是我的一种逃避方式。这不是什么好行为,我知道,而且我从来不觉得自己在社交上有什么能力。我把最好的年轻岁月都花在了接受教育上,而最近几年里,我又想着在文学研究领域做一番惊天动地的伟业。你知道,我有很大的野心。"

"野心从不会毁掉任何一个年轻人。"佩兴丝轻轻地说。

---

[1] 米迦勒节是基督教节日,西方基督教在每年9月29日庆祝这个节日。

"谢谢你说出这么宽容的话,小姐。不过,我不是很有创造力的那种人。研究工作对我很有吸引力。我想我本应该去从事生物化学或者天体物理学的研究。"

佩兴丝专注于她的沙拉,拿起一片翠绿的水芹叶子玩弄了一会儿:"我真的——哦,真是蠢。"

他身子前倾,抓住她的手:"请告诉我,帕蒂。"

"罗先生,他们在看我们呢!"佩兴丝说着,但是并没有把手抽回来。

"请叫我戈登。"

"戈登……你伤害了我,"佩兴丝痛苦地说,"哦,我知道你是在开玩笑,仅此而已,但事实是,罗先生——好吧,戈登!——我瞧不起大部分女性,因为她们思想顽固。"

"抱歉,"他懊悔地说,"那是很拙劣的玩笑。"

"不,不只是这样,戈登。我自己也在开很拙劣的玩笑。我从不知道自己到底想做什么,而你——"她笑着说,"当然,听上去很可笑。但是我们与低等的灵长类动物的唯一区别在于逻辑思考能力,我不懂为什么仅仅因为女人在生理方面和男人不同,就要妨碍她们培养自己的思维。"

"现在流行的观点是,单单有这种想法就会令人恐惧。"这个年轻男人咧开嘴笑着说。

"我知道,我憎恨这种潮流。在遇见哲瑞·雷恩之前,我都不相信自己有朝一日能认识到思维的各种可能性。他——哦,他能让你得到升华,他能让你想要思考、想要求知。这并不妨碍他还是一位非常迷人的老绅士——我们已经偏离了主题。"她害羞地抽回了手,目光诚恳地注视着他,"跟我说说你的工作,还有你本人,戈登。我真的很感兴趣。"

"没什么好说的,"他耸了耸宽阔的肩膀,"就是工作、吃饭、健身和睡觉。当然,工作是最重要的部分。莎士比亚身上有一种特别的东西吸引着我。从来没有这样的天才。哦,比起欣赏一句话的精妙之处,或者哈姆雷特、李尔王思想背后的深刻哲理,有一样东西对我的影响更深。那就是这个男人。是什么造就了他?他的秘诀是什么?他从什么地方获得灵感,还是说那只是他内心的一团火?我想要知道答案。"

"我去过斯特拉特福[1],"佩兴丝轻轻说,"那儿有种东西,存在于老教堂巷、圣三一教堂,那气氛——"

"我在英国待了一年半,"罗喃喃地说,"工作苦不堪言。追查一鳞半爪的线索,大部分要靠想象。而且,天哪……"

"怎么了?"佩兴丝轻声道,眼神放出光芒。

他用手托着下巴:"一个艺术家生命中最重要的时期是他的成长期。那正是他激情最旺盛的时候。他的感官处于巅峰的状态……而我们对这位世界上最伟大的诗人的美好岁月又了解多少呢?完全不了解。莎士比亚的故事中存在着空白,我们如果要富有感受力地、聪明地欣赏这位艺术家,就必须把这段空白填满。"他停下来,疲惫的淡褐色眼睛里闪过一丝惊恐。"帕蒂,"他用略微颤抖的声音说道,"我想我找对了方向。我想——"

---

1 埃文河畔的斯特拉特福(Stratford-upon-Avon),英国英格兰沃里克郡的一个集镇,因是威廉·莎士比亚的故乡而知名。

他停下来，摸索着烟盒。佩兴丝一动不动地坐着。

他没有打开烟盒，而是把盒子放回背心口袋。"不，"他喃喃地说，"时机还不成熟。我还不太清楚。是的。"然后他笑了："帕蒂，我们谈谈别的事情吧。"

她略微担心地叹了口气，眼神从没离开过他。然后，她微微一笑："当然，戈登。和我说说萨克森家的事吧。"

* * *

"好吧，"他孩子气地瘫坐在椅子上，"实在没什么好说的。老山姆·萨克森之所以青睐我——这也许是一种直觉吧——我想他是看上了我，他自己没有孩子。虽然他的性格有些缺陷，但他是一个真正热爱英国文学的人。他是个粗暴的老小孩，但是坚持资助我的研究——把我纳入他的麾下，还让我住进了他的家里……然后他去世了。而我还在继续工作。"

"那么萨克森太太呢？"

"无与伦比的莉迪亚，"他皱起了眉头，"大惊小怪，这还是客气的说法。我想我不应该忘恩负义，但她有时候真是讨厌。她对文学几乎一窍不通，对她丈夫的那些珍本书更是一无所知。我们还是别提她了。她是一个令人不快的女人。"

"就因为她不和你讨论四开本和八开本[1]！"佩兴丝大笑起

---

1 四开本和八开本是指书籍的尺寸。莎士比亚在世时，出版的多数作品是四开本，少数是八开本。

来,"那么谁负责管理萨克森的藏书呢?你吗?"

"现在你真的要进入古老的历史了,"罗咯咯笑道,"那块化石的名字叫克拉布。对你来说这就是诗意的正义!我?我亲爱的小姐!我称呼他为'老鹰眼',他的确是。他担任萨克森先生的图书管理员有二十三年了,而且我相信他对自己所保管的东西的防备严格程度超过了老山姆本人。"他的脸上闪过一丝阴霾:"现在他是绝对的大王。萨克森先生在遗嘱中要求克拉布继续担任藏品的管理员。以后就更难接近这些东西了。"

"但你难道不是在萨克森的图书馆里工作吗?"

"我向你保证,那是处于严密的监视之下!克拉布之前守着那些书,现在还是如此。那里有四分之一的东西我都不曾看过。过去几个月里,我在为遗嘱中规定要交给不列颠图书馆的特定藏品进行编目和审核,这让我的研究耽搁了些时间,但是萨克森先生在遗嘱里要求我这么做,这也没什么……瞧啊,佩兴丝,我让你感到无聊透了。请告诉我一些……你的事情吧。"

"我?没什么好说的。"佩兴丝轻描淡写地说。

"我说真的,帕蒂。我……我想你是最……哦,很好!但还是和我说说吧。"

"如果你坚持,"她在手提包里翻找着镜子,"我的生涯也许可以用一句简单的话来概括:我是那种现代的维斯塔贞女[1]。"

"听起来很厉害,"那个年轻人笑道,"我恐怕不太明白。"

---

[1] 在古罗马时代,女神维斯塔是掌管炉灶和家庭的女神。人们会选出六位女性作为维斯塔的女祭司,称之为"维斯塔贞女",她们要侍奉女神三十年。

"我……我把自己的生活都献给了……某些事。"她一边瞥着小镜子,一边拨弄着头发。

他目光热切地注视着她:"为了提升思想?"

她收起镜子,叹了口气:"哦,戈登,我真的搞不懂自己。我……我有时候有些迷糊。"

"你知道你的命运是什么吗,小姐?"罗说。

"告诉我!"

"你注定要过一种平淡乏味的生活,亲爱的。"

"你是说——结婚生子?"

"就是那种。"他压低声音说。

"太可怕了!"佩兴丝站起身,脸颊的粉红变成了恼羞成怒的红色。她意识到了这一切,因为她的脸似乎要烧出个洞来:"我们可以走了吗,戈登?"

* * *

萨姆探长心事重重地回到办公室。他朝布劳迪小姐哼了一声,便大步走进自己的办公室,随手把帽子扔到房间另一头的保险箱上面,接着重重地坐到转椅上,皱起了眉头。

他把大脚搁在桌上,过了一会儿又放下来。他在口袋里翻找雪茄,可是没有找到,然后又在抽屉深处翻找,直到寻获了一支破旧的烟斗,他给烟斗填上样子难看的烟丝,点燃后一脸苦闷地抽了起来。他翻了翻日历,又站起身开始来回踱步,接着再次坐下,暗自骂骂咧咧,并且按下了桌子背面的一个按钮。

布劳迪小姐匆匆跑进来,气喘吁吁。

"有电话吗?"

"没有,探长。"

"有邮件吗?"

"哦,没有,探长。"

"天哪,塔特尔没有把杜尔金案件的报告送来吗?"

"没有,探长。"

"该死的鼓眼泡——好吧,好吧,布劳迪小姐!"

布劳迪小姐的眼睛睁得大大的。她吸了口气说:"好的,探长。"然后她逃也似的走了。

他站在那里好一会儿,盯着窗户外面的时代广场。烟斗冒着可怕的烟雾。

突然,他奔回到桌子前,扑向电话机,拨了7-3100这个号码。"你好,"他吼道,"请帮我接乔根探长。是的,是的,乔根!听着,伙计,别吵。我是萨姆。"听到警察局接线员传来的惊讶叫声,他咯咯一笑:"一家子还好吧,约翰?我猜你家老大应该要上大学了吧……很好,很好。请给我接乔根,你这老家伙……你好,布奇吗?我是萨姆。"

乔根探长一股脑儿地咒骂了几句。

"欢迎回家,"萨姆咆哮道,"这招待可真不错啊!听着,布奇,收起你那副嘴脸……是的,我很好。我知道你也很好,因为我在今天早上的报纸上看到了你那张该死的猩猩脸,你看上去还像往常那样,气色很好……好了!喂,你还记得一个叫多诺霍的警员吗?五六年前离开警队的那个。我记得他在总部时是你的手下,当时你是队长——你应该留在那里,你这只爱拍马屁的狒狒!"

乔根探长咯咯笑了起来:"还是那样讨人喜欢,老萨姆。你怎么能指望我记得那么多年前的警察呢?"

"哦,他救过你一次,你这只忘恩负义的臭鼬!"

"哦!多诺霍。为什么该死的你不早说呢?我当然记得他。你想要知道些什么?"

"说说看你对他的评价。他有什么不良记录吗?他的记录属于哪一等?"

"优等。我记得是这样,没什么脑子,但是很诚实,不会接受别人的意见。太老实对他没什么好处。他不懂得玩手段,所以一直没有升迁。"

"一身清白,嗯?"探长喃喃地说。

"一清二白。记得他走的时候我还很难过。多诺霍是个浪漫的爱尔兰人。只是他的浪漫搞错了对象——放在了工作上。哈哈!"

"我看你还在讲老掉牙的笑话,"萨姆低吼道,"布奇,我等着有一天看到你当上局长。再见,该死的,什么时候到我办公室来坐坐。"

他轻轻放下电话,对着日历皱起眉头。过了一会儿,他又拿起电话,再次拨去了警察总部,要求找失踪人口部。

格雷森队长是部门的头儿,也是探长的老朋友。萨姆简明扼要地讲述了多诺霍的故事、有关他失踪的奇怪情况、他的特征和习惯。格雷森的职责是调查纽约警察局管辖范围之内所有的失踪人口案件,他答应会悄悄展开调查。探长再次把电话转到乔根探长那里。

"听着,布奇,又是我。有没有一个什么滑头的坏蛋专门偷窃珍本书的线索?那家伙戴着怪怪的蓝帽子——我不知道,也许这是他的习惯吧。"

"偷书贼,嗯?"乔根若有所思地说,"蓝帽子……眼下想不起有符合这样描述的家伙,我回头查一下,找到了就打电话给你。"

"谢谢。我等着你的电话。"

半小时之后,乔根来电话了。警察局的罪犯记录里没有什么人专偷窃珍本书,还习惯戴蓝色或者偏蓝色的帽子。

探长沮丧地望着窗外。此刻的世界似乎非常沉闷。最后他叹了口气,从桌子里抽出一张便条纸,拧开钢笔的笔帽,开始奋笔疾书。

亲爱的雷恩:

我知道有件事情会让你感兴趣。就是今天早上我在电话里和奎西说的那件古怪的小事。说实话,我和帕蒂被难倒了,我们需要你的建议。

现在看来,有个叫多诺霍的前警察……

第七章
《热情的朝圣者》

布劳迪小姐跌跌撞撞地走进老板的办公室,她那张了无生趣的年轻脸庞满是兴奋:"哦,探长!雷……雷恩先生!"

"怎么了?"探长茫然地问道。今天是周三,他已经忘记前一天曾经给雷恩写过信。

"好了,好了,布劳迪,"佩兴丝亲切地说,"小心点儿。雷恩先生怎么了?"

布劳迪小姐鼓足勇气。她咽了咽口水,手指颤抖地指着门说:"他就在外面!"

"啊,老天啊!"探长吼道,一下子跳到门边,"你怎么不早说?"他一把将门拉开,前厅的长椅上坐着一位满头白发的高个子老人,正对着他和他身边的佩兴丝微笑。布劳迪小姐在后面紧张地咬着拇指。探长说:"雷恩!见到你真高兴。什么风把你吹到城里来了?"

哲瑞·雷恩先生站起身,把李木手杖夹在腋下,握了握探长的手，作为一个七十多岁的老人，他的动作委实利索："当然是因为你那封引人入胜的信。佩兴丝！你还是很迷人，一如既往。好了，好了，探长，你不请我进去吗？"

布劳迪小姐悄悄溜走了，仿佛一个激动的鬼魅见到了高高在上的神灵，一副充满敬畏的样子。哲瑞·雷恩在经过的时候朝她笑了笑，她几乎要窒息了。然后三个人走进探长的办公室。

老绅士用慈祥的目光上下打量着四周："好久不见了，不是吗？这地方还是那么不透气，探长，有点儿像现代的禁闭室。你们两个都还好吗？"

"身体很好，"佩兴丝说，"但是心理不太健康——目前是这样。您近来如何，雷恩先生？上一次——"

"上一次，亲爱的，"老绅士严肃地说，"我差点儿进了坟墓。今天——正如你们所见，我感觉是最近几年来最好的了。"

"看到你坐在这里，我感觉非常不错。"探长声如洪钟。

雷恩说话的时候，目光从佩兴丝的嘴唇转移到萨姆的嘴唇，就这样来来回回，十分熟练而流畅："事实上，你的信让我精神一振，探长。一桩案子！尤其是这案子还牵涉那家乏味的不列颠博物馆。好到看上去不像真的。"

"这就是您和我老爸之间的区别，"佩兴丝说着大笑起来，"神秘事件会令他感到愤怒，却会令您感到兴奋。"

"那么它们对你有什么作用呢，亲爱的？"

她耸耸肩："对我来说是万能的膏药。"

"不列颠博物馆，"雷恩喃喃地说，"佩兴丝，你见过戈登·罗那个年轻人了吗？"

她立刻面红耳赤，恼怒的泪水涌进眼眶。探长痛苦地喃喃自语。老绅士面带微笑看着他们。"哦……哦，是的，我见过他了。"佩兴丝说。

"我也这么想，"雷恩淡淡地说，"是个聪明的小伙子，对吗？"

"很对，很对。"

探长有些坐立不安："事实上，雷恩，我们遭遇的事件很疯狂。我没有收取任何费用，这是你听过的最疯狂的事了，而且为了老交情，我必须做点儿什么。"

"这情况可不值得羡慕，"老绅士咯咯笑道，"我提议我们立刻去博物馆。探长，我非常想要去看看你描述的萨克森厅玻璃被打碎的那个柜子。"

"哦！"佩兴丝叫道，"有什么东西我没看出来吗？"

"只是猜测，"哲瑞·雷恩先生沉思着说，"我敢说一定没什么。我们能走吗？德洛米奥[1]在楼下的车里等着呢。"

* * *

他们看到阿朗佐·乔特博士正在办公室里和一个人进行深入交谈。那人身材高大、长手长脚，穿着奇怪的外国服装。他长着一张英国人的典型的瘦削脸庞——眼睛也非常锐利，而且右眼眉骨下轻松地架着一副无框单片眼镜，一条细长的黑色丝带从眼镜上垂下

---

1 以该名字命名的角色出现在莎士比亚的两部剧作中。——编者注

来，绕在他的脖子上。他的脸孔瘦削，胡子刮得很干净，让人不禁想起文艺复兴时期的学者。他说话的语气平和自信，带着迷人、受过教育的英国口音。他也许有五十岁。乔特博士引见说，他是哈姆内特·塞德拉博士，继任的馆长，今天早上他搭乘的从英国来的轮船才到港。

"雷恩先生！"他惊呼道，"真是万分荣幸，先生。自从二十年前我在伦敦看过您出演的奥赛罗，我就想要认识您。后来，您关于莎士比亚的学术文章发表在《出版商标》[1]上……"

"你真是太客气了，"老人急忙说，"我只不过是一个业余的文学爱好者。我想乔特博士已经告诉过你，在你到来之前发生了一桩神秘的小插曲？"

塞德拉博士一脸茫然："您说什么？"

"哦，一桩小事，"乔特博士摸着山羊胡咕哝，"我很惊讶，你居然把这件事看得那么严重，雷恩先生。"

"这事情的表象相当古怪，博士。"哲瑞·雷恩喃喃地说。他炯炯有神的目光从乔特身上转到塞德拉身上，然后又转了回去："你瞧，塞德拉博士，一个男人显然经过了乔装打扮，在周一——两天前——混进了博物馆，看上去还敲碎了新装修的房间里的某个柜子的玻璃。"

"真的吗？"塞德拉博士说。

"没什么，"馆长不耐烦地说，"他没有拿走任何东西，这才

---

[1] 原文为 Colophon，美国期刊，第一册于1930年出版，内容涵盖了图书收藏、书籍历史和出版业的各个方面，被藏书家视为关于图书收藏的宝藏。——编者注

是最重要的。"

"我想应该也是如此。"英国人微笑着同意道。

"抱歉打断了这场学术争论，"老绅士说，"我能提议我们去仔细研究一下证据本身吗？或者也许你们两位更愿意——"

乔特博士点点头，但是英国人说："我相信，乔特博士和我已经非常熟了。目前我还没有什么比检查这个被打碎玻璃的柜子更要紧的事情。"他咯咯笑着："毕竟，如果我将来要主宰不列颠博物馆的命运，那么我想最好还是学习一下你们美国的艺术品窃贼是如何作案的。博士，你看呢？"

"呃——好的，"馆长说道，皱起了眉头，"当然，悉听尊便。"

* * *

他们穿过空无一人的普通阅览室——佩兴丝观察了一圈，隐隐感到一丝失望的痛苦，戈登·罗去了哪里？——然后走进萨克森厅。

昨天那个玻璃碎掉的柜子已经修好了。崭新的玻璃和其他柜子上面的玻璃看不出什么区别来。

"玻璃工昨天下午来修好了。"乔特博士有些生硬地对探长说，"我向你保证，他一刻也没有单独待在这里。我就站在他旁边，直到他把工作做完。"

探长哼了一声。

哲瑞·雷恩先生和哈姆内特·塞德拉博士透过玻璃好奇地看着里面，两人的眼中闪现出赞叹的神色。

"杰加德的,"塞德拉博士非常轻柔地说,"太有趣了,雷恩先生。乔特博士,这是一间新的展室,这些藏品都是最近通过捐赠获得的——我的理解对吗?"

"没错。这部分的藏品都是根据收藏家塞缪尔·萨克森的遗嘱留给不列颠博物馆的。等博物馆重新开放之后,它们当然会进行展示。"

"哦,是的!我确信一个月前在伦敦的时候,韦思确实和我提起过这档子事。我常常想,你们美国的这位萨克森先生的图书馆里有什么藏品。神秘兮兮的一个人,不是吗?这些杰加德的作品——太美了!"

"乔特博士,"雷恩先生眼睛一动不动地看着玻璃下面,冷冷地说,"你有这柜子的钥匙吗?"

"当然。"

"能请你打开柜子吗?"

馆长瞪大了眼睛,有一会儿看起来有些不自在,然后顺从了。当这位老绅士打开玻璃盖,并且向后撑开时,大家都围拢过来。三本古老的书赤裸裸地躺在柔软的黑色天鹅绒上。在头顶上方那盏灯刺眼的灯光下,它们已经褪色的颜色变得鲜活耀眼。雷恩小心地依次拿起每本小牛皮装帧的书,仔细检查装订,翻开环衬……其中有一本,他还花了些时间来检查内文。当重新把三本书放回原来的位置上时,他才直起身子。佩兴丝一直在仔细观察他那轮廓分明的容貌,这时候发现他的神情变得严肃起来。

"非常奇怪,"他喃喃地说,"我简直不敢相信。"他低头盯着打开的柜子。

"怎么回事？"乔特博士用低沉的声音喊道。

"亲爱的乔特，"老绅士平静地说，"事情是，原本放在这个柜子里的一本书被偷走了！"

* * *

"被偷走了？"他们同时叫道，乔特博士往前迈了一步，又停住了。

"这不可能！"他尖声说，"当罗发现柜子的玻璃被打碎之后，我检查过这些杰加德的作品。"

"你检查里面了吗？"雷恩喃喃地说。

馆长脸色苍白："我没有看……没有。但是就算简单检查一下……"

"恐怕你这双受过训练的眼睛也被蒙蔽了，博士。正如我说的，这是我经历过的最古怪的事情。"他那银丝般的眉毛皱了起来，"瞧这里。"他用瘦削的手指指着一个折成三角形的卡片，那卡片放在三本书中间那本的后面，也就是蓝色小牛皮装订的那本书。上面写道：

热情的朝圣者

威廉·莎士比亚　著

（杰加德，1599）

这是来自塞缪尔·萨克森图书馆的珍贵而独特的藏

品。这部罕见作品的初版本目前可知仅存世三本,这就是其中一本。这是伊丽莎白时代的印刷商威廉·杰加德在1599年出版的。臭名昭著的杰加德将这本书伪装成莎士比亚的作品,虽然书中的二十首诗中确实有五首诗出自这位游吟诗人之笔。剩下的就是理查德·班菲尔德、巴塞洛缪·格里芬以及其他同时期诗人的作品。

"怎么了?"乔特博士轻声问道。哈姆内特·塞德拉站在一旁,透过单片眼镜眯眼看着中间这本书,他好像没有看到后面的卡片。

"这是……这是伪造的?是假的?"佩兴丝屏住呼吸问道。

"不,亲爱的佩兴丝。我不敢自称专家,但对这些东西有足够的了解。我敢断定,你看到的眼前这本书是一本真正的杰加德版的《热情的朝圣者》。"

乔特博士生气了:"那么我不明白了——"他拿起蓝色封面的书,打开环衬。他的下巴都惊掉了。塞德拉博士吓了一跳,从他背后看去,他也表现出了强烈的震惊,但是这种震惊转瞬即逝。

雷恩在柜子后面大步地踱来踱去,低着头。

"好吧,但是——"探长迷惑不解地开口了,然后他投降了,嘴里骂骂咧咧。

"但是,如果这是真的杰加德,"佩兴丝叫道,"怎么——"

"完全、绝对不可能。不可能。"乔特博士一遍又一遍地喃喃自语。

"真是疯了。"英国人用充满畏怯的口吻说。

他们一起弯腰查看那本书,急切地翻查着内页。他们彼此看了一眼,带着某种敬意点点头。然后他们的关注点重新回到标题页。佩兴丝从他们背后看过去,上面写道:

热情的朝圣者,或维纳斯与阿朵尼斯之间的几首爱情十四行诗。W. 莎士比亚著。第二版。W. 杰加德印刷,1606。

"我明白了,"佩兴丝缓缓地说,"这不是1599年版的杰加德——那本才是初版本,这是1606年版的杰加德,或者说是第二版。显然价值不那么高——"

"亲爱的萨姆小姐,"乔特博士头也不回地厉声说,"你犯了前所未有的大错。"

"您的意思是这本书价值更高?"

探长那已经沉睡的兴致开始复苏了。雷恩继续踱着步,陷入了沉思。

没有人回答,佩兴丝面红耳赤地退到一旁。

"佩兴丝。"老绅士突然喊她,她感激地走到他身旁,他用长长的手臂挽住她的肩膀,"佩兴丝,亲爱的,你知道是什么原因让这件事变得如此令人震惊吗?"

"我完全不知道,先生。"

他轻轻捏了一下她的肩膀:"威廉·杰加德先生是一位好心的艺术赞助人。在莎士比亚、琼森、弗莱彻、马洛,还有其他杰出人物妙笔生花之时,他显然也是伦敦的风云人物。出版商之间可能存在着激烈的竞争。威廉·杰加德先生追求名人效应,就像我们今天有些戏剧制作人和图书出版商追求名人效应一样。于是他做出了盗版商人才做得出的事情。他印刷了《热情的朝圣者》。书中收录了两首莎士比亚之前没有出版的十四行诗,又从已经出版的戏剧《爱的徒劳》中选了三首诗。剩下的都是凑数的。他胆大妄为地把所有诗都归为莎士比亚的作品,毫无疑问它们卖得不错;至于莎士比亚,他似乎是个对出版毫不关心的剧作家。"雷恩叹了口气:"我告诉你这些,是为了让你了解一些背景。我确信它们卖得不错是因为1599年第一版印刷之后,他在1606年重印了,1612年第二次重印。眼下的情况之所以惊人,是因为1599年版的杰加德现存三本,1612年版的杰加德现存两本。但直到刚才,整个藏书界都还不知道有存世的1606年版的杰加德!"

"那么这本书是无价之宝?"佩兴丝低声说。

"无价之宝?"乔特博士茫然地重复道。

"我是说,"老人用悦耳的声音答道,"这是桩奇怪的案子。亲爱的探长,我不怪你感到迷惑不解,虽然你还没有完全弄清楚谜团的纷繁难懂之处。佩兴丝,孩子,情况变得有些疯狂了。显然你们那个戴蓝帽子的人冒着极大的风险,想尽办法混进一个私人团体,擅自进入不列颠博物馆,在乔特博士介绍他的博物馆的辉煌时悄悄溜进了萨克森厅,砸碎了杰加德柜子的玻璃……在整个过程中,这个奇怪的窃贼冒着巨大的风险,稍有不慎就会因为重大盗窃和故意破坏他人财产的罪行被捕——这一切为了什么?"雷恩的声音变得尖锐起来:"为了偷一本稀有而珍贵的书,然后留下一本更加稀有且珍贵的书!"

第八章
心慈手软的窃贼

"在嚷嚷什么?"一个愉快的声音问道,紧接着年轻的戈登·罗从走廊大步走进萨克森厅。他朝佩兴丝咧嘴一笑,立刻走到她身边,好像铁片被磁铁吸引一般。

"啊,罗,"馆长连忙说,"你来得正好。发生了极为离奇的事情!"

"我们就像巴纳姆[1]先生的怪物秀一般,不断引来稀奇古怪的事情。"罗一边对佩兴丝眨眼一边说,"雷恩先生!很高兴见到您,先生。天啊,多么隆重的聚会啊!乔特博士,我看到您已经把塞德拉博士带入我们这道家务小难题中了。您好,探长。又出什么事了,博士?"

乔特博士一言不发地晃了晃手中那本蓝色的书。

---

[1] P. T. 巴纳姆(1810—1891),美国巡回演出团老板和马戏团老板。他利用大众猎奇的心理,举办了各种奇人怪物展览,得以发家致富。

罗脸上的微笑立刻消失了:"不会是——?"他环顾四周,看到一张张严肃的面孔。然后他从馆长手上接过那本书,缓缓打开。他的脸上出现了最夸张的惊讶表情。他再次环顾四周,一脸茫然。"这不是——天哪,这是一本1606年版的杰加德!"他喊道,"我原本以为根本没有——"

"显然是有一本留存于世的,"老绅士冷冷地说,"很漂亮的一本书,不是吗,戈登?如果消息传出去,街上会有人尖叫的。"

"我知道,"罗喃喃地说,"可是——天哪,这书是哪里来的?谁发现的?不会是你从伦敦带来的吧,塞德拉博士?"

"当然不是。"英国人慢吞吞地说。

"你一定不会相信,"乔特博士无奈地耸耸肩,"但是周一我们这里确实来了个窃贼。有人把这本书留在杰加德的柜子里,罗,拿走了那本1599年版的!"

"哦,我——"年轻人把头往后一仰,大笑起来。"天哪,这太精彩了!"他喘着气,擦了擦眼睛,"看看莉迪亚听到这个消息会怎么反应吧。还有克拉布……哦,真是太夸张了!"他使劲咽了咽口水,让自己镇静下来:"很抱歉。这事太让我震惊了……萨克森太太真是走运,一本珍本书被偷了,但是留下了一本更珍贵的珍本书。疯了,简直疯了!"

"我认为,"馆长紧张地拉扯着胡子,"你最好马上请萨克森太太来一趟,罗。毕竟——"

"当然。"年轻人温柔地抚摩着1606年版的杰加德,然后把书还给乔特博士,碰了一下佩兴丝的胳膊,便得意扬扬地离开了房间。

"真是个充满活力的年轻人，"塞德拉博士评论说，"恐怕我没法像他那般轻佻。你知道，我们不能只看表面就说这……这是一本多么价值连城的书，乔特博士。我们必须对它进行更仔细的检查。要确定它的真伪可能很难——"

乔特博士的眼睛闪烁出猎人的光芒。"没错。没错。"他搓着手，好像很满意被偷的那本书还在窃贼手中，只要那个窃贼不回来要求拿回他留在柜子里的这本独一无二的书就行。"我建议立刻着手。我们必须小心行事，塞德拉。不要向外泄露半点儿风声！我们也许可以找大都会艺术博物馆的老加斯帕里，让他发誓保密……"

塞德拉博士的脸色出奇地白。他目不转睛地盯着遭劫的柜子，好像被催眠了一般。

"或者福尔杰莎士比亚图书馆的克劳宁希尔德教授。"他喃喃地说。

佩兴丝叹了口气："我们好像都认定那本1599年版的杰加德是被戴蓝帽子的人偷走的。你知道，这根本没有证据。窃贼为什么不是巴士上的第二个陌生人，或者十七名老师中的一人？"

萨姆探长表示投降，皱起眉头。显然整件事对他来说根本无从下手。

"我不这么认为，佩兴丝，"哲瑞·雷恩喃喃地说，"巴士上一共有十九个人，他们显然都进了博物馆。其中十八个人在游览之后回到了巴士总站，第十八个就是第二个神秘的陌生人——用你给他起的这个迷人的称呼来说。换句话说，我们的朋友——戴蓝帽子的男人——从博物馆里消失了。多诺霍也消失了。这种联系太紧密了,不可能是巧合。我认为极有可能是那个戴蓝帽子的人偷走了1599年版的杰加德,在原处留下了1606年版的这本,另外多诺霍是因为跟踪他而失踪的。"

"好吧,好吧,"馆长迅速地说,"我相信时间最终会解释这一切。与此同时,塞德拉博士,如果你不介意,我要派人立刻搜查整个博物馆。"

"为什么?"探长痛苦地说。

"存在一个微乎其微的机会,你瞧,1599年版的杰加德也许没有被带出这栋建筑。"

"随你的便。"萨姆怒吼。

"好想法,博士,"塞德拉博士热切地说,"我……我会继续留在这里。但是如果萨克森太太来了——"显然塞德拉博士已经听说了萨克森太太的情况,所以很是担心。

"我一会儿就回来。"乔特博士愉快地说。他把蓝色的书小心翼翼地放在柜子里,匆匆离开了房间。

英国人驻足在柜子旁边,就好像紧张的母鹳看护着自己的巢穴:"太遗憾了。我真的很想看看1599年版的那本书。"

哲瑞·雷恩盯着他看,然后找了一把椅子坐了下来。他用一只青筋暴现的手遮住眼睛。

"听上去你很失望,塞德拉博士。"佩兴丝说。

他突然一惊:"嗯?对不起……是的,是的,我很失望。"

"为什么呢?你难道没有见过1599年版的那本?我还以为藏书家们常常会分享自己的珍本书呢。"

"确实,"英国人苦笑着回答,"但是这本书没有。你知道,它属于塞缪尔·萨克森。所以很难一睹真容。"

"我相信罗先生和乔特博士的确说过，萨克森先生……呃……喜欢藏着掖着。"

塞德拉博士变得兴奋起来，他的单片眼镜晃了晃，然后掉下来，被带子拉住，挂在胸前。"藏着掖着！"他大声说，"这个人是个书痴。他晚年有一半时间都在英国参加拍卖会，几乎买走了我们所有的珍本书……抱歉。但是有些藏品并不为人所知。天知道他是从哪里弄来的。这本被偷的1599年版的杰加德《热情的朝圣者》就属于这种。直到不久之前，大家还以为这个第一版仅有两本存世，然后萨克森不知从哪里挖掘到第三本，可是他从来不允许学者们看上一眼。他把这书藏在他的图书馆里，就好像把饲料堆到谷仓里一样。"

"听起来确实悲哀。"探长不以为意地说。

"哦，是的，"英国人慢吞吞地说，"我向你保证我说的都是实话。我真的很期待能看看这本书……当时韦思先生告诉我获得了萨克森捐赠的事情……"

"他提到1599年版的杰加德也在捐赠之列？"雷恩小声地问。

"是的，确实说了。"塞德拉叹了口气，然后又弯腰查看柜子。他重新戴上单片眼镜。"真美。真美。我等不及了——这是什么？"他薄薄的嘴唇因为激动而张开，同时他拿起柜子里的第三本书，研究起扉页来。

"又怎么了？"雷恩迅速问道，说着站起来，三步并作两步，来到柜子旁。

塞德拉博士长长地呼出一口气："有那么一瞬间，我以为——

我错了。几年前，我在伦敦仔细查看过这本《亨利五世》[1]，之后它被萨克森买了下来。上面的日期是1608年——完全可以确定是杰加德故意把时间提前了，这是他为书商托马斯·帕维尔印刷的书，实际可能是1619年印刷的[2]。但是我记得皮面是更深的猩红色。显然在萨克森细心的呵护下，这本书稍微褪了点儿颜色。"

"我明白了，"老绅士说道，"你让我吓了一跳，博士！那么这本《约翰·奥德卡瑟爵士》[3]呢？"

继任馆长深情地抚摸着柜子里的第一本书。"哦，相当不错，"他严肃地说，"相比我上次在1913年的苏富比拍卖会上看到它时，颜色没有任何变化，还是金棕色，当时它拍出了很高的价格。请注意，我不是在指责萨克森的糟蹋行为，望您理解。"

乔特博士匆匆走进房间。"恐怕我搞错了。"他兴致勃勃地说，"没有找到被偷的杰加德。当然，我们会继续搜查。"

*　*　*

莉迪亚·萨克森太太冲进萨克森厅，就像一头被激怒的母象，

---

[1] 《亨利五世》据考证于1599年首次演出。书商托马斯·帕维尔在1600年8月于伦敦书业公会登记了该作品（称"保留印刷"），同年出现了盗印作品（"坏四开本"）。1602年，帕维尔将此本重印。1619年杰加德再次重印（也就是这里提到的版本），但标注的出版时间是"1608年"。

[2] 之所以假冒"1608年"，是因为法令规定英国一切出版物均须登记，杰加德为了逃避管制，在他的书上印上了有权出版《亨利五世》的帕维尔的名字和错误的时间。

[3] 《约翰·奥德卡瑟爵士》是伊丽莎白时代的一部戏剧，讲述了主人公约翰·奥德卡瑟的故事。最初是匿名出版的，之后在1619年由杰加德借莎士比亚之名并伪造日期出版。

带着一种势不可当的可怕气势。她身材魁梧，侧身如山一般巨大，臀部如齐柏林飞艇一般圆润，胸部如海牛一般丰满，仪态如护卫舰一般威严。她那水汪汪的绿眼睛闪烁着野性的光芒，对诸如学者、馆长和所有不快乐的受捐者之类的不幸的人来说，显然是不祥之兆。她身后跟着满脸堆笑的戈登·罗和一个穿着铁锈色晚礼服、身材瘦长、举止谨慎的老头儿。这个老头儿身上有一种古老的纸莎草的气质。他皮肤干燥粗糙，还有兼具意大利领主、西班牙海盗和古董商人气质的那种常见的捕食者似的苍白面貌，走路时骨头几乎发出嘎嘎声。这位老人正是看管萨克森藏品的那位严厉的管理员克拉布。他无视周围的人群，飞扑向陈列着杰加德作品的柜子，他用骨瘦如柴的手一把抓起窃贼留下的奇怪礼物，以非常敏锐而贪婪的目光打量着它。

"乔特博士！"萨克森太太用一种令人不快的尖锐女高音叫道，"偷窃是怎么回事？这都是什么胡说八道的东西？"

"啊——萨克森太太，"馆长露出不安的笑容，喃喃道，"是的。非常不幸。但也得说焉知非福——"

"废话！罗先生告诉了我关于另一本书的事情。我向你保证，我压根儿不觉得这对我而言有什么意义。事实是我丈夫最珍贵的遗赠藏品竟然在你的鼻子底下被偷了。我要——"

"在我们讨论叫人痛心的细节之前，"乔特博士连忙说，"请容我向您介绍佩兴丝小姐。还有哈姆内特·塞德拉博士，您知道，他将成为我们的新馆长。还有哲瑞·雷恩先生——"

"啊，"萨克森太太说着将水汪汪的绿眼睛转向老绅士，"雷恩先生。你好，雷恩先生。还有这位——你说是新馆长？"她带着冷冷的好奇心看着这位英国人僵硬的身影,并且像一只略显丑陋的胖虎斑猫似的吸了吸鼻子。

"还有萨姆探长——"

"警察?探长,我要你立刻抓住窃贼!"

"当然,"探长大声回复道,"但我该怎么办——把他从背心口袋里变出来?"

她气呼呼的,脸色变得像熟透了的樱桃:"啊,我从没有——"

克拉布叹了口气,把蓝色的书放了下来,轻轻拍了拍她的胳膊。"小心您的血压,亲爱的萨克森太太。"他微笑着低声说道。然后他挺直了佝偻老迈的身躯,用十分敏锐的目光打量周围人的面孔。"在我看来,这个窃贼非比寻常。"他的语气里带着挑衅的味道,这使得乔特博士自豪地挺起了胸膛。"我发现这——"克拉布突然停住了,让众人都吓了一跳。他骨碌碌的小眼睛看得塞德拉博士脸都红了起来。接着他把目光转向别处,然后好似受到惊吓一般又跳转回来。"你是谁?"他厉声说,颤抖着用拇指指向英国人。

"失礼了。"塞德拉博士冷冷地说。

"这位是塞德拉博士,我们的新馆长。"年轻的罗小声回答,"好了,好了,克拉布,别失礼!这位是克拉布先生,萨克森图书馆的管理员,博士。"

"塞德拉,嗯?"克拉布咕哝道,"塞德拉,嗯?好吧,好吧。"他竖起瘦削的脑袋,用略显不怀好意的笑容看着这个英国人。塞德拉博士也盯着他看,既生气又困惑。然后他耸耸肩。

"如果能允许我做出解释,萨克森太太,"他装出一副迷人的微笑说着,往前踏了一步,"这是最……"他们走到一边去,塞德拉博士继续低声快速说着。萨克森太太带着一种漠不关心又充满敌意的神情听着，好像一个事先已经给犯人定罪的法官。

哲瑞·雷恩静静地回到房间远处角落里的椅子上坐下。他闭上双眼，伸开修长的腿。佩兴丝叹了口气，转向戈登·罗，后者将她拉到一边，精力充沛地和她低声嘀咕。

在那本静静躺着的1606年版的杰加德印刷本旁边，克拉布和乔特博士进行着冷静而认真的讨论。萨姆探长就像一个在特殊的炼狱里迷失的鬼魂，一边四处走着一边发出无聊的呻吟声。他听到了两位藏书家之间的只言片语。

"扉页上的献词……"

"哈利韦尔-菲利普斯说……"

"包括剽窃的十四行诗……"

"但它是四开本还是八开本？"

"博德利图书馆[1]那本……"

"无疑表明这两首非莎士比亚的诗是杰加德从海伍德[2]的《大不列颠》里剽窃来的，出现在1612年……"

"版式完全依照……"

---

1 博德利图书馆是英国牛津大学主要的图书馆。它于1602年向学者开放，也是欧洲最古老的图书馆之一。博德利图书馆是仅次于大英图书馆的英国第二大图书馆，同时也是英国出版印刷物的法定缴存图书馆之一。

2 托马斯·海伍德（1574？—1641），英国剧作家兼演员，他的职业生涯跨越了伊丽莎白和詹姆士一世戏剧的巅峰时期。杰加德在1612年出版的《热情的朝圣者》第三版中增补了海伍德写的两首诗，但全部归于莎士比亚的名下。海伍德在同年稍后出版的《为演员辩护》中公开控诉了这一剽窃情况，并指出"据我所知，该作者（莎士比亚）很不满杰加德先生在他全然不知情的情况下这样大胆地擅自利用了他的名字"。

"1608年以前,杰加德只是一个出版商,请记住这点。一直到他买下詹姆斯·罗伯茨在巴比肯的印刷所,他才成了印刷商。这样一来,1606年版的应该是……"

探长又呻吟了一声,然后在房间里乱转,心中涌起一团无名之火。

* * *

乔特博士和阴郁的克拉布抬起头,满脸笑容,暂时停止了争论。"女士们,先生们,"馆长用低沉的声音说,同时整理着自己的胡子,"克拉布先生和我都一致同意,这本1606年版的杰加德是真的!"

"听听,听听。"探长沮丧地说。

"你们确定了?"塞德拉博士从萨克森太太那儿转过头问道。

"我可不管这个!"萨克森太太尖声叫道,"我还是认为,用这种离奇的方式回报萨克森先生的慷慨——"

"早就告诉过你了,她是个讨人厌的女人。"罗先生清楚地说。

"小声点儿,你这个冲动的小白痴!"佩兴丝压低声音,语气透着凶狠,"这个蛇发女怪会听到的!"

"听到也没什么,"年轻人咧嘴笑道,"她是头霸道的老鲸鱼。"

"我真没想过这是赝品。"哲瑞·雷恩在角落里平静地说。这时候那个长着蒜头鼻的看门人蹒跚地走进房间,朝乔特博士走去。

"怎么了，伯奇？"馆长心不在焉地说，"有什么事可以等——"

"我无所谓。"伯奇冷冷地说，然后立刻蹒跚着转身要离开。

"等一下。"哲瑞·雷恩说。他已经站起身，正盯着伯奇手中的那个包裹。他那轮廓分明的五官闪现过一道智慧之光："如果我是你，乔特博士，我就会看下这个包裹。既然这件事已经看起来如此疯狂，那么什么都有可能……"

他们的目光全都茫然地从他的脸上转向看门人的手上。

"你觉得——？"乔特博士舔了舔周围长满了胡须的嘴唇，开口说道，"好吧，伯奇，把东西拿来。"

塞德拉博士和克拉布就好像两个忠实的卫士，迅速来到馆长的两侧。

这是一个包得整齐的扁平包裹，用的是普通的棕色包装纸，又系了一根廉价的红绳子。包装纸外面贴了一张小标签，上面用蓝色墨水写着乔特博士的名字和博物馆的地址，用的都是小且工整的大写字母。

"这是谁送来的，伯奇？"乔特博士慢条斯理地问道。

"一个年轻的信差。"伯奇粗声粗气地说。

"我知道了。"说着乔特博士开始解绳子。

"喂，你这个蠢货！"探长突然吼道，然后飞奔上前，小心翼翼地一把夺过包裹，"这里发生了这么多古怪的事……也许这是个炸弹！"

众人脸色惨白，萨克森太太发出刺耳的尖叫声，同时她的胸膛像波涛汹涌的大海一样剧烈起伏。而雷恩则对萨姆露出了苦笑。

探长将他红通通的开花耳朵紧贴在棕色包装纸上,专心倾听。然后他把包裹翻了个身,听了听另一面。他还是不满意,又轻轻地摇了摇包裹,动作确实很轻。

"啊,我猜没事了。"他咕哝着,把包裹塞回惊愕的馆长的手中。

"最好还是你来打开。"乔特博士颤抖着说。

"我确信是没事了,博士。"老绅士带着安慰的笑容说道。

尽管如此,馆长解开绳子的时候手指还是极不情愿,然后他慢慢地、慢慢地拆开棕色包装纸。萨克森太太躲到门边,戈登·罗用力把佩兴丝拽到自己身后。

包装纸打开了。

什么事也没有。

但是,就算包裹里装的是炸弹,就算它在乔特博士的手里突然爆炸,博士也不会露出比此时更夸张的惊讶表情。他看着从纸里显露出的东西,下巴都快惊掉了,手指笨拙地摸索着,好像在找什么东西。

"天哪——上帝啊!"他用哽塞的声音叫道,"这是周一被偷的那本1599年版的杰加德!"

第九章
学者讲述的故事

众人屏住呼吸，一时间，鸦雀无声。他们面面相觑，惊讶得一句话也说不出来。这个奇怪的窃贼竟然把赃物送回来了！

"想想整件事情发展到目前为止的疯狂程度，"哲瑞·雷恩站起身走上前，喃喃地说，"我曾料想过会发生这样的事情。"他那浮雕般的面孔上满是好奇的神色："我们面对的是一个既聪明又幽默的对手。奇怪，真是奇怪！你确定这就是被偷的那本吗，乔特博士？"

"毫无疑问，"馆长回答的时候仍然在恍惚中，"这是萨克森的杰加德。你们愿意过来仔细检查一下吗，先生们？"

他把蓝色小牛皮的书依旧搁在包装纸上，然后整个放在杰加德陈列柜柜顶的玻璃上。克拉布赶紧过来认真检查起来。佩兴丝紧贴在罗身后，瞥见了塞德拉博士的面孔——这个英国人正注视着克拉布——惊讶得几乎要叫出来。这个男人一直戴着礼貌的面具。现在他摘掉了这个面具，脸上露出一种奇怪的愤怒之色，这几乎是因为失望而产生的愤怒；他的面容狰狞，并且由于右眼上戴着的冰冷且警惕的眼镜而变得更加明显。然后，面具转眼间又戴回去了，他又小心翼翼地显露出兴趣……佩兴丝扭过头，注视着戈登·罗的眼睛。他们四目相对——他也看到了那个不可思议的表情，于是目不转睛地盯着塞德拉博士。

"这是萨克森的杰加德。"克拉布用短促的声调说。

"天哪，我真是个傻瓜！"萨姆探长突然大叫，把众人吓了一跳。他不由分说就冲出了萨克森厅。大家听到他在走廊上急匆匆离去时传来的沉重脚步声。

"萨姆小姐，"塞德拉博士带着些许微笑说道，"你父亲看上去是一位急性子的绅士。"

"塞德拉博士，"佩兴丝反驳道，"我父亲有时候是一位性子很急的绅士。你瞧，他想的是实际的事情。我相信他是去追赶那个信差了，我们中没有人想到去做这件事。"

萨克森太太盯着佩兴丝，好像平生第一次看到年轻的小姐生气。罗先生咯咯地笑起来。

"是的，是的，佩兴丝，"哲瑞·雷恩温和地说，"我们并不怀疑探长的洞察力，虽然我敢说，这次他是白费力气了。先生们，问题在于你们的1599年版的杰加德不是原样奉还的。请检查一下背面。"

他锐利的眼神已经注意到有些不对劲的地方。乔特博士把书从包装纸上拿起来，翻了个身。他们立刻发现了是怎么回事。一把刀子插入硬壳封底的下边缘。皮面和构成封面主体的薄纸板被割开了。整个封底的下边缘都被这样割开了。从缝隙中露出了一张硬而脆的纸片的少许边缘。

乔特博士小心翼翼地抽出纸片。那是一张一百美元的钞票。上面用一枚普通的别针别着一小张棕色碎纸片——和包书所使用的纸是同一种。同样是蓝色墨水，同样是大写字母，上面写着六个字：

弥补修缮费用

纸上没有签名。

"厚颜无耻的家伙！"萨克森太太怒声咆哮道，"故意弄坏了我的书，还——"

萨姆探长迈着重重的脚步回来了，一边发着牢骚一边擦着眉毛。"太迟了，"他怒吼道，"信差早走了——这是什么？"他仔细看了看封底割开的裂缝，惊讶地读着字条。然后他摇摇头，就好像说："这对我来说太难理解了！"他的注意力接着转向包装纸和绳子。"便宜的马尼拉纸，"他说，"普通的红绳子。没什么线索。啊，见鬼！我受够了这件该死的事。"

克拉布摩挲着那张百元钞票，笑着说："对你来说，这人真是个仁慈的窃贼，乔特。偷了书，又连本带利地还回来，还送了一件无价之宝！"然后他停止了笑，一脸若有所思的样子。

"打电话给报社，"探长疲惫地说，"告诉他们这件事。窃贼就有了回来的借口。"

"你怎么会这么想呢，老爸？"

"帕蒂，骗子就是骗子，即便他疯疯癫癫的。他留下这本该死的1606年版——不管你们怎么称呼它,不是吗?他会回来认领的。"

"我看不会,探长,"雷恩笑着说,"他没那么天真。不,他已经找到……"

萨克森太太之前因为1599年版的杰加德意外失而复得,公然表示欣慰,此时却发出一声惊慌的尖叫,听起来就像轮渡的汽笛声:"喂,克拉布!这真的很奇怪,我刚才突然想到。你知道吗,雷恩先生,我们不久之前才有过类似的经历?"

"怎么回事,萨克森太太?"老绅士赶紧问道,"是什么经历?"

她的三层下巴激动地颤抖着:"有人从我家的图书馆偷了一本书,雷恩先生,然后也还回来了!"

克拉布用奇怪的眼神看着她。"我也想起来了,"他厉声说道,然后莫名其妙地瞥了一眼塞德拉博士,"是很奇怪。"

"克拉布!"罗叫道,"天哪,我们全是白痴!当然。一定是同一个人!"

哲瑞·雷恩先生抓住了萨克森图书馆的管理员的胳膊,后者痛得龇牙咧嘴:"快点儿,快点儿,伙计,告诉我们是怎么回事——立刻!这也许事关重大!"

克拉布狡猾地环顾了一下:"我一时兴奋,忘记说了……大约六周前的一个晚上,我正好在图书馆工作到很晚。当然,萨克森图书馆就在萨克森太太家里。但是因为捐赠给不列颠博物馆的藏书已经分出来了,所以我在给图书重新做编目。我听到侧翼的某个房间传来奇怪的声音,就去查看。我惊讶地发现有个男人在其中一个书架上翻找着。"

"现在我们开始有些头绪了，"探长说，"他长什么样子？"

克拉布摊开那双瘦得皮包骨头的、干燥的手，好像要给手取暖："谁知道呢[1]？当时没有亮光，他又戴着面具，而且裹着大衣。我只来得及瞥了他一眼。他听到我的声音，就冲出落地窗逃走了。"

"太可怕了，"萨克森太太冷冷地说，"我永远也忘不了我们当时有多么不安。"然后她又咯咯地笑起来："克拉布先生就像一只没头脑的老公鸡到处乱跑。"

"嗯，"克拉布不怀好意地说，"我记得，萨克森太太当时穿了一件大红色睡衣……"他们彼此怒目相视。佩兴丝想象着那个身材如山一般高大的女人少了束胸的塑形，穿着松松垮垮的睡衣，不禁勇敢地咬住嘴唇。"总之，我大叫起来，这位罗先生跑下楼来，穿着他……他的……他的BVD[2]内裤。"

"不是的，"罗赶忙说道，"克拉布！"

"这很平常。罗先生扮演出色的骑士，追赶着窃贼，而那个窃贼成功地逃走了。"

"我穿的是睡裤，"罗先生庄重地说，"而且我追赶那家伙的时候，没有看到他的样子。"

"你说他偷了一本书？"哲瑞·雷恩缓缓问道。

克拉布狡猾地眨了眨眼睛："你们不会相信的。"

---

1 原文为法语。——编者注
2 美国的男士内裤品牌。——编者注

"怎么？"

"他偷了一本1599年版的杰加德。"

* * *

塞德拉博士的眼睛直勾勾地盯着克拉布，乔特博士一脸茫然，而探长发出了绝望的叫声。

"看在上帝的分儿上，"他叫道，"到底有几本那该死的书？"

"你的意思是，"雷恩皱起眉头，"那个窃贼偷了这本1599年版的杰加德——在它被交给不列颠博物馆之前——然后又归还给了你们？这完全说不通，克拉布先生。"

"不是的，"克拉布咧开嘴笑道，没有露出牙齿，"他偷了一本冒牌的1599年版的杰加德。"

"冒牌的？"塞德拉博士喃喃地说，"我不知道——"

"那是萨克森先生在大约二十年前捡回来的小玩意儿，"图书馆管理员解释说，脸上依旧带着不怀好意的微笑，"那是一本显而易见的冒牌货。我们就当作一个玩物留了下来。而那个窃贼从开放式书架上偷走的正是那本。"

"奇怪了，"雷恩喃喃地说，"这是目前为止发生的最奇怪的事情。我根本无法理解——那本真本当时还在图书馆里，是吧，克拉布先生？我想你说过当时还没有将其转交给博物馆，对吧？"

"是的，当时真正的杰加德还在我们手里，雷恩先生。但它放在我们家的私人保险库里。"克拉布咯咯地笑道，"没错！和其他罕见的珍品放在一起。那本冒牌货除了作为收藏家的玩物没什么价值，我们对此并不在意。而且，正如我所说的，两天后，冒牌货通过邮寄的方式退回给了我们，没有给出任何解释。"

"啊，"雷恩叫道，"那本冒牌货也被割开了吗，就像这本被割开的真本一样？"

"没有。完好无损。"

"包装纸和绳子是什么样子？"探长急吼吼地说。

"和这次的差不多。"

雷恩若有所思地眯着眼睛看着陈列杰加德的柜子。然后他拿起信差刚刚送回来的1599年版的杰加德，非常仔细地检查起被割开的书皮。封底内部至少一半——环衬和内纸板的上层——相对于封面的其余部分微微翘起。

"那么，这里有些奇怪。"老绅士沉思着说，然后转过身来，展示小偷割开的封底。他轻轻掀开封底，下面露出一个长方形的凹槽，显然有人在封底下方挖出了一个相当于一层纸板厚度的槽。这个浅浅的凹槽宽度不超过三英寸，长度不超过五英寸。

"也是他挖的？"乔特博士用震惊的口吻问道。

"我觉得不是。佩兴丝，亲爱的，你的感觉比较灵敏。你觉得这个奇怪的长方形凹槽是什么时候在纸板上挖出来的？"

佩兴丝听话地走上前。过了一会儿，她说："很久以前了。切割的边缘已经留下了岁月的痕迹。我觉得年代应该很久远。"

"我想这就是你的问题的答案，乔特博士。"雷恩笑了，"还有，孩子，你说为什么要在这里挖出这么个长方形凹槽呢？"

佩兴丝冲他微微一笑："显然是为了藏什么东西。"

"藏东西！"馆长叫道，"太荒谬了。"

"博士，博士，"老演员悲伤地喃喃自语，"为什么你们这些书呆子一定要对精确的逻辑科学如此嗤之以鼻呢？萨姆小姐说得非常对。这东西非常薄，也非常轻，一直藏在威廉·杰加德先生勇于出版的这本盗版书的封底里。说它薄是因为凹槽很浅，说它轻是因为太重的话会被几个世纪以来的专家们觉察。除一张纸以外，你们还能说出别的吗？"

第十章
威廉·莎士比亚登场

在不列颠博物馆已经没什么事情可以做了。探长尤其不耐烦，想赶快离开。探长、佩兴丝、雷恩三人道别后就离去了。

戈登·罗把他们送到门口。他用指关节轻轻敲打着莎士比亚头像的铜胡须："这个老家伙居然在笑。这也不奇怪！几个世纪以来，终于在一家博物馆里第一次发生了一桩有几分人性的事情，帕蒂。"

"是捉弄人的事情，"佩兴丝凶巴巴地说，"先生，放开我的手！我有个嫉妒心很强的父亲，他的后脑勺上长着眼睛……再见，戈登。"

"啊，"年轻人说，"那很好。我什么时候能再见到你？"

"我会考虑的。"佩兴丝一本正经地说，然后转身去找探长和雷恩。

他一把抓过她的手："帕蒂！让我现在就见你。"

"现在？"

"我去你父亲的办公室见你。你们现在就打算去那里,不是吗?"

"是……是的。"

"我可以去吗?"

"天哪,你真是个爱死缠烂打的年轻人!"佩兴丝说,她已经是第十二次恨自己脸又红了,"好吧,如果老爸让你去的话。"

"哦,他会让我去的。"罗愉快地说,然后砰的一声将身后的门关上。他挽着佩兴丝的胳膊,和她快步走在人行道上,追赶其他人。红头发的德洛米奥是雷恩的司机。他正站在路边停着的光亮的黑色林肯豪华轿车旁,露齿笑着。

"探长,"年轻人焦急地说,"您介意我跟着一起去吗?好极了,您不介意。我在您的眼睛里看到了回答。"

萨姆冷冷地盯着他:"你说——"

哲瑞·雷恩先生安慰他似的咕哝了一声:"好了,探长,我觉得这是个绝妙的主意。我看就让我送你们去市中心吧。我的车子就在这里,我也想稍微休息一下。周围有这么多干扰因素,我根本无法思考。情况显然已经到了需要开战略会议的地步,而戈登是个热心的小伙子。我们走吧,还是说你太忙了,懒得理我们呢,探长?"

"这才是朋友。"年轻的罗说。

"看这些天的生意,"探长沮丧地说,"我可以休上一个月的假,我的那个笨秘书都不会发现我不见了。"他狠狠地瞥了一眼那个年轻人,然后又瞥了一眼佩兴丝,后者正紧张地哼着小曲,努力表现出一副若无其事的样子。"好了,小子。帕蒂,上车。这趟是免费的。"

* * *

在萨姆的办公室里,老演员叹了口气,坐到一把破旧的皮椅上。佩兴丝不慌不忙地坐下来。罗倚靠在门框上,双眼发亮:"探长,您显然牢记着《旧约·诗篇》第一百二十二章的忠告:'愿你城中平安。'这很不错。"

"是的,但不是'愿你宫内兴旺'。"佩兴丝笑道,把小巧的无边女帽丢到房间对面的保险箱顶上,"如果生意一直这么差,恐怕我得去找份工作了。"

"女人,"罗先生热切地说,"不应该工作。"

"帕蒂,你给我闭嘴!"探长恼怒地说。

"如果我能帮上任何忙——"老绅士开口说。

"你真好,老伙计,但是我们真的不需要。帕蒂,我要打你屁股!好了,雷恩,你有什么想法?"

雷恩端详了众人一会儿之后,跷起了纤细老迈的腿:"我的想法有时候很不理性,探长。我得说这是我经历过的最了不起的案件,要想搞清楚它需要透彻了解犯罪学。你是办过实际案件的警察。你怎么看呢?"

"乱成了一团,"探长苦笑着说,"真见鬼。我还是第一次听说有罪犯会把赃物送回来,除此之外还附上了利息!不过,要我看,从逻辑上说,接下来最该做的就是找到那两个家伙——一个是戴蓝帽子的家伙,另一个就是车站发车员说的戴着怪异的马蹄形戒指的家伙。我会再查查那十七位老师,但我觉得他们都是清白的。"

"你呢，亲爱的？"老绅士喃喃地说，转向了佩兴丝，她的思绪正在九霄云外，"你总是能提出一些有价值的意见。"

"在我看来，"佩兴丝说，"我们小题大做了。有人偷了东西，又加上利息还了回来。就我们目前所知，这压根儿不是真正的犯罪！"

"仅仅是一个有趣的谜题，嗯——难道没有更重要的事吗？"

她耸耸肩："对不起，今天我脑子不灵光，实在想不出什么。"

"不是犯罪，是吧？"探长讽刺地说。

"啊，"雷恩淡淡一笑，喃喃地说，"你认为是犯罪吗，探长？"

"当然！可怜的老多诺霍出了什么事呢？"

老绅士闭了一会儿眼睛："失踪的警卫，确实如此，看上去有暴力的嫌疑，这点我同意。但是，这毕竟是警方的事情。不，还有别的事。"

门边那个高个子年轻人用疲惫的眼神看看这个又看看那个。佩兴丝紧锁眉头，一时间众人都默不作声。之后萨姆耸耸肩，伸手去拿电话："不管是不是警方的事情，但这是我唯一真正感兴趣的事。我既然答应过要找到这个可怜的爱尔兰人，就会尽力去办。"他先是和失踪人口部的格雷森队长通了话，转而联系了他的老友乔根探长，简单交谈了一会儿。然后他说："多诺霍的事情没什么进展。这个人消失了，就好像被拐去了海上。我把退回来的那本书中夹着的百元钞票的序列号给了乔根。也许他能追查到什么。"

"可能，"雷恩同意道，"好了，佩兴丝，我看见你在皱你漂亮的鼻子。你发现我说的'别的事'了吗？"

"我正在努力。"她气呼呼地说。

"封底。"罗先生简单地说。

"哦,戈……罗先生,当然!"佩兴丝叫道,脸又红了,"就是那个戴蓝帽子的家伙从1599年版的杰加德封底里取出的东西!"

老绅士咯咯笑起来:"你们两个年轻人好像想到一块儿去了。好极了,不是吗,探长?别皱眉了。我告诉过你,戈登是个不可多得的小伙子。我正是那个意思,佩兴丝。你瞧,如果你从藏在书封底的暗袋里那个又薄又轻的东西入手,你就会发现那个窃贼表面上匪夷所思的行为也就变得可以理解了。大约六周之前,有人闯进萨克森图书馆,偷走了一本他原以为是1599年版的杰加德的书。不难想象,这桩先前的盗窃事件也是同一个人所为——那个戴蓝帽子的古怪家伙。但这本书是冒牌货,结果被原封不动地退回来了。戴蓝帽子的人要寻找的是真正的那本!那么,有多少本真正的初版《热情的朝圣者》存世呢?三本,而萨克森的那本是第三本,也是最新发现的。可能他已经调查过另外两本。他偷了萨克森的那本,发现是冒牌货,于是他一定知道还有一本真正的萨克森收藏的杰加德存世。后来萨克森把书捐给了不列颠博物馆,在捐赠品里有真正的杰加德。这个窃贼想法混进博物馆,想办法偷走了第三本真正的杰加德。他将一本更加罕见的书留在原处。两天之后,他归还了杰加德。告诉我,佩兴丝,你从这些事实中得出了什么更进一步的结论?"

"我明白了,"佩兴丝吮吸着下唇说道,"这样说就清楚多了。他把真正的杰加德归还给了博物馆,但是割开了封底,拿走了藏在凹槽里的东西,说明他对1599年版的杰加德本身并不感兴趣,

113

只是对其中藏着的那个又薄又轻的东西感兴趣。既然拿走了那东西,他也就不需要这本书了,于是像个绅士一样物归原主。"

"棒极了!"雷恩叫道,"出色的推理,亲爱的。"

"太出色了。"罗先生热情地低声说。

"还有呢?"老绅士问道。

"好吧,"佩兴丝说着脸有些红了,"这就引出了另一个奇怪的问题。1599年版的杰加德价值不菲。他如果是个普通的窃贼,应该会留着书,尽管他真正的目的是书里藏着的东西。后来他留下一百美元钞票,用于支付维修皮面硬壳的费用。还有,他本就留下了一本价值极其不菲的书代替他偷走的那本——显然这是因为它和1599年版的那本十分相似,或者是为了表明他的正直。所有这一切都说明他本质上是一个正直的人,雷恩先生,他迫不得已犯下不正直的罪行,于是尽力提前做出补偿。"

老绅士身子前倾,双眼闪现着亮光。佩兴丝说完之后,他往后靠在椅背上,并且向探长晃动修长的食指:"嗯,老伙计,你觉得这怎么样?"

探长咳了一声:"我得说非常不错,非常不错。"

"得了,得了,探长,你的赞美太小气了。完美,亲爱的!你让我们这些老骨头精神为之一振。是的,没错。和我们打交道的是一个敦厚甚至有良心的窃贼——我相信这在盗窃史上都是前所未有的反常现象。一个名副其实的维庸[1]!还有呢?"

---

[1] 弗朗索瓦·维庸(1431—约1463),法国诗人。据说曾因谋杀、盗窃罪而被控告,最终被判流放出巴黎十年,之后下落不明。

"我想已经很清楚了，"年轻人突然说，"他把冒牌的杰加德原物奉还，没有割开皮面硬壳，说明他对珍本书非常熟悉。我可以告诉你们，我见过那本书，绝对不是什么外行都能一眼看出假冒的拙劣仿品。他检查了那本书，立刻发现那不是真品，他要寻找的只是真正的1599年版的杰加德，所以就没有破坏而直接将书还了回来。"

"这么说来，他大概是藏书家一类的人，对吗？"佩兴丝喃喃地说。

"应该是，亲爱的。戈登，这个推理很不错。"老人站起来，开始在房间里迈开两条长腿踱步，"那么我们已经拼凑出一幅非常有启发性的图画。一个学者、古文物研究者、藏书家，本质是直率的，竟然不惜犯下盗窃罪行，目的是想要得到——我想这点应该是毋庸置疑的——藏在一本古老珍本书封面里的一张纸。有趣啊，不是吗？"

"不知道那会是什么东西呢？"萨姆喃喃地说。

"开口或者凹槽，"罗沉思着说，"大约五英寸乘三英寸。这如果是一张纸，那么可能是折起来的，而且可能非常古老。"

"应该是的，"雷恩喃喃地说，"虽然最后这点未必如此。是的，情况已经相当明朗了。我现在想知道……"他那洪亮的声音渐渐低沉下来，沉默不语地踱了一会儿步，紧皱着白色的眉毛。"我看我得自己进行一番小小的调查了。"他最后说道。

"关于多诺霍吗？"萨姆满怀希望地问道。

雷恩笑了笑。"不，我会把这个留给你；那种事情你办得绝对比我好。我想的是，"他皱着眉头继续说，"一个小小的研究。你

115

知道我自己也有个相当不错的图书馆——"

"那是学者的天堂。"罗羡慕地说。

"什么类型的研究？"佩兴丝问道。

"嗯，亲爱的，这事情就算不是真的有用，也应该能提供一些信息，我想查一下被损坏的杰加德的皮面硬壳是不是原配的——皮革的年代也许是一条线索，能查出藏匿物品的年代，正如戈登所说，从凹槽的尺寸来看，很可能是某种折叠起来的文件。"

"我也许可以给您提供一些帮助，雷恩先生。"年轻人热切地说。

"啊，"老绅士说，"这倒是个主意，戈登。我们也许可以分头去做，然后比较下各自的结论。"

"我也是这么想的，"佩兴丝没来由地高兴起来，"如果某种文件藏在这么古老的书中，那么也许在什么地方会有记录。不然，这个窃贼是怎么知道的，而且还知道去哪里寻找？"

"很有洞察力的想法！我也有类似的想法。我要去翻查所有关于1599年初版的《热情的朝圣者》的资料，可能会找到一些有日期的记录。杰加德在伊丽莎白时代的伦敦插手了许多出版物的发行，他的名字和文学界牵连甚广。是的，这无疑是合乎逻辑的做法。你怎么想，戈登？"

"我也会查查看。"罗平静地说。

"很好！你是要继续追查多诺霍吗，探长？"

"我会尽我所能。我也会让失踪人口部的格雷森去做大部分工作。"

"是的，其实这是他的工作。我得说，探长，我觉得这事情上你可能捞不到什么金钱方面的好处。"

"你说得没错，"探长咆哮道，"但是这事让我很火大。我就陪它玩一会儿吧。"

"还是和从前一样倔强，"老人轻声笑道，"那么我给你个建议。如果你接这个案子纯粹是因为受到挑衅，那么为什么不调查一下哈姆内特·塞德拉博士呢？"

探长吓了一跳。佩兴丝正让罗给她点香烟，此时也停顿了一下："那个家伙？为什么？"

"可以说是直觉，"雷恩喃喃地说，"但你一定注意到了我们的朋友克拉布看塞德拉博士时那种好奇的眼神吧？"

"天哪，是的，"佩兴丝叫道，"戈登，你也一定注意到了！"

"戈登？"探长发现了佩兴丝对罗的称呼。

"纯属失言，"罗先生连忙说，"萨姆小姐太激动了。萨姆小姐，请叫我罗先生……是的，帕蒂，我的确注意到了，而且打那以后我就一直在琢磨。"

"怎么回事？"探长怒吼道，"什么戈登、帕蒂？这是怎么回事？"

"好了，好了，探长，"哲瑞·雷恩说，"不要把个人感情带进这场讨论。你知道自己是个多么食古不化的老暴君吗？现在的年轻人已经不像从前了。"

"老爸。"佩兴丝满脸通红地说。

"不像你那个时代，探长。"罗先生帮腔道。

"媒人介绍，暗送秋波，在黑暗的角落里亲吻，"雷恩笑着继续道,"得了,得了,探长,你必须接受这些。我刚才说了,克拉布是个守口如瓶的家伙,他掩饰得非常快,但是我觉得有些奇怪的事情值得调查一下。"

"尽管如此,"探长喃喃地说,"我不喜欢这样……嗯?我没注意到奇怪的事情。如果真是这样,我想我们最好还是问克拉布几个问题。"

佩兴丝研究着香烟头。"你知道吗,老爸,"她低声说,"这让我有了一个想法。现在我们先不要打扰克拉布。为什么不从源头上查查塞德拉博士呢?"

"你的意思是英国,帕蒂?"

"我们先不要贪心。查查轮船公司怎么样?"

"轮船公司?为了什么?"

"你永远说不准。"佩兴丝喃喃地说。

* * *

四十五分钟后,萨姆探长放下了电话,用手帕擦眉毛时手抖得非常厉害。"好吧,"他最后叹了口气,"这正好说明了问题。真是……真是荒唐……你知道'兰开斯特里亚号'的事务长刚才告诉我什么吗?"

"哦,老爸,"佩兴丝说,"你在吊人胃口。看在上帝的分儿上,他说了什么?"

"乘客名单里根本没有哈姆内特·塞德拉的名字!"

他们面面相觑。戈登·罗吹了一声口哨,把烟头摁灭在探长的烟灰缸里。"露出马脚了。"他喃喃地说,"著名的塞德拉博士……"

"我喜欢这个,"佩兴丝喃喃地说,"我喜欢得不得了。"

"天哪,他是个骗子!"萨姆大声吼道,"听着,小子,你一个字都不准泄露出去。一个字也不行!我会让你——"

"好了,好了,探长,"雷恩温和地说,他无精打采地靠在皮椅上,眉头皱起数百条细纹,"别太着急。一个好的场景未必能成为一出好戏,一个可疑的情况也不能判定一个人有罪。我听见你向事务长描述了塞德拉的外貌。那是为什么?"

"嗯,"萨姆哼了一声,"他看了名单,没有找到那家伙的名字,我描述了塞德拉的外貌,问事务长是不是能向船上的工作人员核实。船是今天早上才靠岸的,他们都还在当班。他立刻去办了。结果,不仅塞德拉的名字不在名单上,而且船上压根儿没有过一个长得像塞德拉的人!"他瞪大了眼睛:"你怎么看?"

"开始变得有意思了。"罗沉思着说。

"我承认罪恶的味道越来越浓,"老绅士喃喃地说,"奇怪,奇怪……"

"但是你们还看不出这是什么意思吗?"佩兴丝叫道,"这说明塞德拉博士至少四天前就来到这个国家了!"

"你是怎么算出来的,帕蒂?"她父亲问道。

"他没有乘飞机跨越大西洋,对吧?你记得我上周四打电话给轮船公司,想知道下一班从英国来的船什么时候抵达——莎莉·博斯特威克写信告诉我,她要从大洋那边来,但是没有告诉我什么时候。他们告诉我,周六有一班,另一班就要到今天了。所以,既然

119

今天是周三,那么我得说这个英国佬至少四天前就到了纽约——最晚是上周六到的。"

"也许更久,"罗皱起眉头说,"塞德拉!真想不到!"

"你可以查下上周六的船。"雷恩心不在焉地说。

探长伸手去拿电话,然后又坐了回去。"我有更好的办法。一石二鸟。"他按下按钮,满面春风的布劳迪小姐好像变魔术般跳进办公室,"带笔记本了吗?好的。发一封电报去苏格兰场[1]!"

"去……去哪里,探长?"布劳迪小姐结结巴巴地问道,门旁这位身材健壮的年轻人让她无法思考。

"苏格兰场。我要这个滑头的英国佬看看我们这里是怎么办事的!"探长的脸涨得通红,"你知道苏格兰场在哪里吧?英国伦敦!"

"是……是的,先生。"布劳迪小姐急忙说。

"发给特伦奇总探长,T-r-e-n-c-h:'需要有关伦敦肯辛顿博物馆前馆长哈姆内特·塞德拉的全部资料,此人现在纽约。查明其离开英国的日期、外貌特征、社会关系、声誉及任何记录。保密。祝好。'立刻发出去。"

布劳迪小姐跌跌撞撞地朝罗先生走去。

"等一下。你是怎么拼塞德拉的名字的?"

"S-e-d-d-l-e-r。"布劳迪小姐结结巴巴地说,脸色因为激动而泛白。

探长深吸了一口气,然后露出微笑。"好了,好了,布劳

---

[1] 指伦敦大都会警察局的总部。——编者注

迪，"他安慰道，"别晕倒了。没事的。看在上帝的分儿上，你难道连拼写也不会了吗？应该是S-e-d-l-a-r！"

"哦，是的，先生。"布劳迪小姐说着就逃走了。

"可怜的布劳迪。"佩兴丝咯咯笑道。"老爸，你每次都吓得她折寿。也许是有陌生男性在场的缘故……哎呀，怎么了，雷恩先生？"她惊慌地叫道。

老绅士的脸上显露出极其吃惊的表情。他盯着萨姆，好像从未见过他似的，甚至好像现在也不曾看见萨姆。然后他跳了起来。

"天哪！原来如此！"他开始在房间里快速地走来走去，口中喃喃自语。

"怎么回事？"探长惊讶地问道。

"这个名字，这个名字！哈姆内特·塞德拉……天哪，太……太不可思议了！如果这是巧合，那么真是太没天理了。"

"这个名字？"佩兴丝皱起前额，"啊，这个名字怎么了，雷恩先生？虽然有些奇怪，但听起来完全是英国名字啊。"

戈登·罗的嘴巴张得很大，就像下落觅食的鹤的嘴巴。他淡褐色的眼睛里不见一丝往日的调皮神色，代之以既惊讶又心领神会的神色。

雷恩停下脚步，摩挲着下巴，然后爆发出长长的低沉的笑声："是的，是的，听起来完全是英国名字，佩兴丝。你有着一语中的的本事。一点儿也没错。这是有历史的英国名字，天哪！是，戈登，我看到你也露出恍然大悟的表情。"他停住笑声，忽然坐了下来。他的声音变得严肃。"我早就觉得这个名字有什么地方值得注意。"他慢慢说道,"自从我们见到叫这个名字的那位先生之后,我一直耿耿于怀。你拼了出来……探长,佩兴丝,'哈姆内特·塞德拉'对你们来说难道没有任何意义吗?"

探长一脸茫然:"没觉得有什么不对劲。"

"好吧,佩兴丝,比起你尊敬的父亲,你受过良好的教育。你不是学过英国文学吗?"

"当然。"

"对伊丽莎白时代的作品有没有研究?"

佩兴丝的脸颊红通通的:"那……那都是很久以前的事了。"

老绅士沮丧地摇摇头:"这就是你们的现代教育。那么你应该从未听说过哈姆内特·塞德拉。十分陌生。戈登,告诉他们哈姆内特·塞德拉是谁。"

"哈姆内特·塞德拉,"年轻的罗先生用沙哑而茫然的声音说,"是威廉·莎士比亚最亲密的朋友之一。"

* * *

"莎士比亚!"萨姆叫道,"是这样吗,雷恩?你们都疯了吗?这事情和莎翁有什么关系?"

"关系可大了,我开始这么认为。"哲瑞·雷恩先生喃喃地说。"是的,戈登,没错,"他沉思着,一边摇了摇头,"当然,你们应该知道。塞德拉……天哪!"

"恐怕我并不明白。"佩兴丝抱怨地说,"无论如何,在这点上我和父亲是一样的。当然——"

"这个塞德拉该不会是流浪的犹太人[1]吧?"探长讥笑道,"见鬼了——他不可能有三百多岁!"他开心地大笑起来。

"哈哈。"罗先生随后深深地叹了口气。

"我不是说我们的朋友是亚哈随鲁[2],"雷恩笑了笑,"迄今为止发生的事情并没有那么荒谬。但我要说的是,目前这位哈姆内特·塞德拉,这位伦敦肯辛顿博物馆的前馆长、纽约不列颠博物馆的继任馆长、英国人、文化人、藏书家……哦,不,塞德拉博士是莎士比亚称为好友的那个人的直系后裔,这并非不可能。"

"来自斯特拉特福的一个家族?"佩兴丝若有所思地问道。

老人耸耸肩:"我们对他们几乎一无所知。"

"我想,"罗喃喃地说,"塞德拉家族来自格洛斯特郡吧?"

"那又有什么关系?"佩兴丝抗议道,"即使塞德拉博士是莎士比亚好友的后裔,那么古老的塞德拉家族和这本1599年版杰加德的《热情的朝圣者》之间有什么瓜葛,进而导致了这场风波呢?"

"亲爱的,"哲瑞·雷恩先生平静地说,"这正是问题所在。探长,你发电报给苏格兰场的英国朋友,结果给我们这么大的灵感。也许我们会知道……谁知道呢?《热情的朝圣者》本身不可能……但是……"

---

[1] 据传,耶稣被判钉十字架后,身背沉重的十字架向骷髅地艰难地走去,途中曾在一个犹太修鞋匠门口休息,被修鞋匠赶走。后来上帝惩罚这个修鞋匠四处流浪,直至世界末日。

[2] 根据《以斯帖记》记载,亚哈随鲁是波斯国王,他娶了一个名叫以斯帖的犹太女子。亚哈随鲁的宰相哈曼要求杀死书珊城内的所有犹太人。以斯帖冒死进言,亚哈随鲁最后同意赦免犹太人。

他陷入沉默。探长无助地坐着,看看他的老友,又看看自己的女儿。年轻的戈登·罗盯着雷恩,而佩兴丝盯着罗。

雷恩突然站起身,伸手去拿手杖。他们一言不发地看着他。

"奇怪,非常奇怪。"雷恩点点头,心不在焉地笑了笑,然后离开了探长的办公室。

第十一章
3HS wM

德洛米奥愉快地低声咒骂了一句交警,将黑色的林肯轿车驶离第五大道,开进了四十到四十九街中的一条。他在迷宫一般的车流中穿行,把车子开到第六大道的拐角,因为红灯停了下来。

哲瑞·雷恩先生静静地坐在车子后座上,用一张边缘锋利的黄色纸片轻轻拍打着嘴唇。他已经看过纸上打印的文字十多遍了,此刻他眉头紧皱。这是一封电报,日期栏上写着:"6月21日——午夜12时6分。"电报是今天早晨送达韦斯特切斯特的哈姆雷特山庄的。

"萨姆在这个奇怪的时间点给我发电报,"老人思忖着,"午夜!他之前从没有过……紧急事件吗?莫非——"

德洛米奥用力按着喇叭。一辆汽车的防撞垫和另一辆汽车的在拐角处发生了擦碰,两辆车就像两头公牛一样相互抵着,后面的车子全都动弹不得。雷恩侧头看到这一混乱局面一直延伸到第五大道,便身子前倾,拍了拍德洛米奥的耳朵。

"我看剩下的路我还是步行好了,"他说,"只剩一个街区。你就在萨姆探长办公室附近等我。"

他下了车,手里仍然拿着电报。然后他小心翼翼地把电报放进自己那身笔挺的西装的胸前口袋里,朝着百老汇方向大步前进。

* * *

他发现萨姆侦探社陷入了离奇的混乱状态。前厅的布劳迪小姐似乎也被这种混乱传染了:她紧张地坐着,眼神悲伤而不安地盯着佩兴丝。后者正在栏杆后面走来走去,就像正在发火的军士长,咬着嘴唇,急切地猛看墙上的挂钟。

听到开门的声音,佩兴丝跳了起来,布劳迪小姐轻声尖叫了一下。

"您总算来了!"佩兴丝叫道,死死地抓住老绅士的胳膊,"我还以为您永远不会来了。您真是可爱的宝贝!"令雷恩惊讶的是,她用柔软的手臂搂住他的脖子,使劲亲吻他的脸颊。

"亲爱的孩子,"雷恩抗议道,"你在发抖!到底发生了什么?探长的电报充满了被压抑的不祥之兆,但是什么也没说明。我想他没事吧?"

"好得很呢。"佩兴丝冷冷地回答,然后眼中闪着亮光。她摸了摸耳朵上方一抹闪闪发亮的鬈发,说道:"现在让我们来攻击那……那具尸体吧!"

她推开探长的房门,看见一个满眼血丝、脸色苍白的老绅士,他僵硬地坐在转椅边上,像一条意志坚定的大蟒蛇似的瞪着桌上的一样东西。

"来了!"他大声叫道,慌忙站了起来,"老天哪,我的老朋友。我告诉过你,我们可以依靠这个老伙计,帕蒂!坐下,雷恩,坐下。你能来真是太好了。"

雷恩坐在皮扶手椅里:"天哪,这是什么欢迎仪式?!你们让我觉得自己像个回头的浪子。现在告诉我发生了什么。我好奇得要命。"

萨姆抓起他正在痛苦研究的东西:"看见这个了吗?"

"你知道,我的视力很好。是的,我瞧见了。"

探长咯咯笑起来:"好吧,我们要打开它。"

雷恩看看萨姆,又看看佩兴丝:"但是——好吧,请便。这就是你打电报叫我来的原因吗,探长?"

"我们打电报请您来,"佩兴丝赶紧说,"是因为有个疯子坚持信封打开仪式必须有您出席。老爸,请吧。如果你再不打开它,我也要疯了。"

这就是那个长长的棕色马尼拉纸信封,大约七周前,那个有着斑驳胡须、戴着蓝色眼镜的奇怪家伙将这东西交给探长保管。

* * *

雷恩从萨姆手中接过信封,迅速试验性地捏了捏,检查了一下。他摸到里面一个近似方形的信封的轮廓,于是眼睛眯缝了起来:"这件匪夷所思的事情需要一个解释。我想先知道一些情况……不,不,亲爱的,我过去有好几次告诉你,要培养——哈哈——耐心[1]。请吧，探长。"

萨姆简明扼要地把五月六日那个经过乔装的英国人来访的事情说了一遍。佩兴丝在一旁做了补充说明，于是故事也就十分完整了，包括对来访者的详细描述。探长说完以后，雷恩若有所思地看着信封："但是为什么你们之前没有告诉我？这不像你的作风，探长。"

"我觉得没有必要。快点儿，我们开始吧！"

"等一下。那么我来理一理，今天是这个月的二十一日，你们那位神秘的委托人昨天没有按计划打电话给你？"

"不过他在五月二十日打来过。"探长沮丧地说。

"我们一整天都坐在这里，"佩兴丝厉声说，"一直等到昨天午夜，一点儿他的动静都没有。而现在——"

"你们有没有碰巧记录下这个男人的谈话？"雷恩茫然地问道，"我知道你们这里有监听设备。"

萨姆按下了一个按钮："布劳迪小姐，把有关信封一案的谈话记录拿来。"

老人非常仔细地读着那个来访者的谈话记录，其他人痛苦地坐在那里。

"嗯，非常奇怪。"他说着放下了记录。"当然，这家伙的确是作了伪装。笨拙，非常笨拙！显然没有丝毫的真实感。那胡子……"他摇了摇头，"很好，探长，我觉得我们可以继续了。请吧。"

---

[1] "佩兴丝"这个名字的字面意思是"耐心"。

他站起身，把信封丢在萨姆的桌上，自己坐在桌旁的一把椅子上，身子前倾，表情专注。佩兴丝匆匆绕过桌子，站在父亲的椅子后面，她呼吸急促，往日平静的面容变得苍白，显得很激动。萨姆用颤抖的手指拉出桌子靠近雷恩那一端的活动桌板，把信封放在上面，然后倒在转椅上。他满头大汗，然后抬头看看雷恩——他们隔着多功能桌子面面相觑——无力地笑了笑。

"好了，我们开始，"他揶揄道，"我希望不会有东西跳出来，说'愚人节快乐'之类的鬼话。"

在他身后的佩兴丝紧张得几乎无法呼吸，叹了口气。

萨姆拿起一把拆信刀，犹豫了一下，然后将刀刃插入马尼拉纸信封的封口。他迅速割开封口，放下刀子，捏住信封两头，朝里面看去。

"是什么？"佩兴丝叫道。

"你是对的，帕蒂，"他喃喃地说，"里面还是一个信封。"他掏出一个小的正方形信封，中性灰色，口子也是封住的，表面没有写字。

"信封的翻盖上是什么？"老绅士急忙问道。

探长把信封翻了个个儿。他的脸色变得像纸一样灰。

佩兴丝在他背后扫了一眼翻盖，倒吸了一口气。

萨姆舔了舔嘴唇。"上面写着，"他用嘶哑的嗓音说，"上面写着——天哪——上面写着：萨克森图书馆！"

这是他们得到的第一个线索，说明那个留着约瑟夫胡子的神秘男人可能和不列颠博物馆发生的奇怪事件有着联系。

* * *

"萨克森图书馆，"雷恩喃喃地说，"太奇怪了。"

"原来如此！"萨姆叫道，"天哪，我们撞见什么了？"

"显然，"老人艰难地说，"是个巧合，探长。这事常发生。但是太过巧合了，反倒让人觉得——"他的声音逐渐减弱，但是他的目光没有离开探长的嘴唇。可是他什么也没看到，就好像是面纱落下来，眼前被蒙上了一层细纱——那面纱掩盖了眼睛中令人目眩的领悟。

"但我还是不明白——"佩兴丝茫然地开口说道。

雷恩颤抖了一下，面纱随之瓦解。"打开它，探长，"他说着身体前倾，双手托着下巴，"请打开吧。"

萨姆又拿起拆信刀。他把刀子插进信封的翻盖后面，慢慢用力。纸很有韧性，但也不情愿地投降了。

雷恩和佩兴丝都没有眨眼睛。

萨姆粗大的手指伸进信封里，抽出一张中性灰色的信纸，颜色和信封是一样的，折叠得很整齐。他展开信纸。纸的一端印了一些字。探长把纸倒过来，上端的字很简单：萨克森图书馆。字是用深灰色油墨印刷的。他把纸摊平在他和雷恩之间的活动桌板上，仔细观察。他们全都盯着看，办公室里鸦雀无声。

这是有原因的。如果那个乔装打扮的英国人是个神秘人物，他交给探长保存的消息应该就更神秘了。不只神秘，简直就是令人费解。它根本毫无意义。

纸的上端印着萨克森图书馆的名字。剩下的部分就像刚从印刷机上下来的纸一样纯白如雪,除了几个简单的字母或者说是记号。大致上在纸张的中央,位于图书馆名字的下方出现了几个字母。

仅此而已。没有可以理解的信息,没有签名,没有其他钢笔或铅笔留下的记号。

* * *

雷恩那上了年纪的身体突然出现一阵剧烈压抑的痉挛。他蜷缩在椅子上,瞪大着的眼睛死死盯着那个记号。探长的手指突然麻痹

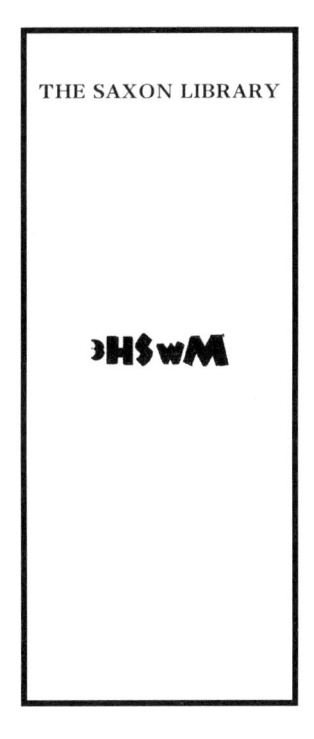

THE SAXON LIBRARY

ƆHSwM

了，手指抵在纸的下部时，只见纸张在颤抖。佩兴丝一动不动。过了好一会儿，没有人动一下。然后老人慢慢把目光从摊开的纸上移走，抬头看着萨姆。雷恩如水晶般深邃的眼睛中流露出一种奇怪的胜利神色，几乎可以说是欣喜若狂。他张开嘴巴想说话。

但是探长含糊地说起话来："3HS wM。"他说话的语气透着惊讶，舌头吐出这些音节，听起来好像要仅仅从发音上来寻找其中隐藏的含义。

雷恩的脸上浮现出一丝困惑表情。他迅速地瞥了一眼佩兴丝。

她说道："3HS wM。"就好像一个孩子在重复外语单词。

老人把脸埋在手里，就这样坐在那里一动不动。

* * *

"好吧！"探长最后长叹一口气，"我放弃。该死，我放弃。当一个穿得好像要参加盛大的街头化装舞会的爱尔兰佬似的家伙走进我的办公室，留下一连串疯狂而愚蠢的胡话，说什么'价值数百万的秘密'时——告诉你，我放弃了。这是个笑话。别的什么人想出来的笑话。"他举起双手，厌恶地哼了一声。

佩兴丝迅速绕过父亲的椅子，拿起那张纸。她聚精会神地看着那些象形文字，眉头紧锁。探长把椅子往后挪了挪，走到窗前，望着下面的时代广场，陷入了沉思。

哲瑞·雷恩突然抬起头。"我能看一下吗，佩兴丝？"他平静地问道。

佩兴丝坐下来，一脸疑惑，老人从她手里拿起那张纸，仔细研究上面谜一般的文字。

这些符号是用钢笔的粗笔尖匆匆写下的,几乎像是刷子一样的笔触,用的是最黑的墨水。笔画的流畅和准确程度说明写的时候毫不犹豫。写字的人显然知道他具体要写什么,而且写的时候不拖泥带水。

雷恩放下纸,拿起中性灰色的信封。他仔细查看,前前后后看了一会儿。信封翻盖上的"萨克森图书馆"字样好像令他着迷。他用手指触摸翻盖,这几个印上去的字黑得发亮,他的指尖神经能感受到明显的凹凸痕迹。

他把信封放下,闭上眼睛,靠在椅背上。"不,探长,"他喃喃地说,"不是玩笑。"然后他睁开眼睛。

萨姆猛然转身:"那么该死的这是什么意思?这如果不是玩笑,一定有什么含义……见鬼了,他说这只是一条'线索',他是对的。这是我见过的最叫人摸不着头脑的线索。故意搞得很难懂,是吧?哼!"他又转身朝着窗户。

佩兴丝皱起眉头:"不可能这么难理解。他可能想搞得很神秘,但还是会弄得简单些,好让我们研究后就能推理出来。让我们来瞧瞧……也许是某种速记法,对吗,隐藏着某种信息?"

探长头也没回地哼了一声。

"或者,"佩兴丝沉思着继续道,"也许是某种化学符号。H是氢的符号,不是吗?——而S是硫。氢——硫化氢。对了!"

"不对,"雷恩低沉地说,"我想那应该写成H_2S。我相信HS和化学没有关系。不,不是化学符号,佩兴丝。"

"那么,"佩兴丝沮丧地说,"小写的w和大写的M……哦,天哪！真是没有头绪。我真希望戈登在这里。他知道很多没用的知识。"

探长慢慢转过身子。"毫无头绪，"他用奇怪的口吻说道，"对我们而言，帕蒂。对你那位爱耍宝的罗先生也是如此。但是不要忘记这个神秘的家伙说他希望把雷恩拉进来。所以他也许认为雷恩会知道其中的含义……嗯，雷恩？"

雷恩面对明显的挑衅仍然无动于衷地坐着，他的眼角出现了皱纹。"怀疑我？"他说，"也许我确实可以，老伙计，也许我确实可以。"

"好吧，那到底是什么意思呢？"探长直截了当地问道，并且走了过来。

雷恩挥了挥苍白无力的手。他继续盯着眼前的那张纸。"奇怪的是，"他喃喃地说，"我相信他以为你也会知道这是什么意思。"

探长涨红了脸，挺直了腰杆，走向门口："布劳迪小姐，带着速记本过来一趟。"

布劳迪小姐很快进了房间，手里的笔已经蓄势待发。

"写信给法医办公室的利奥·席林医生：'亲爱的医生：请立刻帮忙处理此事。秘密进行。以下这串龙飞凤舞的符号对你而言有什么特殊含义吗？'然后写下这个：3—大写的H—大写的S—空格—小写的w—大写的M。写下来了吗？"

布劳迪小姐茫然地抬起头："是……是的，先生。"

"把同样的信也发给华盛顿情报局密码部门的鲁珀特·希夫中尉。快去。"

布劳迪小姐赶紧去了。

"应该会有结果的。"探长咬牙切齿地说。

* * *

探长滑到椅子上,点了一支雪茄,伸展开粗壮的大腿,朝天花板吞云吐雾,若有所思。

"在我看来,"他说,"首要思路是从印着图书馆名字的信纸的角度切入。这家伙像一阵风似的来到这里,告诉我们一个荒唐的故事,留下一张写着胡话的纸条,难道不是想让我们知道这事和萨克森家有关吗?那正是他把小信封塞进马尼拉纸信封的原因,后者上面没有可以识别的标记。如果他出了事,他要我们打开信封。这样他就让我们看到了'萨克森图书馆'的字样,从那个角度入手。目前看来,好像挺清楚的。"

雷恩点点头:"我完全同意。"

"他没有料到的是,乔治·费希尔会跑来这里,告诉我们有关多诺霍的事,这就把我们带到了不列颠博物馆,并且让我们卷进了偷书的怪案子。该死,我真不知道是怎么回事。也许萨克森图书馆的信纸只是巧合。"

"不,老爸,"佩兴丝疲惫地说,"我相信不是这样的。我相信那个戴着假胡子的人和发生在不列颠博物馆的奇怪事件之间是有联系的。而且写在萨克森图书馆信纸上的符号就是联系它们的纽带。我想——"

"什么?"萨姆眯起眼睛冷冷地看着女儿。

佩兴丝笑了:"这个想法很蠢,但是整件事情都很蠢……我在想,这个戴着假胡子的家伙会不会——会不会是萨克森家里的某个人假扮的!"

"没那么蠢吧,"探长喃喃地说,语气中透着夸张的冷漠,"我也有类似的想法,帕蒂。就说罗这个家伙吧——"

"胡说!"佩兴丝尖锐地说,两个男人迅速看向她,"那……那不可能是戈登。"她的脸变得绯红。

"为什么不可能?"萨姆问道,"在我看来,那天我们离开博物馆的时候,他似乎非常急切地想要参与我们的讨论。"

"我向你保证,"佩兴丝生硬地说,"他的……呃……急切和这案子没有任何关系。这……这难道不是因为私人原因吗?我又不是一个干瘪的丑老太婆,老爸。"

"该死,我宁愿那不是什么私人原因。"萨姆呵斥道。

"老爸!有时候你真让我气得要哭。你到底对可怜的戈登有什么不满的地方?他是个非常不错的年轻人,坦诚得好像——孩子。而且,他的手腕很粗,五月六日来的那个男人则不是。"

"好吧,他就是那种藏书家,不是吗?"萨姆挑衅地说。

佩兴丝咬着嘴唇:"哦……你就说吧!"

"仔细一想,"探长一边继续说,一边摩挲着扁扁的鼻头,"不可能是萨克森太太,虽然我曾经有过一个疯狂的想法,认为那个人有可能是个女人。但是萨克森太太身材臃肿,而那家伙奇瘦无比。所以也许——要知道,我还没有排除掉罗——也许是克拉布。"

"那不一样,"佩兴丝说着摇摇头,"他的确符合所有外貌特征。"

哲瑞·雷恩先生一直饶有兴趣地听着这番对话，沉默不语，此时他举起了手。"请允许我打断这场深刻的讨论，"他慢吞吞地说，"我能给这个理论提出一个可能的反对意见吗？你们的来访者声称，如果他在二十日没有打电话来，那么就表示他遇到了什么不寻常的事情——我认为没有理由怀疑这个。如果年轻的戈登·罗——太荒谬了，探长！——或者克拉布就是五月六日拜访你们的那个访客，那么为什么他们都没有失踪、遇害或者遭遇别的什么丧失行动能力的事情？"

"这倒是事实，"佩兴丝急切地说，"当然！你也知道，老爸。昨天我和戈登吃了午饭，今天早上我和他通了电话，他……他只字未提这种事情。我相信——"

"听着，帕蒂，"探长用粗重的语气警告说，"就听一次我这个老头子的话吧，帕蒂，你看上了那个小毛孩？他和你好上了？天哪，我要扭断他的脖子！"

佩兴丝站起来。"老爸！"她怒气冲冲地说。

"好了，好了，探长，"老绅士喃喃地说，"别回到中世纪那套了。戈登·罗是个优秀的年轻人，才智上也不输佩兴丝，可以说他们很配呢。"

"但是我告诉你，我可没爱上他！"佩兴丝叫道，"老爸，你真讨厌。我就不能对一个男人好吗？"

探长看起来很悲痛。

哲瑞·雷恩先生站起身："别吵了。探长，你真幼稚。把纸和信封小心地放回保险箱。我们必须立刻去一趟萨克森家。"

第十二章
双手抱胸

车流量很大，德洛米奥只得不情愿地开着林肯轿车在第五大道上缓缓前行。但哲瑞·雷恩先生似乎并不着急。他静静地看了看萨姆，又看了看佩兴丝。有一次，他笑出了声。

"你们真是一对闹情绪的小孩子。笑一个！"两个人无力地笑了笑。"这是桩了不得的案子，"他继续道，"我想你们都没有意识到案子有多么不同寻常。"

"我头疼。"探长抱怨说。

"你呢，佩兴丝？"

"我想，"佩兴丝的目光没有离开德洛米奥的后脖颈，"您从这些符号中看出的含义比我们看出的要多很多。"

老绅士有些惊讶。他突然朝前坐了坐，端详起她那张光滑而年轻的脸庞。"也许吧，"他说，"一切静待时机。探长，有什么进展吗？今天上午发生了那么多事情，我还没有机会问问。"

"是发生了很多事，"探长疲惫地说，"布劳迪今天早上都记下来了。我就知道你会想了解。"他递给雷恩一份打印的报告。

多诺霍：仍然失踪，下落不明。

十七位学校老师：已回印第安纳波利斯。所有人的身份都已核实，准确无误。仔细调查过。照片、描述、地址、姓名——全部按顺序排列。

百元钞票：退回的1599年版的杰加德中取出来的。没能根据钞票序号追查到源头。

戴蓝帽子的人：仍然下落不明。

巴士上第十九个人：仍然下落不明。

"就这些吗，探长？"雷恩说着把报告还了回去，似乎有些失望，"我知道你给苏格兰场发过电报。"

"你还没忘记，老狐狸，"萨姆笑道，"不，应该说更像大象[1]吧，不是吗？是的，我从苏格兰场的特伦奇那里得到了答复，简直是好极了。昨晚很晚才收到。瞧瞧这个吧。"

他给雷恩递过来一沓电报纸，老人迫不及待地把电报纸紧紧抓在胸前。他们看着他的脸。他越读越严肃。电报是发给探长的，内容如下：

参考信息：哈姆内特·塞德拉是英国一个古老家族

---

[1] 这里是指大象的记忆力很好。

的后裔,他们家族可以追溯到第二次十字军东征[1],有个哈姆内特·塞德拉因为与莎士比亚交往甚密而闻名。现在这个哈姆内特·塞德拉身高五英尺十一英寸,体重十一英石[2],身材瘦削,五官分明,蓝色眼睛,浅棕色头发,没有明显身体特征。五十一岁。对其私生活几乎一无所知。在伦敦过着隐居生活,至少有十二年。从格洛斯特郡的图克斯伯里搬来,那里距埃文河畔斯特拉特福不远。职业是古董商——主要是藏书家,在目录学方面很有建树。过去十二年担任肯辛顿博物馆的馆长。最近接受了美国金融家和收藏家詹姆斯·韦思的邀请,成为纽约不列颠博物馆的继任馆长。同事均对此事表示惊讶,因为塞德拉常常自称是反美人士。五月七日正式卸任肯辛顿博物馆的职务,董事会在伦敦为他举行了欢送晚宴。哈姆内特没有亲戚,只有一个兄弟威廉,但其去向不明,数年不在英国。塞德拉兄弟素无不良记录,显然过着严肃而简朴的学者生活。哈姆内特于五月十七日周五乘坐"克林希亚号"离开英国,于五月二十二日周三抵达纽约,事务长的记录证明他确实登船。如有进一步需要,随时效劳。祝好。

特伦奇

"你怎么看?"探长得意地说。

---

[1] 第二次十字军东征(1147—1149)是由法国国王路易七世和神圣罗马帝国皇帝康拉德三世率领发起的保卫圣地耶路撒冷的军事行动。

[2] 英制重量单位,1英石=6.35千克。——编者注

"不同寻常。"雷恩喃喃地说着,把电报递了回去。他的眉头紧皱,眼神茫然。

"现在明白了,"佩兴丝说道,"塞德拉到纽约的时间比他宣称的早了整整一个星期。七天!这一周他在纽约——如果他待在这里的话——做了些什么?为什么他当初要撒谎?我不喜欢这位'正直'的绅士!"

"我已经传话给总局的乔根,"萨姆说,"叫他不要声张,去追查塞德拉二十二日到二十九日之间的行踪。是同一个人没错——描述十分吻合。但他一定有什么见不得人的事,我也不喜欢他,这点上不输佩兴丝。"

"你到底怀疑他什么?"雷恩问道。

探长耸耸肩。"嗯,有一点他是清白的。他不可能是那个戴着假胡子、一口英国腔、把信留给我的奇怪家伙。根据特伦奇的资料,塞德拉直到十七日才离开英国,而来找我的那个家伙是六日来的。可是……"他咧嘴狼狈地笑了,"那应该另有其人,天哪,我打赌一定是别人!"

"真的吗?"老绅士说,"那么会是谁呢?"

"那个戴蓝帽子、到处扔珍本书和一百美元钞票的疯子!"萨姆叫道,"那个疯子在五月二十七日又跑出来,也就是塞德拉抵达纽约的第五天!"

"你的推理还不够严密,探长,"雷恩笑道,"同样的道理,那个戴蓝帽子的人可能是五月二十七日数百万无法解释行踪的人中的一个。"

探长琢磨了一下,从他顽固的表情来看,他显然不喜欢这话:

"是的，我知道，但是——"

"哦，天哪！"佩兴丝突然叫道，跳了起来，头撞到了车顶，"哎呀！我真是个傻瓜。我之前怎么没有想到这个？"

"之前没想到什么？"雷恩轻声问道。

"符号，那符号！它……哦，我真是眼瞎了！"

雷恩镇定地看着她："那符号怎么了，孩子？"

佩兴丝摸索着寻找到手帕，然后使劲擤了擤鼻子。"这太明显了。"她收起手帕，坐直身子，眼中闪着亮光，"3HS wM，你们还不明白吗？"

"现在我明白的并不比之前多。"萨姆咆哮着说。

"哦，老爸，HS一定表示哈姆内特·塞德拉！"

两个男人瞪大了眼睛，都笑出声来。佩兴丝恼怒地用穿着鞋的脚敲打地板。"我想你们真是太不礼貌了，"她用受伤的口吻说道，"这说法有什么错吗？"

"但是那符号的其他部分代表什么呢，亲爱的？"老绅士温和地问道，"很抱歉，我失礼了，但是你父亲的笑声很有感染力。你怎么解释'3'、小写的w和大写的M呢？"

她盯着德洛米奥那结实的红脖颈，既生气，又有些疑惑。

"哦，帕蒂，帕蒂！"探长喘不过气来，笑弯了腰，"我真要笑死了。我来告诉你这代表什么吧。哈哈哈！代表'三份加了芥末酱[1]的哈姆内特·塞德拉'！"

"太好笑了，"佩兴丝冷冷地说，"我看我们已经到了。"

---

[1] "加了芥末酱"的原文为with Mustard，首字母分别为小写的w和大写的M。——编者注

第十三章
阿莱斯博士的故事

一个英国味十足、留着漂亮鬓角的管家庄重地把他们领进一间路易十五风格的接待室。不，萨克森太太不在家。不，他不知道萨克森太太什么时候回来。不，她没有留下话。不，她——

"你给我听好了！"萨姆探长咆哮道，他可不买账，"克拉布在吗？"

"克拉布先生？我去看看，先生，"鬓角漂亮的管家生硬地答道，"我应该说谁来访呢，先生？"

"该死的，你想说谁就说谁，但是要把他叫到这里来！"

鬓角管家扬了扬眉毛，微微欠了欠身子，然后走开了。

佩兴丝叹了口气："老爸，有没有人告诉过你，你的举止太不礼貌了，竟然对下人大呼小叫？"

"我不喜欢这些英国佬，"探长抱怨说，略微有些不安，"特伦奇是例外。那是我见过的唯一还有人情味的英国人。你会以为他出生在第五区……好了，好了，小爵爷[1]来了。"

戈登·罗经过门厅，腋下夹着书，手里拿着帽子。他吓了一跳，然后咧嘴笑了，三步并作两步走进接待室："哇！你们好啊！什么风把你们吹来了？雷恩先生，探长——帕蒂！你在电话里没有告诉我——"

"我当时不知道。"佩兴丝严肃地说。

"神圣的无知。"年轻人淡褐色的眼睛眯起来。"追查线索？"他低声说。

"戈登，"佩兴丝突然说，"3HS wM对你来说意味着什么？"

"帕蒂，天哪！"探长咆哮道，"我们不要——"

"算了。探长。"哲瑞·雷恩平静地说，"没有理由不让戈登知道。"

年轻人的目光从佩兴丝身上转到那两个男人的身上。"我一头雾水，"他说，"这是怎么回事？"

佩兴丝告诉了他。

"萨克森图书馆，"他喃喃地说，"这是最有趣的事情——这是个问题！我想……等等。克拉布来了。"

老图书管理员拖着脚快速走进接待室，一只手高举着一副金边眼镜，好奇地打量着来访者们。他立刻眼睛一亮，走上前来。佩兴丝敢发誓，走过的时候他的骨头发出嘎吱的声音。

"哦，雷恩先生，"克拉布皮笑肉不笑地说，"还有萨姆小

---

[1] 方特勒罗伊小爵爷（Little Lord Fauntleroy）是英裔美国作家弗朗西丝·霍奇森·伯内特（1849—1924）所著的一本经典童书中的主角，是一个心地善良的贵族孩子。——编者注

姐,以及探长。人真不少!罗,我还以为你出去了。或者是因为这位年轻的小姐来了——萨克森太太身体不舒服,你知道的,肚子痛。以她的腰围,这当然是个大悲剧。"他咧嘴笑了起来,就像一个坏孩子:"你们来是要——?"

"为了一件事,"雷恩笑了笑,不等探长从他那粗壮的喉咙深处吐出已经准备好的话,"我们想要参观著名的萨克森图书馆。"

"我明白了。"克拉布站着没动,一侧的肩膀耷拉得比另一侧的要低,头偏向另一侧,眯着眼睛,目光十分锐利地看着来访者们。"想必是一次友善的探访吧,嗯?"他咯咯笑着,露出老朽的牙龈,突然又转变了态度。"没有理由不是如此,"他的口气出奇地亲切,"虽然你们算是第一批陌生人……是吧,罗?我们是不是要破例一次?"

"你真有人情味。"年轻的罗咧嘴笑道。

"哦,我可不像传说的那般糟糕。请跟我来。"

他领着他们穿过几条华丽的法式风格的走廊,显然来到了大宅的东翼。他打开一道沉重大门上的锁,带着也许称得上欢迎的微笑站在一旁,其实却像轻歌剧中的费京[1],露出了邪恶的怪相。他们走进一间宽大的房间,挑高的天花板上排布着方形的橡木横梁,墙上布满了书架。一个角落里凸出来一个巨大的拱顶。远处是一扇打开的门,穿过门可以看见另一个房间,它显然也是很大的,同样摆满了书籍。房间中央是一张大书桌和一把椅子。地上铺着波斯地毯。除此之外就没什么别的东西了。

---

[1] 《雾都孤儿》中的老教唆犯。

"抱歉，没有椅子给你们坐。"克拉布用沙哑的声音说，然后关上门，走近书桌。"但是这些天来除老克拉布以外，没有人使用图书馆。罗差不多已经抛弃我了。啊，年轻人总是追求不可捉摸的东西！"他又咯咯笑起来，"萨克森先生去世后，我就把他的桌子和椅子搬走了。现在，如果你们想要——"

他忽然停下来，实际上是因为吓了一跳。探长一直在不怀好意地环视四周，此时突然朝书桌扑了过去，仿佛想要砸烂它。"哈！"他叫道，"就是这个！就是这个！"然后他从书桌上抓起一张中性灰色的信纸。

"这到底是——？"克拉布惊讶地问道，然后尖尖的脸庞因为愤怒而拧成一团。他口中发出类似咆哮的声音朝萨姆冲去。"把你的手拿开！"他尖叫道，"原来如此。这是个骗局。刺探——"

"滚开，小矮子，"探长咆哮道，甩开了图书管理员蜷曲的手，"冷静。没有人偷东西。我们只是想看一下你们的信纸。天哪，这东西真好看！瞧瞧这个，雷恩。"

但并不需要端详，只要看一眼就足以确定这就是那个留着斑驳胡子的男人写下神秘符号的信纸。

"当然，这点毫无疑问，"雷恩喃喃地说，"请你原谅探长有些粗暴的方式，克拉布先生，他在这些事情上稍微有些过分了。"

"确实。"克拉布哼了一声，瞪着探长的后背。

"请问你们有信封吗？"雷恩继续笑着说道。

克拉布犹豫了一下，挠了挠布满皱纹的脸颊，耸耸肩，走到书桌前。他拿出一个灰色的正方形小信封。

"一模一样，"佩兴丝吸了一口气，"怎么会——？"她停住了，一脸狐疑地盯着老图书管理员。

年轻的戈登·罗似乎非常激动，一动不动地盯着信封。

"坐下，亲爱的。"雷恩温和地说。她顺从地拉出唯一的椅子。"探长，控制一下。我们没必要吓着克拉布先生。好了，先生，我相信你不会拒绝回答几个简单的问题吧？"雷恩说。

克拉布锐利的目光中闪过精明和一丝迷惑的神色："当然不会拒绝。老克拉布没什么好隐瞒的。我不知道这是怎么回事，但是如果我能帮上什么忙……"

"好极了，"老绅士由衷地说，"那么，究竟是谁在使用这种带有'萨克森图书馆'标记的信纸呢？"

"我在用。"

"当然了。用于图书馆通常的通信联系。但是还有别人用吗？"

"没有了，雷恩先生。"

"哈。"萨姆说，雷恩不耐烦地朝他摇摇头。

"这非常重要，克拉布先生。你确定吗？"

"没有人用，除了我自己，我向你保证。"图书管理员回答，说着舔了舔薄薄的嘴唇，显得很满意。

"萨克森太太也不用吗？"

"哦，天哪，不。萨克森太太有她自己的信纸——有五六种呢。而且，你知道，她从来不管图书馆的事——"

"没错。但是你呢，戈登？你住在这里有段时间了。你能就这件事给点儿线索吗？"

佩兴丝焦急地看着年轻人，探长则冷冷地注视着他。

"我？"年轻人似乎吃了一惊，"问克拉布吧。他是这里管事的人。"

"哦，罗先生很少来这里，雷恩先生。"克拉布紧张地尖声说道，他的身子弯曲得就好像正在熔化的蜡烛，"我们这位年轻的朋友一直都在研究莎士比亚，我想你也知道，但是我们家里有条规矩——你瞧，萨克森先生定下的规矩——就是……当他需要什么的时候，他要来找我，我把他要的书给他。"

"我希望，"罗愤怒地说，"这回答了您的问题，雷恩先生。"

老绅士笑了："别冲动，戈登。你知道这种态度很幼稚。那么，克拉布先生，你是说，除了你自己，这栋房子里的其他人都接触不到萨克森图书馆的信纸？"

"我是这个意思，对的。东西只放在这里。当然，如果有人真的想要——"

"是的，是的，克拉布先生，我们完全理解。戈登，请笑一笑。我想这些房间多年来都是禁地。现在——"

"那么仆人呢？"佩兴丝突然问道，避开了罗痛苦的眼神。

"没有，萨姆小姐。这是一条铁律。我自己打扫房间。萨克森先生坚持要求的。"

"将赠送给不列颠博物馆的书打包的时候，"雷恩问道，"你也在场吗，克拉布先生？"

"当然。"

"我也在。"罗先生喃喃地说，无精打采。

"每时每刻？"

"哦，是的，"克拉布说，"罗先生过分专注于那些卡车司机，但是，我向您保证，我的眼睛可是一直睁得很大。"克拉布狠狠咬了咬没牙的牙龈。他一直睁大眼睛，或者说他总是睁大着眼睛，这点似乎是毋庸置疑的。

"很好！"雷恩笑道，"探长，这一切似乎都证明，要想得到一张这种信纸都是困难的。这似乎站不住脚，对吗？"

"你是在和我说吗？"萨姆咧嘴一笑。

雷恩直视着老图书管理员的眼睛。"这没什么可保密的，克拉布先生，"他平静地说，"我们得到了一张萨克森图书馆的信纸——还有一个信封——我们有必要追查其来源。你这番无辜的说辞让事情变得复杂……"他好像突然灵光一闪，只见他拍了一下前额，惊呼道："我真是太蠢了！当然啦！"

"一张我的信纸？"克拉布一脸疑惑地说。

老绅士拍拍克拉布的肩膀："你经常有来访者吗？"

"来访者？来萨克森图书馆？哈哈！告诉他，罗。"

"这个典型的老顽固，"罗先生耸耸肩说道，"是这个世界上最忠实的看门人。"

"得了，得了，你一定有些来访者。请想一想！有没有什么值得你记住的来访者最近几个月里来过这个房间？"

克拉布眨了眨眼睛，瘦骨嶙峋的下巴微微展开。他眼神空洞地盯着问话的人。然后他出乎意料地大笑起来，拍打着自己孱弱的小腿："哈哈！有了——我想起这么一个人！"他挺直身子，擦了擦湿润的眼睛。

"啊,"雷恩说,"我想我们撞大运了。怎么样,先生?"

克拉布停住笑声,就像他开始笑时那般突然。他半转过爬行动物般的脑袋,两只干燥的手掌相互揉搓:"就是这样,嗯?好吧,好吧。奇迹从不停止……是的,是有这么一个人。一位非常有趣的先生。他来了好几次,最后我才答应见他。当我看到他时,他恳求——非常恳切,他,他!——让我给他看一眼著名的萨克森藏书。"

"为什么?"雷恩急促地说。

"他是个藏书迷,他是这么说的,他听说过很多关于萨克森藏书的故事——你知道。事实上,"克拉布狡猾地继续道,"这人很懂书。所以我就破例一次——他看起来完全无害——带他进了这个房间。他在做什么研究,他是这么说的,急于查一本书。他说,只要一小会儿……"

"是什么书?"罗皱起眉头问道,"你从来没有告诉过我这件事,克拉布!"

"没有吗,孩子?我一定是忘了。"克拉布咯咯笑道,"那是1599年版杰加德的《热情的朝圣者》!"

* * *

有一会儿众人鸦雀无声,没人敢看别人一眼。

"继续,"雷恩轻声催促道,"你就把书拿出来给他看了?"

克拉布露出丑陋的笑容:"克拉布才不会呢!不,先生。我说不可能。我说这是规矩。他点点头,好像早就料到了。然后他四处看了看。我开始有点儿怀疑，但是他喋喋不休地谈着书……最后他重新回到书桌这里。桌子上有些文具——纸和信封。他的眼睛里掠过奇怪的眼神，说道：'这是你们萨克森图书馆的信纸吗，克拉布先生？'我说是的。于是他带着乞求的眼神看着我。'哈哈！'他说，'非常有趣。你知道，想进来这个地方非常困难。我和一位朋友打赌，你瞧，我说可以获准进入萨克森图书馆，天哪，我真的做到了！''哦，你的确做到了，不是吗？'我说。'那么，'他说，'既然我真的来了这里，你能行个方便，让我赢得赌注吗？我需要证明我来过这里。啊，是的。'就好像是在那一刻突然想到似的，他拿起一张信纸和一个信封，指了指：'就是这东西！这可以证明。谢谢你，克拉布先生，万分感谢！'没等我说什么，他就跑了出去！"

探长张大嘴巴听完了这个不同凡响的故事。克拉布刚闭上嘴，他就吼道："全是废话！你就让他跑了？天哪，这——"

"原来我们那位先生是这样拿到信纸的。"佩兴丝慢慢说道。

"亲爱的，"雷恩用低沉的声音说，"我们还是不要占用克拉布先生更多宝贵时间了。克拉布先生，你能描述一下这位奇特的来访者吗？"

"哦，是的。个子挺高，身材瘦削，中等年纪。相当英国化。"

"天哪！"探长嘶哑地说，"帕蒂，那就是——"

"拜托，探长。这个人具体是什么时候来的？哪一天？"

"让我想想。四五——大约七周前。是的，我现在想起来了。那是五月六日周一的早晨。"

"五月六日！"佩兴丝叫道，"老爸，雷恩先生，你们听到了吗？"

"我也听到了，帕蒂，"罗先生不快地抱怨道，"你说得好像三月十五日[1]似的。奇怪！"

克拉布那明亮的小眼睛看看这个人，又看看那个人。在那目光的深处压抑着不怀好意的喜悦之情，仿佛正极力克制着一个天大的笑话。

"那么，这人是个瘦高个儿的英国人，中等年纪，"雷恩喃喃地说，"他五月六日来访，用了一个算不上多么高明的把戏拿到了一张你的信纸。很好，克拉布先生，我们有进展了。还有一件事，然后我相信就可以结束了。他说自己叫什么名字了吗？"

克拉布用似笑非笑的气人表情注视着他。

"他有没有说自己叫什么名字，嗯？你真是个问问题的高手，雷恩先生！他有没有说自己叫什么名字？他当然说了名字。我都想起来了。"他咯咯笑道。他就像一只老螃蟹一样围着书桌转，开始翻找各个抽屉。"抱歉，萨姆小姐……他有没有说自己叫什么名字！"他又咯咯笑起来，"啊，就是这个！"他把一张小小的纸片递给雷恩。佩兴丝赶紧站起来，他们四个人一起看上面的名字。

那是一张非常廉价的名片，上面用黑色粗体字印着姓氏：

---

[1] 公元前44年3月15日，时年55岁的恺撒在罗马城元老院中遭到了元老院贵族的刺杀。

DR. ALES

阿莱斯博士

没有其他内容——没有地址，没有电话，没有名字。

"阿莱斯博士！"佩兴丝皱起眉头说道。

"阿莱斯博士！"探长咕哝着说道。

"阿莱斯博士！"罗若有所思地说道。

"阿莱斯博士！"克拉布斜着眼睛点点头。

"阿莱斯博士，"老绅士说，他的语气中透露出某种东西，使得众人迅速看向他。但他还是盯着名片。"天哪，好像不可能。阿莱斯博士……佩兴丝，探长，戈登。"他突然说道，"你们知道阿莱斯博士是谁吗？"

"完全不知道这个名字。"佩兴丝用敏锐的眼神看着他那张表情专注的脸。

"从来没听说过。"探长说。

"有点儿耳熟。"罗若有所思地说。

"啊，戈登。我还以为他打开了你学生时代的回忆呢。他——"

克拉布做了一个怪异的舞蹈动作，就像一只受过训练的猴子。

他的金边眼镜滑落到鼻梁上,他笑得很可怕。"我可以告诉你们阿莱斯博士是谁。"他说着噘起干瘪的嘴唇,就好像一个浑身散发着香气的老花花公子。

"你知道,嗯?"雷恩快速说道。

"我的意思是,我可以告诉你们他的真实身份、他在哪里,所有的一切!"克拉布咯咯笑起来,"哦,这是一个天大的笑话!我突然就想到了。"

"哦,看在上帝的分儿上,"探长粗暴地说,"他是谁?"

"那天在博物馆看到他的时候,我立刻认出了他。哦,是的,"老图书管理员发出咯咯的笑声,"你们难道没有看到他不敢看我吗?他知道我认出了他,这个可爱的无赖!我告诉你们吧,七周前来拜访我并留下这张名片、那个自称为阿莱斯博士的家伙,就是——哈姆内特·塞德拉!"

第十四章
藏书家之战

在中城区一家酒店的餐厅包间里，餐桌旁的人们试图整理凌乱的思绪。克拉布那带着讽刺、胜利意味的道破天机让他们一时间不知所措。哈姆内特·塞德拉就是神秘的阿莱斯博士！克拉布舔着嘴唇，露出一副得意忘形的嘴脸，把他们送到门口。他们最后瞥见他瘦削的身影定格在萨克森大宅爱奥尼亚柱式的门口，他的双手不停地相互抓挠，就好像蟋蟀的后腿。是的，他抬起的小脑袋看着他们离去的时候似乎在说，你们那值得尊敬的塞德拉博士也就是你们的阿莱斯博士，觉得怎么样？老克拉布可不是傻瓜，对吗？他整个人的举止中充满了个人的胜利感，这让他们感到困惑，这是一种残酷无情且自鸣得意的满足感，就好像一群暴徒在执行私刑后获得了极大的快感。

戈登·罗虽然心事重重，但还是设法加入了这一小群人。他非常安静地坐着，看着阳光透过窗户照射在佩兴丝的头发上。但这一次他好像没有真正在看。

"其中有些特别的东西，"哲瑞·雷恩先生等众人坐在桌旁之后说道，"我承认我想不通。这个可恶的老家伙让我觉得——纵然他带着那种戏剧化的怪相表情——这事情大体上是属实的。他是那种喜欢把真相说出来的人，尤其是当他知道真相会伤人的时候。不过——哈姆内特·塞德拉！当然，这不可能！"

"如果克拉布说拜访他的人是塞德拉，"罗先生面无表情地咕哝道，"那么你可以用你的十字军靴打赌，那人就是塞德拉。"

"不，戈登，"佩兴丝叹了口气，"塞德拉不可能是五月六日拜访克拉布的人。我们了解到，五月七日伦敦肯辛顿博物馆的董事会为塞德拉博士举行了欢送晚宴。阿莱斯博士是五月六日在纽约拜访克拉布的。这个人不是幽灵。他不可能一夜之间跨越大西洋。"

"哦！太诡异了。我知道克拉布，而且我告诉你，他没有撒谎。正如雷恩先生所说，每当他说出实话而造成风波，他总是会获得恶魔般的满足感。"

"克拉布那么肯定，"佩兴丝说着，气呼呼地戳着她的肉排，"他说可以对着一堆《圣经》发誓，那就是塞德拉。"

"有什么好大惊小怪的？"探长咆哮道，不悦地瞪着罗先生，"这老家伙在撒谎，仅此而已。"

"嗯，"雷恩说，"当然，有可能他出于恶意杜撰了这个故事。这些老书虫会对同行产生嫉妒心理——好了，好了，我们这样永远也不会有结果。整件事情神秘到不同寻常……有些事情我必须告诉你们，关于阿莱斯博士。"

"哦，是的！"佩兴丝叫道，"您正要告诉我们时，被克拉布打断了……那么这个名字不是虚构的？"

"天哪，不是！正因如此这件事才不同寻常，亲爱的。戈登，在萨克森家的时候你似乎一直在回忆的边缘徘徊。你现在想起来阿莱斯博士是谁了吗？——或者曾经是谁？"

"抱歉，先生。我以为我想起来了。我也许在与工作相关的某处碰到过这个名字。"

"很有可能。事实上我从未见过活生生的阿莱斯博士，我对他本人也一无所知。但是有一件事我是知道的。除非这是惊人的巧合，否则确实存在这样一个人，而且是一个非常聪明、非常博学的文学研究者。"老绅士若有所思地嚼着一段欧芹，"几年以前——哦，八年或十年前——《斯特拉特福季刊》上刊登过一篇文章，这是一本专门研究书籍的杂志……"

"哦，当然！"罗叫道，"我上大学时定期收到这本杂志。"

"这就是你记忆模糊的原因。关键在于这篇文章的署名就是'阿莱斯博士'。"

"一本英国杂志吗？"萨姆问道。

"是的，我记不清具体细节了，但是这位阿莱斯博士写了一篇文章，谈到那个愚蠢的、没完没了的培根争论[1]的新发展，他的有些观点我很不以为然。我写了一篇很长的反驳文章寄给《斯特拉特福季刊》，以我的名义发表了。阿莱斯博士也很恼火，在杂志的《通信》栏目做了回应。我们在杂志上你来我往地争论，持续了好

---

[1] 有一些学者和文学爱好者提出，莎士比亚的作品实际上是由其他人创作的，他的名字只是假托的一个笔名。在这场身份之争中，有几个备受关注的备选人被提出来，弗朗西斯·培根就是其中的一大热门人选。培根是一位殿堂级的思想家和文学家，被认为拥有足够的才华和知识来创作莎士比亚的作品。

几期。"他想到过往不禁笑了出来,"对手笔锋犀利!他把什么恶名都给我冠上了,就差骂我是老糊涂虫。"

"我现在想起来了,"罗热切地说,坚毅的下巴往前伸出,"鸡飞狗跳。就是那个家伙,没错!"

"知道他住在哪里吗?"探长突然问道。

"很不幸,不知道。"

"好吧,我们可以通过杂志来寻找——"

"恐怕不行,探长。罗先生可以肯定地告诉你,《斯特拉特福季刊》五年前停刊了。"

"该死!好吧,我会再发封电报给特伦奇,再拉下我的老脸做个讨厌鬼。你觉得——"

"对了,戈登,"老绅士说,"你能抽空研究一下我们谈过的那些小事吗?就是关于1599年版的杰加德的装帧,还有与装帧有关的可能存在的秘密。"

罗耸耸肩:"我还没有什么头绪。我成功追溯到了装帧制作的时间,这个装帧大约可以追溯到一百五十年前——真是一项艰巨的工作。目前的装帧至少有那么老。至于藏在里面的文件——毫无结果。还没有碰上什么线索。"

"嗯。"雷恩眼中闪过一道光,然后又低下头,专心致志地吃起沙拉来。

佩兴丝把盘子推到一边。"哦,我吃不下了,"她焦急地说,"这桩棘手的案子让我心烦意乱。当然,塞拉斯博士就是阿莱斯博士这件事很荒唐,可是它一直以一种极为可怕的方式在我脑子里打转。其他事情那么清楚……"

"比如说呢？"探长一脸愁容地说。

"阿莱斯博士留下的线索。你也知道，"她突然说，"老爸，五月六日出现在我们办公室的那个一脸大胡子的男人正是阿莱斯博士。"

"你是怎么得出这个结论的？"年轻的罗喃喃地说。

"当天一早他去了萨克森家，在那里他拿到了萨克森图书馆的信纸。他一定是在中城区的什么地方换上了那副可笑的装扮。也许是酒店的洗手间。他写下了符号——那该死的符号！——穿上他的装束，赶到老爸的办公室。这很清楚。"她水汪汪的蓝眼睛吸引了雷恩。

"似乎是可能的。"老绅士说。

"他没有想到会……会被人干掉。"佩兴丝咬着嘴唇说道，"他原以为没有人知道他的秘密，那个价值数百万的秘密。听上去是不是很傻？……但他是个狡猾的家伙，不会冒任何风险。如果他在二十日打电话来，如果他没事，那么什么事也不会发生。信封也就不会拆开。如果他没有打电话，我们就会拆开信封，看到萨克森图书馆的信纸，追查克拉布，发现这个奇怪的阿莱斯博士——他一定是故意告诉克拉布那个匪夷所思的故事，所以克拉布会记住，并且在追查他时处于非常有利的地位。因为到那时候我们应该知道了要找的人的名字、职业……"

"这番逻辑分析太惊人了！"罗先生无力地笑了笑。

"就是因此他才要求你们拆开信封的时候必须有我在场，"哲瑞·雷恩平静地说道，"他知道我会记得跟他在《斯特拉特福季刊》上的论战。所以让我来证实阿莱斯博士是一个藏书家。"

159

"他一定从一开始就计划好了。万一出了事——显然已经出事了。我们现在要去找那个阿莱斯博士,一个书虫或者别的。我们如何着手呢——"

"简单,"探长心不在焉地说,"那是我的活儿,帕蒂。他说,如果他没有打电话来,应该就是他出事了,对吗?那就是说,除了他的外貌、名字、工作或职业,我们还知道他要么是从经常出没的地方消失了——他一定在什么地方出没!——要么是被干掉了。"

"好极了,探长,"雷恩喃喃地说,"你说对了。你必须搞到一份警方的报告,列出谋杀、绑架以及其他失踪的案件。时间从他没有按约定打来电话的六月二十日到几天前。"

探长皱起眉头:"我知道,我知道。你清楚这是多大的工作量吗?"

"实际上没有看起来那么可怕,探长。正如佩兴丝指出的,你有着非常具体的信息可以参考。"

"好吧,"萨姆忧郁地说,"我会去办的,天哪,但是我能从中得到什么呢?我也得生活啊,不是吗?——我马上去叫格雷森和乔根顺着这条线去查……我猜你们两个孩子要去哪里鬼混吧?"

* * *

哲瑞·雷恩先生把萨姆探长送回办公室,又把佩兴丝·萨姆小姐和戈登·罗先生送到绿树成荫的中央公园,然后他默默向德洛米奥示意,自己坐进车子里,一副奇妙的若有所思的神情。既然没有人看到他的样子，那灵动的五官迅速闪现过许多微妙的表情。他一动不动地坐在汽车后座上，手里握着手杖的把手，目不转睛地盯着德洛米奥的脖子。与大多数老年人不同，他没有养成大声自言自语的习惯，也许因为他那失聪的苍白耳朵不允许他养成这种习惯。取而代之的是，他通过纯粹的画面来思考，有些画面太异乎寻常，他不得不闭起眼睛，这样才能看得更清楚些。

林肯轿车悄无声息地在市郊住宅区行驶，驶向韦斯特切斯特。

过了很长时间，老人睁开眼睛，看着车外青翠的树木和绿地环绕的蜿蜒车道。他朝前倾了倾身子，轻轻拍打德洛米奥的肩膀。

"我不是告诉你了吗，德洛米奥？我要你先去马蒂尼医生家。"

德洛米奥是个忠实的司机。他的身子僵住了，半转过头，这样主人就能看到他的嘴唇："是有什么事吗，哲瑞先生？您是不是觉得不舒服？"

老绅士笑了："我身体很好，孩子。这次拜访纯粹是出于科学探究的目的。"

"哦。"德洛米奥说。他挠了挠左耳，耸耸肩，踩下油门。

他把车开到欧文顿[1]附近，停在一栋小村屋前。房子半掩在树林间，墙上爬满了葡萄藤，周围还有六月迟开的玫瑰。一个身材发福、满头银发的男人正在门口抽着烟斗。

"啊，马蒂尼，"雷恩说着下了车，伸了伸腿，"很走运，这个时候你还在家。"

---

[1] 欧文顿是属于美国纽约州韦斯特切斯特县的一个村子。

胖胖的男人瞪大了眼睛："雷恩先生！你在这里做什么？快进来，快进来。"

雷恩咯咯笑起来，把身后的门带上："别这么吃惊，老伙计。我的身体好得很。"他们握了握手。马蒂尼医生疲惫的目光带着职业性的穿透力上下打量着他。雷恩说："看上去不错，对吗？"

"好极了。心脏怎么样？"

"活蹦乱跳。至于我的胃就不好这么说了。"他们走进医生的小屋。一只毛茸茸的狗在雷恩的脚踝上嗅了嗅，然后冷淡地走开了。"我不明白，这把年纪胃竟然垮掉——"

"一辈子都在剧院吃饭，亲爱的马伏里奥[1]，"马蒂尼医生不带感情地说，"这对晚年的消化系统是不利的。坐下，我今天设法从医院溜出来了几小时。医院里全是令人抓狂的日常事务。我碰不到一个真正有趣的病例——"

雷恩笑起来："我给你带来了一个。"

医生把烟斗从嘴里拿了出来："啊，我大概知道了。是不是你本人？"

"不，不。"

"要是真正棘手的问题，"马蒂尼带着轻松的笑容说道，"我甚至愿意放弃今天下午的乡村美好时光——"

"不需要。"老人身子前倾，"这个病例——我相信——可以坐在扶手椅上诊断出结果。"他突然环顾四周："我想你最好把门

---

[1] 马伏里奥是莎士比亚喜剧《第十二夜》中的角色，奥利维亚家的管家，因为自负和严肃而成为其他角色恶作剧的对象。

关上，马蒂尼。"

医生瞪大了眼睛。然后他站起身子，关门将阳光挡在外面。

"你的举动太神秘了，"他说着坐回椅子上，烟斗挂在他的嘴边，"保密，是吗？我猜是一桩罪案。但是没有人会听见——"

雷恩用严厉而闪烁的目光盯着他，那是他最喜欢的《古舟子咏》[1]的风格："当一个人聋了，马蒂尼，他甚至会觉得墙都有耳朵——老朋友，我卷入了一桩人类有史以来最不可思议的冒险中。很多事情都取决于某个关键……"

* * *

德洛米奥在方向盘前正昏昏欲睡。他把停在自己领子上的一只蜜蜂掸走，然后发动了车子。浓郁的玫瑰香味将他迷醉了。马蒂尼家的门已经关上有半小时了，现在打开了，他的主人那高瘦的身影出现在门口。德洛米奥听到马蒂尼用心不在焉的口吻说道："恐怕那是唯一的解决办法，雷恩先生。在给你意见之前，我必须先看到那张纸。可是即便那样，正如我告诉你的——"

"你们这些科学家啊！"德洛米奥听到雷恩用一种稍许不耐烦的声音说道。"我本希望这问题会更清楚些。可是——"雷恩耸耸肩，伸出了手，"你能表现出这种兴趣真是太好了。我想我的想法中有一些应该是对的。我今天晚上把纸拿给你看。"

---

[1]《古舟子咏》是英国诗人塞缪尔·泰勒·柯勒律治创作的叙事长诗。故事以老水手在海上因射杀象征好运的信天翁而给全船船员带来厄运的经历为中心展开。

"嗯。很好。我今晚会去哈姆雷特山庄拜访的。"

"哦，不！那样真是太麻烦你了。我会再到你这里来——"

"别这么说。开车对我有好处，而且我想看看奎西。我上次见到他时，他的动脉情况不太好。"

德洛米奥一脸迷惑，打开了车门。他的主人快步走过小路，突然又停了下来。他盯着德洛米奥，白眉毛突然拧成一团，尖锐地说道："你有没有看见谁在这附近徘徊？"

德洛米奥瞪大了眼睛："徘徊？"

"是的，是的。你看到什么人了吗？"

德洛米奥抓抓耳朵："恐怕我打盹儿了一两分钟，先生。但是我觉得没有——"

"啊，德洛米奥，"老绅士叹了口气，钻进了车子，"你什么时候才能提高警惕……我看也没什么要紧。"他愉快地向马蒂尼医生挥挥手，然后对德洛米奥说："在欧文顿停一下，德洛米奥。去电报局。"

他们开车离开了。在欧文顿，德洛米奥找到一处西联电报公司的营业点，哲瑞·雷恩走了进去。他若有所思地盯着墙上的挂钟，然后坐在一张小桌子旁，伸手拿起黄色的电报本和拴着链子的铅笔。他盯着笔尖看了一小会儿，铅笔削得很尖，但是他没有看它，因为他的眼睛盯着的是在实物以外很远的某个东西。

他用铅笔在空白处慢慢写下一段话，那是在脑中的思绪催动下写出来的内容。

这份电报是发给萨姆探长的。

今晚务必带着那张有符号的纸来吃晚饭。紧急。

雷恩。

他付了电报的钱，转身回车里。德洛米奥正在等候，他那爱尔兰人的眼睛里隐隐闪烁着兴奋之情。

"我们现在可以回家了，德洛米奥。"老绅士舒了口气，心满意足地靠在舒适的靠垫上休息。

* * *

长长的林肯轿车朝着塔里敦[1]的方向向北驶去，消失不见了。这时一个身穿深色大衣、领子竖到耳根的高个子男人，不顾烈日，从停在街对面路边的一辆黑色凯迪拉克大轿车的阴影中走出来，静静地四下张望，接着快步走向电报局。

到了电报局门口，他又四下看了看，手放在门把上，然后走了进去。

他径直来到雷恩刚才写电报的那张桌子前，坐了下来。他用眼角的余光瞥了一眼柜台后面。两名柜员正在办公桌前忙碌。他把注意力拉回到黄色的电报本上。最上面的一页有浅浅的字痕，这是雷恩在纸上给萨姆探长写电文时不经意间留下的笔痕。高个子男人犹豫了一下，然后拿起拴着链子的铅笔，握住笔，几乎水平地贴在纸上，开始从一边到另一边轻轻画出均匀的线条。在大块灰色的铅笔

---

1 塔里敦是属于韦斯特切斯特的一个村子。

痕迹下,雷恩的电文渐渐以清楚的黄色印迹显现出来……

过了一会儿,高个子男人站起身,从电报本上撕下那张纸,揉成一团,塞进口袋里,悄悄地走出了电报局。有一个柜员看着他的背影,一脸疑惑。

他径直走向街对面那辆大凯迪拉克,钻进车里,松开手刹,引擎发出有力的轰鸣声,向南驶去……前往纽约市。

第十五章
警报和查访

傍晚时分,佩兴丝·萨姆小姐回到了萨姆侦探社,这次购物之行虽然买的东西不多,却让人心满意足。她看到布劳迪小姐处于一种近乎精神崩溃边缘的状态。

"哦,萨姆小姐!"她叫道,害得佩兴丝把手上的大包小包全扔在了地上,"我度过了一段最可怕的时光!你现在回来了,太叫人高兴了!我都快疯了——"

"布劳迪,冷静下来。"佩兴丝语气坚定地说,"到底发生了什么事?为什么这样歇斯底里?"

布劳迪小姐说不出话来,她夸张地指着探长办公室那敞开的门。佩兴丝冲了进去。办公室里空无一人,在探长的桌子上摆着一枚黄色信封。

"我父亲去哪里了?"

"有人带了桩案子来,萨姆小姐。珠宝抢劫之类的。探长要我告诉你,他不知道什么时候回来。可是这电报——"

"布劳迪，"佩兴丝叹了口气，"你就像普通的中产阶级那样对电报抱有恐惧。这可能只是广告。"尽管如此，她撕开信封的时候还是皱起了眉头。她睁大眼睛读着哲瑞·雷恩先生简洁的电文。布劳迪小姐在门口徘徊，粗短的手指交叉扭动着，就像一名职业的送葬者。

"别这样，布劳迪，"佩兴丝心不在焉地说，"你总是像个从悲剧里走出来的人。出去吧，让人好好亲亲——或者别的什么。"然后她又自言自语道："我很想知道现在发生了什么。会发生什么呢？只过了几小时……"

"出……出什么事了？"布劳迪小姐害怕地问道。

"不知道。无论如何，坐在这里胡思乱想也没有用。放松点儿，小姐，我给老爸留一张纸条。放松点儿，好吗？"她用力拍了下布劳迪小姐丰满的屁股。布劳迪小姐羞红了脸，退回到前厅她办公桌后面去放松了。

佩兴丝坐在探长的椅子里，拿起一张纸，用她红色的舌头沾湿了铅笔的笔尖，开始倾泻创作的灵感。

亲爱的粗脖子：我们亲爱的朋友、雷恩崖的智者以最独断的口吻发电报给你，要求今晚带着那张纸去哈姆雷特山庄。看起来有什么事将要发生，但是他什么也没说。可怜的布劳迪今天下午因为这封电报而近乎发疯，她不敢打开来看，又不知道我们两个在哪里。她告诉我，你现在正赶着去赚钱给我花；实际上，罗先生带我去中央公园散步，又满怀遗憾地——我希望他确实是这样——回到不列颠博物馆工作，然后我就去了梅西百货公司，对新款女式短裤做了一番有趣的调查（亲爱的老爸，给你买了裤子）。所以，你瞧，我很配合。你不在期间，我继续保持萨姆侦探社的优良传统。我现在要驾车出门了，我保证也会照看好那张纸。你回来之后，打电话去哈姆雷特山庄找我。亲爱的老哲瑞发出了晚餐邀请，如果出现了最糟糕的情况，我相信他不会介意我把他漂亮的老式床铺上的床单弄皱。小心点儿，亲爱的。

帕蒂

又及：

驾车穿过山岭十分寂寞，我想我会邀请罗先生陪我同行。这样是不是让你觉得安心一点儿？

她做了一个夸张的动作，把信叠好，将它滑进一个信封，然后把信封塞进探长桌上放文件的架子里。之后她哼着小曲，走向保险箱，拨动转盘，摆弄了一会儿，打开沉重的柜门，翻找了一番，拿出了那枚被拆封了的马尼拉纸信封，最后关上了保险箱。她仍旧哼着小曲，检查马尼拉纸信封里的东西是否完好，然后打开自己的亚麻手提包——一个大型的神秘容器，里面装满了女性用品——把信封安全地放在里面。

她拨了一个号码："乔特博士吗？……哦，我明白。好的，这没什么区别。我其实想和罗先生说两句……你好，戈登！我这么快又来麻烦你,介意吗?"

"天使啊!麻烦我?我……我感激还来不及呢。"

"工作怎么样了?"

"持续进展中。"

"如果今天剩下的时间里进展放缓了,你会不会很介意呢,先生?"

"帕蒂,你知道我什么都愿意为你做。"

"我着急要赶去哈姆雷特山庄一趟,要带……要带东西过去,戈登,你能陪我去吗?"

"你阻止我试试呢,姑娘。"

"好极了。我们在不列颠博物馆门口碰头,大概十分钟后。"佩兴丝放好听筒,把一缕凌乱的鬈发拢到耳后,然后走进前厅。"布劳迪,"她宣布道,"我走了。"

"走,萨姆小姐?"布劳迪小姐一脸惊慌,"去哪里?"

"去韦斯特切斯特的雷恩先生家。"佩兴丝对着布劳迪小姐桌子后面的镜子,非常挑剔地检查自己的打扮。她在小鼻子上扑了点儿粉,在嘴唇上抹了点儿口红,又从头到脚端详了自己一番。"哦,天哪,"她叹了口气,把白色亚麻套装抹抹平,"我没时间换衣服。亚麻材质的衣服变得太皱了!"

"可不是嘛。"布劳迪小姐带着一丝兴奋的语气惊叹道。"去年我有一套亚麻布的衣服,我花了好多时间清洗……"她突然住口,"我要对探长怎么说呢,萨姆小姐?"

佩兴丝调整了一下头上的亚麻小头巾——那头巾借助蓝色斑点的发带固定在她蜜色的鬈发上,又熟练地整理了一下带圆点花纹的领结，然后喃喃地说："我在他的桌上留下了一张纸条，还有那封电报。你会留下，对吗？"

"哦，是的。可是探长会大发雷霆……"

"重要的是，"佩兴丝叹了口气，"要坚守堡垒，布劳迪。我明天会来处理。乖乖听话！"

她满意地完成了对自己的一番检查，朝布劳迪小姐笑了笑，后者沮丧地挥了挥无力的手。佩兴丝紧紧夹住她的亚麻手提包，离开了办公室。

* * *

楼下的马路旁，一辆蓝色的敞篷小跑车停在那里等候着。佩兴丝焦急地扫了眼天空，但是天空比她的眼睛还要蓝。她决定不把顶篷合上。钻进车里之后，她把手提包牢牢地塞在真皮座椅和身后的靠背中间，然后发动车子，把车子挂入一挡，松开手刹，慢慢驶向百老汇。街角遇到红灯，她立刻挂入空挡，车子慢慢朝前滑行。

然后一件奇怪的事发生了。佩兴丝满脑子都想着约会之类的事情，破天荒地走神了。这本身是一件小事，几乎不可能引起忧虑。可是这事意义重大，而且随着时间的流逝，变得越来越危险。

一辆黑色凯迪拉克大轿车停在街对面。当佩兴丝刚钻进她的蓝色小跑车时，这辆车就嗡嗡地响了起来。当佩兴丝开动车子，它便悄无声息地挂上了挡，就好像一个阴森的黑色影子跟着她。在等红灯的杂乱车流里，它准确地跟在她后面；当绿灯亮起的时候，它也

171

尾随着她；当她右转进入百老汇的时候，它也右转进入百老汇，然后又随着她右转，上了第六大道，又上了第五大道……在这场对小跑车的轻松追逐中没有一次失败过。

当佩兴丝突然停在六十五街附近的路边时，它就像个活物一般作出了反应。它犹豫了一下，继续往前开，然后慢下来，最后以非常缓慢的速度驶到了六十六街。这时候戈登·罗高兴得满脸通红，坐在了佩兴丝旁边的座位上。它悠闲地朝前开，直到小跑车超了过去，然后又开始了追逐。

佩兴丝无缘无故地兴致很高。她的肤色很迷人，头巾衬托出了她精致的五官。小跑车开起来得心应手，阳光很温暖，还吹着凉爽的小风。此外，旁边座位上坐着一个年轻的男子，特别令人兴奋。她允许罗看了自己手提包里的信封，告诉了他有关雷恩电报的事，然后喋喋不休地说着无关紧要的什么事，那个年轻人则将手臂放在她椅背的边沿上，默不作声地坐着，端详她的脸庞……

虽然曼哈顿人来车往，但凯迪拉克还是紧跟在小跑车后面，而且在如此拥挤的曼哈顿，佩兴丝和她的护花使者都没有意识到有一辆车跟在他们后面。然后，当他们把城市抛在身后时，那辆车稍稍退到后面；虽然佩兴丝加快了车速，凯迪拉克仍然不紧不慢地跟在后面。

然后，随着城市的边界越来越远，年轻的罗先生的眼睛眯了起来，回过头来看了一眼。佩兴丝依旧在喋喋不休。

"踩油门，佩兴丝，"他随口说道，"让我们瞧瞧这小东西能跑出多快的速度来。"

"哦，你想要速度，是不是？"佩兴丝冷笑着说，"记住，你来付罚款,年轻人!"然后她猛踩油门。小跑车一下子蹿了出去。

罗回头看了看。那辆凯迪拉克毫不费力地保持着与先前同样的距离。

佩兴丝默不作声地开了一段时间,双唇紧闭,一心想着满足罗先生对于速度的要求。但是罗先生并没有明显的惊慌,他的下巴微微抬起,淡褐色的眼睛眯成一条缝,仅此而已。

突然他说道:"我看到那里有一条岔路,帕蒂,冲过去。"

"什么?你说什么?"

"我让你开到那条路上去!"

她被惹火了,生气地瞥了他的脸一眼。他的脸半转过去。她缓缓朝后视镜看去。

"哦。"她说,脸上的血色开始消退。

"我们被人跟踪了,"罗先生平静地说,他的声音里没有一丝轻佻,"开到那条路上去,帕蒂。让我们来瞧瞧能不能甩掉那个家伙。"

"好的,戈登。"佩兴丝小声说,同时转动方向盘,小跑车驶离主路,开进了一条窄路。

凯迪拉克飞驶而过,然后停下来,迅速掉转车头,轰鸣着开进这条路,跟上他们。

"我想,"佩兴丝低声说,她的嘴唇在微微颤抖,"我们犯了一个错误。那里……那里没有路了,戈登。"

"一直开,帕蒂。你看着路。"

这果然是一条没有出口的窄路,她没有时间掉转车头,朝他们来的方向逃离。佩兴丝的脚尖猛踩油门,这辆小跑车像一只受伤的动物一样向前冲去。罗紧紧盯着后面。凯迪拉克继续朝前追赶。不过它并没有想超过他们的意思，也许因为太阳仍然很高，或者大轿车的司机担心攻击得太早了。

佩兴丝的心脏怦怦跳个不停，就像鼓槌一般敲打着胸口。一股莫名的感觉涌上心头，她感谢她的小守护神让她一时冲动，邀请戈登·罗来陪她。他的在场——坐在她旁边这个魁梧身躯带来的温暖——稳定了她的精神。她咬紧牙关，俯在方向盘上，瞪大眼睛，冷静地盯着前面糟糕的路况。这不是一条混凝土公路，而是一条被严重碾轧过的碎石路；他们坐在座位上颠簸得厉害，异常紧张。凯迪拉克继续跟进。

路况越来越糟糕，道路也越来越窄。前面是茂密的树林，将道路遮得严严实实。放眼望去，没有任何人家。佩兴丝的脑海中闪现出各种画面："死寂的树林"—"女孩遇袭"—"护花使者遇害"—"韦斯特切斯特的可怕罪案"—她的尸体遭到肢解，散落在路边，罗满身是血，躺在她身边，奄奄一息……然后，在迷雾中，她看见那辆黑色的车子在她车旁疾驰，但并没有想超车的意图……

"继续开！"罗大叫道，说着从座位上站起来，蹲着身子，迎着扑面而来的气流，"别被他吓住了，帕蒂！"

车内黑暗的深处，一只套着黑色长袖的手臂动作精准。凯迪拉克开始充满危险地靠近佩兴丝那台怒吼的小车，好像要把她逼出公路。她猛然意识到，追踪者想要她停车。

"想打架吗？"罗喃喃地说，"很好，帕蒂。停下来，让我们瞧瞧这浑蛋想干什么。"

有那么一瞬间，当她抬起头匆匆一瞥，看到这个年轻人坐在她身旁,做好了随时跳车的准备时,她在绝望之余生出一股勇气,想要开着这辆小跑车主动去撞那辆凯迪拉克,来个鱼死网破。她经常读到这类事情,也从未质疑过这种冲动或行为。可是现在,她亲身遭遇了这种事情,眼泪不禁夺眶而出。她知道自己还不想死,知道活着能体会到特别甜蜜的滋味……她咒骂自己是个傻瓜,是个懦夫,尽管如此,她还是牢牢地把住方向盘。

就这样,恐惧的心理持续了一段时间,她的脚尖松了一些油门,盲目地寻找着脚刹,然后小跑车缓慢地滑行了很长一段,终于停了下来。

"别动,帕蒂。"罗低声说,"你别掺和进来。我有一种感觉,他不是什么好人。"

"哦,戈登,别……别轻举妄动。求你了!"

"别动!"

凯迪拉克超了过去,然后突然打了方向,这样一来那霸道的车身便横在了路上,接着低吼着停了下来。一个包裹严实的黑色身影——佩兴丝喘着粗气——戴着面具,挥舞着一把左轮手枪,从车里跳出来,跑到小跑车跟前。

戈登·罗发出一声听不清内容的吼声,从小车里跳到路上,径直朝蒙面人的方向冲去。他向那把左轮手枪扑去。

佩兴丝睁大了双眼,却因为软弱无力而看不太真切。这不像真的,就像……像电影一样,她心里想道。一把泛着蓝光的武器瞄准着这个在路上奔跑的年轻人,这威胁显得有些不真实。

接着她大叫一声。枪口吐出了烟雾和邪恶的火星,戈登·罗应声倒在满是泥土的碎石路面上,就好像一棵树被砍倒一般。他的身体抽搐了几下。鲜血染红了身旁的一些碎石。

烟雾舔舐着枪口,就好像恶魔在舔舐它的嘴。蒙面人身手敏捷地跳上了车子的踏板。

"你……你这个杀人犯!"佩兴丝尖叫道,挣扎着想要下车。他……他死了,她心里想道。死在了路上。哦,戈登!"我要杀了你。"她喘着气,伸手去抓那把枪。

枪狠狠地打在她的指关节上。她倒在座椅上,身体因为疼痛而动弹不得,她第一次真正明白发生了什么事。佩兴丝·萨姆就此要完蛋了?

面具后面传来一个粗粗的、经过伪装的声音:"待着别动。坐在那里。把那张纸给我。"左轮手枪在她模糊的视野里挥来挥去。

她茫然地看着自己的手,指关节在流血。"什么纸?"她低声说。

"就是那张纸。还有信封。快点儿。"那粗粗的、冷漠的声音不带任何感情。突然,她这才明白过来。萨克森图书馆的信纸!神秘的符号!这就是戈登·罗遇害的原因……

她摸到了手提包。踏板上的那个男人把她推到一边,扑向手提包,很快后退,那把左轮手枪仍然对着她。佩兴丝开始爬出小跑车。戈登……她的耳边传来一个难以置信的声音,听上去就好像整个世界爆炸了,一声哀鸣……她向后一仰,意识已经不太清楚。他朝她开枪了!……当她再次睁开眼睛,挣扎着要摆脱天旋地转的感觉时,那辆凯迪拉克已经开动了。一瞬间,这辆大车轰鸣着倒车,然后发出呼啸,就像一道闪电般经过她身旁,朝着他们来的方向开去……

佩兴丝拼命爬到路面上。罗仍然躺在碎石路面上,脸色苍白,一动不动。她摸索着外套下他的心脏部位——还在跳动!

"哦,戈登,戈登!"她泣不成声,"我真高兴。我真高兴。"

他呻吟着,睁开了眼睛,想要坐起来,却因为疼痛又倒下了。"帕蒂,"他茫然地说,"发生什么事了?他有——"

"你伤到哪里了,戈登?"佩兴丝叫道,"我必须带你去看医生。我必须——"

他虚弱地坐起身,两人一起检查起来。他的左胳膊血肉模糊。佩兴丝把他的外套脱下来,他疼痛难忍。一颗子弹穿过了他上臂的肌肉部分。

"见鬼,"他厌恶地说,"像女人一样昏倒。这里,把这儿绑住,好帕蒂,我们去追那个该死的凶手。"

"但是——"

"不需要医生。绑住就好了。走吧。"

她跪在碎石路面上,撕下他衬衫下摆的一部分,用力扎紧伤口。他坚持没让她扶着,自己站了起来,而且还粗鲁地把她推进驾驶席,自己跳进车里。

佩兴丝掉转车头,有些胆怯地朝凯迪拉克开走的方向跟去。开了半英里[1]之后,罗叫她停车,然后虚弱地下了车,捡起路中央的什么东西。那是佩兴丝的亚麻手提包,包口开着。

那个长长的马尼拉纸信封以及写有神秘符号的萨克森图书馆的信纸不见了。

---

[1] 英美制长度单位,1英里=1.6093公里。——编者注

那辆凯迪拉克也不见了。

* * *

一小时后,佩兴丝·萨姆小姐倚在哲瑞·雷恩先生那上了年纪却充满关切的胸膛上啜泣着,用跌宕起伏的语调诉说着被劫持的事和他们那不可思议的冒险。戈登·罗坐在花园的长椅上,脸色苍白,但是相当冷静。他的外套放在草地上,胳膊上的绷带因为染了血而变得僵硬。雷恩的老仆人奎西正匆匆走开,去取温水和绷带。

"好了,好了,亲爱的,"老绅士安慰道,"别太难过。谢天谢地,情况不是太糟糕。戈登,实在很抱歉!我做梦也没想到,佩兴丝,你会带着信封来这里。我原本意识到了理论上是有危险的,可是我知道探长出门总是带着武器。"他在奎西身后喊道:"奎西!打电话去萨姆探长的办公室。"

"但这都是我的错!"佩兴丝抽着鼻子说,"你瞧,我把你的外套都弄湿了。戈登,你还好吗?……哦,我把信给弄丢了。我想掐死那个畜生!"

"你们两个都是幸运的孩子,"雷恩冷冷地说道,"显然袭击你们的人不是那种仅仅出于人道主义考虑就会住手的人——怎么了,奎西?"

"萨姆探长气坏了,"奎西用颤抖的声音说,"福斯塔夫[1]马上

---

1 莎士比亚《亨利四世》《亨利五世》《温莎的风流娘儿们》中的喜剧人物,此处指雷恩的管家。——编者注

把水送来。"

"福斯塔夫!"戈登·罗痛苦地说,"哦,是的。"他把那只没有受伤的手慢慢举到眼睛上面。"我要将这件事追查到底,先生。"他对雷恩这么说道。

"确实。年轻人,你需要做的第一件事是看医生。天哪,马蒂尼医生开着他的小轿车往这里来了!……佩兴丝,去和你父亲说几句。"

佩兴丝走向罗,犹豫着,四目对视了一下,然后她转过身,朝屋子跑去。

一辆破旧的小福特哐当哐当地驶入了主车道,马蒂尼医生伸出白色的脑袋打招呼。

"马蒂尼!"哲瑞·雷恩先生叫道,"真是幸运。我有个病人给你。戈登,你不要动。你这个小伙子总是这么毛毛糙糙。医生,来瞧瞧这个年轻人的胳膊。"

"水。"医生匆匆看了一眼结块的血迹,简单说了这么一句。

一个大腹便便的小个子男人——福斯塔夫本人——匆匆端上了一大盆温水。

* * *

当天深夜,有人发现那辆黑色的凯迪拉克被遗弃在靠近布朗克斯维尔的一处路边,这是萨姆探长带着满腔怒火的努力和韦斯特切斯特警方协助的结果。事实证明,这是一辆租来的车子。它是前一天早上从欧文顿的一家租车行里租来的,老板显然和此事无关。

顾客是一个沉默寡言的高个子男人，全身紧紧裹着一件深色外套。不，关于那个男人，他只能记得这么多了。

在雷恩的建议下，欧文顿电报局的柜员也接受了问询。其中一个人回忆起，那个穿着深色外套的男人匆匆来过。

凯迪拉克被找到了。高个子男人如何知道信件下落的事也终于清楚了。但是高个子男人本人和被抢的信仍然无迹可寻。

第十六章
马蹄形戒指

第二天早上，一行人坐上哲瑞·雷恩先生的车子，沉默不语地离开了哈姆雷特山庄。佩兴丝想，竟然才周六。佩兴丝的小跑车留在了山庄。年轻的罗先生左胳膊吊在脖子上，闷闷不乐地坐在雷恩和佩兴丝中间，皱着眉头，拒绝说话。雷恩陷入沉思，佩兴丝则几欲落泪。

"亲爱的孩子，"过了一会儿，老绅士说，"不要那么痛苦地自责！这不是你的错。我也不能原谅自己，是我让你们陷入了危险。"

"但是我把信丢了。"佩兴丝呜咽着说。

"这真的不是什么天大的事。我想没有它我们也能行。"

"那么为什么，"罗突然问道，"你要发电报说信的事呢？"

雷恩叹了口气。"我原本有个想法。"他说着，然后陷入了沉默。

德洛米奥将车子停在马蒂尼医生的小屋旁，医生一言不发地钻进后座加入他们。他迅速检查了年轻人受伤的胳膊，然后点点头，靠在椅背上，闭上了眼睛，准备睡觉。

他们进入市区地界的时候，哲瑞·雷恩先生来了精神："我想我们最好先送你回家，戈登。"

"回家！"罗先生痛苦地说。

"德洛米奥，去萨克森宅邸……瞧瞧，马蒂尼睡得很熟！"老人咯咯笑起来，"心地纯洁的人才能做到，孩子。如果你没有扮演罗密欧，陪同佩兴丝这个朱丽叶……"

他们发现萨克森宅邸还是一如既往地阴森冷清。留着漂亮连鬓胡子的管家再次表示抱歉，萨克森太太"出去了"。看到罗绑着绷带的手臂，他冷漠的眼睛睁大了几分，有那么一瞬间，他看起来有点儿像个正常人了。

但是，老克拉布显然认为一个年轻人手臂中弹简直是天大的笑话，因为他盯着看了很长时间之后，突然发出令人讨厌的得意笑声，并且喘着粗气说道："真是胡闹！谁打烂了你的胳膊，小鬼？"同时，他还用眼角瞥了瞥雷恩那张冷静的脸和马蒂尼医生沉着的表情。

罗脸红起来，那只没有受伤的手握紧了拳头。

"我们想要看看，"哲瑞·雷恩先生赶忙说，"你们萨克森图书馆的信纸，克拉布先生。"

"什么？还要看？"

"麻烦你了。"

克拉布耸耸肩，一溜烟跑开了，不一会儿从图书馆里拿来一张空白的信纸。

"是的,这看起来和另一张一模一样,"雷恩从克拉布爪子般的手里拿过信纸,喃喃地对马蒂尼说,"你觉得呢?"

医生若有所思地摩挲着那张纸。然后他将纸拿到接待室的一扇窗户下,把沉重的窗帘拉到一边,眯着眼睛仔细检查那张纸。他把纸拿到离眼睛不到一臂的距离,然后又把纸拿到距离眼睛不到两英寸的地方……他放下窗帘,大步走回来,将中性灰色的信纸放在一张桌子上。"是的,"他平静地说,"你怀疑的很可能是真的。"

"啊!"雷恩带着奇怪的语调说道。

"正如我告诉你的,我们对……对你所提到的事情知之甚少。这一定是个极其罕见的情况。我倒真想见见他。"

"我也想,"雷恩喃喃地说,"我也想,马蒂尼。好吧!"他眼睛发亮,盯着这两个年轻人:"我们可以走了吗?再见,戈登——"

"不,"罗先生说,"我跟你们一起走。"他的下巴非常帅气地往前伸出来。

"我想,"佩兴丝说,"你难道不要打个盹儿——"但是她说话的同时正用一种迷惑的眼神盯着马蒂尼医生。

"亲爱的,亲爱的,"克拉布一边搓着手,一边说,"女性本能的占有欲!小心点儿,罗……你能不能告诉我,雷恩先生,这些冗长的废话到底是什么意思?"

但是老绅士正慈祥地看着佩兴丝和罗。大家都知道他耳朵失聪,所以他仅仅是喃喃地说:"我想应该给探长打个电话了。医生,叫德洛米奥来。让他用我的车子送你回家。我们叫出租车去市中心,孩子们……啊,克拉布先生!真的很感谢你。再见。"

* * *

探长拥抱了女儿,女儿也回抱了他。然后他问罗:"你怎么了?"

"挡了子弹,先生。"

"哦,当然!帕蒂昨晚已经和我说了。"萨姆咧嘴笑了笑,"好吧,这件事告诉你以后少管闲事,年轻人。你们都坐下吧!持枪抢劫,嗯?天哪,真希望我当时在场!"

"你也会去挡子弹的。"罗先生立刻说道。

"嗯。关于那个浑蛋,你能想到什么吗,帕蒂?"

佩兴丝叹了口气:"他蒙得严严实实,老爸。而且恐怕当时我也没有心情去观察……因为戈登躺在路上流血呢。"

"他的声音呢?你告诉我说,他问你要了信封。"

"伪装的。我能听得出来。"

"朝你开火。"探长精神恍惚地靠在椅背上。"现在更像回事了。他公开露面了。我喜欢这样。"然后他叹了口气,"但是恐怕我不能在这事上花太多精力。有桩珠宝抢劫案把我搞得团团转——"

"你查过失踪人口名单了吗?"雷恩问道,"我其实就是为了这事才来的,探长。"

萨姆拿出一沓厚厚的打字机打好的纸,丢到桌子另一头:"这里面找不到有遇害者或者失踪者能和书籍或者藏书圈子扯上关系的。"

老绅士亲自检查了名单。"很奇怪，"他喃喃地说，"这是整件事最奇怪的地方之一。可是他还能有什么别的目的呢？"

"记得吗？我也是那么觉得的。好了，我准备退出了。这件事对我来说实在太深太脏了。"

外面前厅的电话响了，可以听到布劳迪小姐凄惨的声音正在哀求对方提供信息。然后探长的电话也响了，他拿起听筒。

"喂！……哦……什么？"

萨姆那坚毅的脸孔因为生气而涨红了，这就好像一个暗示危险的信号，每当他激动时就会表露无遗。他的眼睛鼓起来。其他人大惑不解地看着他。

"马上过去！"萨姆猛地摔掉听筒，从椅子上跳起来。

"发生了什么事，老爸？电话是谁打来的？"佩兴丝赶紧问道。

"乔特！从博物馆打来的，"萨姆吼道，"那里出事了，他要我们立刻过去！"

"现在怎么办？"罗说着站起身来，"这件事太疯狂了！"

老绅士慢慢站起来，目光骤然亮起："真是古怪至极，如果……"

"如果什么？"佩兴丝问道，此时众人正匆匆走向电梯。

雷恩耸耸肩："正如席勒所说，每一件事都是上帝的判决。我们等着瞧吧。我对上天的安排深信不疑，孩子。"

她不说话了，随着众人走进电梯。然后她说："刚才马蒂尼医生检查萨克森图书馆的信纸是什么用意？我一直在想——"

"别想了，佩兴丝。这事很有趣，也很相关，但是现阶段并不重要。总有一天——谁知道呢？——它也许能派上用场。"

* * *

他们发现不列颠博物馆上下都处在激动的情绪之中。乔特博士竖起了山羊胡子，在莎士比亚的青铜头像后面迎接他们。"真高兴你们来了，"他焦急地说道，"今天是最令人恼火的一天……罗，你的胳膊怎么了？意外吗，嗯？……进来吧，进来吧。"

他领着他们匆匆穿过接待室，来到他的办公室。他们在那里看到一群奇怪的人：高个子塞德拉博士瘦削的脸庞涨得通红，皱着眉头踱步；一个壮硕的警察稳稳地站在一把椅子后面，手里握着警棍；在椅子上坐着一个高大黝黑的拉丁血统的家伙，他阴沉的眼睛里潜伏着一个充满恐惧、亮晶晶的恶魔。这个家伙的衣服是那种哗众取宠的设计，现在皱巴巴的，好像他挣扎过，一顶时髦的灰白色软帽不光彩地躺在他身旁的地上。

"这是怎么回事？"萨姆探长在门口停住，问道。然后他的嘴角挂上了一丝苦笑。"好吧，好吧，"他柔声说道，"瞧瞧这是谁来着。"

同时传来两声急促的吸气声。一声来自戈登·罗，一声来自坐在椅子上的意大利人。

"你好，科伯恩，"探长对椅子后面的那名警员亲切地说道，"你还在巡逻吗？"

警员的眼睛瞪得更大了："萨姆探长！好多年没见你了！"他

笑着敬了个礼。

"是好多年没见了。"探长愉快地说道。他走上前，在距离椅子三英尺的地方站定，坐在椅子上的男人畏畏缩缩，闷闷不乐地垂下了眼睛。"好啊，好啊，乔，你在博物馆里做什么？从三教九流的阶层毕业啦？别告诉我你要去上大学了！上一次我看见你，你还在偷皮货呢。我跟你讲话的时候，你给我站起来！"这番话噼里啪啦地蹦出来，让这个意大利人吓得从椅子上跳了起来，站在那里拨弄着很不协调的领结，双眼打量着探长的鞋子。

"这个人，"乔特博士十分激动地说，"几分钟前不知怎么跑进了博物馆，塞德拉博士在萨克森厅逮住了他，当时他到处乱窜，翻箱倒柜。"

"是吗？"哲瑞·雷恩先生喃喃地说，走进了房间。

"我们叫来这位警员，可是这个人拒绝说明自己是谁、如何设法闯进博物馆，以及他在找什么。"馆长抱怨说，"天哪，我真搞不懂我们到底怎么了！"

"塞德拉博士，"雷恩问道，"你在萨克森厅意外看到他的时候，他当时到底在做什么？"

英国人咳了一声："最令人吃惊的事情，雷恩先生。你可以说……呃……以他这种教育水平的人，不可能去追求珍本书。不过我确定他是想要偷东西。正如乔特博士刚才说的，他在翻箱倒柜。"

"杰加德的柜子？"雷恩尖锐地问道。

"是的。"

"不肯说出他的名字，嗯？"探长咧出一个大大的笑容说道，

"好吧，这点我们可以帮上忙，对吗，乔？这个鬼鬼祟祟的大块头是乔·维拉先生，当我认识他的时候，他是一个厉害的扒手，最近改行做了盗贼——偷鸡摸狗、入室盗窃、通风报信，什么坏事都做。对吗，乔？"

"我什么也没干。"意大利人发着牢骚。

"你是怎么进来的，乔？"

没有回应。

"有什么好处？谁派你来的？你这榆木脑袋肯定想不出这种把戏。"

那人舔了舔嘴唇，小黑眼睛迅速扫过众人的脸孔。"没有人差遣我做这事！"他激动地叫道，"我……我刚进来，仅此而已，只是进来瞧瞧。"

"来看书吗，嗯？"萨姆咯咯笑起来，"你知道这浑蛋，对吧，科伯恩？"

警员涨红了脸："天哪，不，探长，我还真不清楚。我……我猜自从你离开警察局之后，这家伙就没那么嚣张了。"

"啧啧，这世界都变成什么样了？"探长伤感地笑道，"好吧，乔，你是打算自己说出来，还是我们带你去警察总部，让你尝尝挨训的滋味？"

"我没做什么。"维拉粗鲁地喃喃道。但他的脸变得惨白。

戈登·罗走上前，受伤的手臂微微挥动了一下。"我觉得，"他冷冷说道，"我可以帮上忙，探长。"维拉瞥了他一眼，似乎困惑不解，然后他疯狂地打量着罗的脸，好像在寻找某个熟悉的特征。

"1599年版的杰加德被偷的那天,他就在游览博物馆的那群老师之中!"

"戈登,你确定?"佩兴丝叫道。

"不会错。我走进这个房间的那一刻就认出了他。"

"戈登,"雷恩迅速说,"他是哪个?"

"我不知道,先生。但他就在那群人里。我发誓,那天他就在博物馆里。"

塞德拉博士打量着维拉,好像他是显微镜下的实验室标本。然后他退了回去,不引人注意地靠在一扇长窗户的窗帘旁。

"说出来,乔,"萨姆严厉地说道,"你混进那群学校老师的团体是想在这儿做什么?不要告诉我你有资格证,可以在印第安纳波利斯教书!"维拉的薄嘴唇紧紧地抿在一起。"好啊,聪明人。乔特博士,能借用一下你的电话吗?"

"你想做什么?"维拉突然问道。

"找人指认你。"萨姆拨了一个号码,"西奥菲尔先生吗?我是萨姆,萨姆侦探社的。乔治·费希尔在你那里吗?……好极了。你的发车员巴比呢?他表现得规矩吗?……哦,你能把他们两个借我半小时吗?很好,让他们立刻到第五大道和六十五街交叉口的不列颠博物馆来。"

* * *

身材魁梧的乔治·费希尔和红脸的发车员面色苍白地赶来了。他们加入沉默不语的众人,然后两个人都把注意力集中在蜷缩进椅子里的那个男人身上。

"费希尔,"探长说,"你认得出这个人渣吗?"

"当然可以,"费希尔慢吞吞地说,"他就是混进教师队伍的那两个人之一。"

维拉咆哮道:"胡说!这是诬陷。"

"闭嘴,乔。是哪一个,费希尔?"

费希尔耸耸肩。"不记得了,长官。"他遗憾地说。

探长转向巴比。发车员很紧张,不停地用一只柔弱无力的手摩挲着下巴。"你应该知道,巴比。你肯定和这个骗子说过话。他就是那两个贿赂过你的男人其中一个,给你钱让他上车,是不是?"

维拉恶毒地盯着发车员。巴比喃喃地说:"是的,是的,我想是的。"

"你想是的!是还是不是?"

"是的,先生。是这个人。"

"哪一个?"

"第二个。"

"第十九个人!"佩兴丝对罗低声说。

"确定吗?没搞错?"

巴比突然往前冲,维拉黑色的喉咙里发出一声尖叫。有一会儿,大家呆若木鸡,看着两个人混战在一起。然后警员加入战斗,萨姆也加入进去。

"看在上帝的分儿上,"探长气喘吁吁地说,"你疯了吗,巴比?在想什么呢?"

科伯恩牢牢抓住小偷的领子,狠狠用力向后拉扯了三次。那家伙喘不过气来，变得无法动弹。巴比抓住维拉的左手，扭住手腕。维拉那棕黄色的皮肤都变形了。

"戒指。"巴比缓慢而重重地说，"戒指。"

在维拉左手的小指上有一枚奇怪的铂金戒指，上面用同样的金属做了一个小小的马蹄形戒面，还镶嵌着闪闪发光的碎钻。

维拉舔了舔干燥的嘴唇。"很好。"他沙哑地说，"你逮到我了。我就是那个家伙。"

第十七章
第二次指控

"啊,"探长说,"科伯恩,放开他。他现在说话了。"

维拉用绝望的目光四下环顾。目光所及的每个人都阴沉着脸。他几近疲惫地点点头。

"坐下,乔,放松点儿。"萨姆说着朝警员眨了眨眼。科伯恩把椅子推到男人身后,他重重地跌坐下去。其他人围着椅子绕成一圈,面无表情、警惕地注视着他。

"原来你就是巴士上第十九个人,瞧啊。"萨姆用轻松的语气开始说道。维拉耸耸肩。"你给了巴比五美元,他让你加入那群人,对吗?为什么?你在搞什么把戏?"

维拉眨眨眼睛,小心翼翼地说:"我在跟踪。"

"哟嗬,"探长说,"原来是这么回事!跟着那个戴蓝帽子的家伙,对吗?"

维拉吃了一惊。"该死,怎么——!"他的眼睛垂下来,"是的。"

"很好，乔，作为开场这算不赖了。多告诉我们一些。你认识那个家伙？"

"是的。"

佩兴丝激动地叹了口气。罗抓住她的手，让她保持安静。

"很好，很好，乔！我们可不是在嘘寒问暖。"

维拉用沙哑的声音说："我认识这个家伙。两个月前，他给了我一百美元，让我干点儿小活儿。"

"什么样的活儿？"探长迅速问道。

维拉在椅子上扭动了一下："只是一桩……小活儿，仅此而已。"

萨姆抓住这个小偷的肩膀，维拉挺直了身子。"轻点儿，好不好？"他抱怨说，"我……如果我坦白，你能放我走吗？"

"说吧，乔。"

维拉将尖下巴埋在那条艳丽的领带的褶皱里，喃喃地说："一所房子。第五大道上。他让我进去，偷一本书——"

哲瑞·雷恩先生那激动的男中音在维拉侧着的脑袋上方清晰地响起："谁的家里？什么书？"

"萨克森的家里。那本书——"维拉对着罗伸出了肮脏的大拇指，"这笨蛋刚才提到过。杰……杰……"

"1599年版的杰加德？"

"是的。就是那个。"

"那么，"佩兴丝叫道，"你一定就是闯入萨克森图书馆偷那本冒牌杰加德的人。"

"显然是的，"戈登·罗喃喃地说，"所以你就是那天晚上我追赶的那个浑蛋了！"

"让我们把话说清楚，"探长说，"乔，这个戴蓝帽子的家伙——还留着浓密的胡子，对吗？——两个月前雇你闯入第五大道的萨克森家，去偷一本书。为了确认一下，书名是什么？"

"好吧。"维拉紧皱眉头，说道。"是一本关于朝圣什么的书。是什么……"他舔了舔嘴唇，"讲男女的书。"

佩兴丝咯咯笑了起来："《热情的朝圣者》！"

"是的！就是那个！"

"他让你去干的就这么多？"

"是的。他说，进图书馆，四下翻找一本书，是蓝色皮面装订的，叫《热情的朝圣者》，是个叫莎士比亚的家伙写的，还说里面印着是个叫杰……杰加德的家伙在1599年印刷的。他是这么说的。"

"为了这个他给了你一百美元？"

"是的，长官。"

"所以你偷了出来，嗯，翻过吗？"

"嗯，"维拉喃喃地说，"交出去之前我确实好好看过。很烂的一本书！这家伙很紧张，我已经看清他了。他不会想要一本烂书，不，先生！我对自己说，这书里有鬼。我翻了一遍。但是没看出什么。不过他骗不了乔·维拉。我知道这本书一定有鬼。所以我才……"

"我明白了，"探长慢吞吞地说，"我现在明白了。你没有在这本书里找到什么，但是你认定如果有人愿意付给你一百美元偷这本书，书里肯定有什么值钱的东西。所以你才跟踪那个戴蓝帽子的家伙！"

"如果有钱赚，当然要赚……我跟踪了他一圈。我对自己说，要保持低调，睁大眼睛，也许可以查出这家伙在搞什么把戏。然后那天他很奇怪，我看到他给发车员塞了十美元，我对自己说：'乔，有好戏看了。'所以我也照做了，一路跟着他来到这个垃圾场。我看到他打碎了这房间一个柜子的玻璃。"

"啊，"雷恩说，"真相终于大白了。你还看到了什么？"

"他从口袋里拿出一本书，把书放到他拿走蓝色书的柜子里。然后我对自己说：'乔，你的机会来了。这和你之前替这家伙偷的书一模一样。'所以当他办完事，我就跟着他，结果我被困在那群老师的队伍里，有几分钟没看到他，然后当我慢慢走出来时，他已经走了。所以我就返回去和那群老师待在一起。就是这样，探长，我凭良心说话！"

"你哪有良心？"萨姆和蔼地说，"你一直在跟踪，乔。为什么撒谎？"

维拉的小眼睛垂下来："好吧，事后我回到这家伙常去的地方。我在附近转悠，但是什么也没看到，第二天我又回去了，同样什么也没看见。所以今天我又跑来这里，看看是不是能搞清楚这究竟是怎么回事。"

"你这个可怜虫！你指望找到什么？"可怜的是，维拉显然是一个愚蠢的家伙，头脑也极其不灵光。他卷入了这样一桩冒险之中，其中的意义哪是他这个没头脑的人能弄明白的呢？"现在听我说，乔。你跟丢这个人的那天，你有没有注意到这里当班的特聘警卫？"

"有。我悄悄从他身边溜过。他看起来有点儿眼熟。他没有发现我。"

"那是多诺霍,以前当过警察。你有没有看到多诺霍跟着你的目标呢?"

维拉屏住气:"天哪!没错!那就是我没跟上他的原因,明白了吗?这个特聘警卫,他一直很警觉。但是之后我把两个人都跟丢了。"

"那天之后你见到过多诺霍吗?"雷恩慢慢问道。

"没有。"

"戴蓝帽子的人是怎么找上你的?"

"他……他去市中心找到我的,明白了吗?"

"兄弟会推荐的,"探长带着浓重的嘲讽口吻说道,"天哪,我们有进展了!乔,他在哪里混的?你把书给他送去了什么地方,你不会说不知道吧?"

"他在城里和我碰面的,长官,我说的可是实话。"

"好,但是你那天追踪他去了巴士站。他住在哪里?"

"他在这条线上有个落脚的地方,探长。就在欧文顿和塔里敦之间。"

"知道他的名字吗?"

"他告诉我了,他的名字是阿莱斯博士。"

"阿莱斯博士,嗯?"萨姆柔声说,"雷恩,我们走运了。全连上了。阿莱斯叫这家伙去萨克森家偷书,看见书是假的,就到这里来拿真的,显然他得手了……就是这个家伙给我们留了纸条,也是他去了萨克森家,顺走了信纸。"他凶巴巴地对维拉说:"好极了！听着，浑蛋，这个阿莱斯博士长什么样？我要听到详细的描述！"

维拉突然从椅子上站起来。好像他之前就一直在等待这个机会，好像从一开始他就预料到会有这个问题，并且一直在为此准备好一种像饿狼一般的亢奋。他的嘴唇往后咧，露出了牙龈，发出一声低吼，让人看到了那丑陋的黑斑黄牙。他飞快地转过身，速度之快让佩兴丝不禁叫了出来，探长也快步上前。但是维拉不过是将他肮脏的手指伸直，上面的马蹄形戒指闪着邪恶的光芒。

"描述？"他尖声喊叫，"这还不痛快！这位就是你们要找的阿莱斯博士！就是那个聪明人！"

他正直直地指着哈姆内特·塞德拉博士。

第十八章
理论上的矛盾

　　阿朗佐·乔特博士长着胡子的下巴都快掉到胸口了，眼睛睁到最大，惊讶地盯着乔·维拉。塞德拉博士眨了眨眼睛，然后脸色迅速变白，瘦削的下巴两侧肌肉沿着下颚线隆起，好像无毛动物的脊柱。

　　"我说，"他厉声说道，"这有点儿过分了。"他怒视着维拉。"你这畜生，"他咆哮道，"这不是真的，你知道的！"

　　维拉的眼睛里闪烁着锐利的目光："别装糊涂了，阁下。你非常清楚，就是你雇我去偷那本书的！"

　　有一会儿，看上去这个英国人好像打算给这个意大利人黝黑而恶毒的脸孔来上一顿老拳。没有人说话。对于雷恩、佩兴丝、罗和萨姆探长来说，维拉的指控仅仅造成少许震惊。他们静静等待，让这出戏自己演下去。乔特博士似乎呆住了。

　　终于塞德拉博士叹了口气，瘦削的脸颊上重新有了血色。"当然，这完全是胡说八道，"他笑道，"这个人要么是个疯子，要么是有意撒谎。"他端详着周围众人的脸,然后没了笑容。"天哪,"他叫道,"你们不会真的相信他吧?"

维拉偷笑几声,似乎胸有成竹。

"安静点儿,浑蛋,"探长柔声说道,"有趣的是,塞德拉博士,这不是第一次有人告诉我们,你就是那个自称阿莱斯博士的人。"

塞德拉挺直身子:"我开始认为这是个该死的阴谋。乔特博士,你对这件事知道多少?"

馆长伸出颤抖的手摸着山羊胡:"呃,真的……我不知道该怎么去想。这是我第一次听说——"

"另一个指控我是阿莱斯博士的人是谁?"英国人的眼睛眨了眨。

"克拉布,萨克森太太的图书管理员。他说,五月六日你去了萨克森家拜访,自称是阿莱斯博士。"

"五月六日?"塞德拉博士傲慢地说,"这完全是一派胡言,探长。五月六日,你可以打电报给我在肯辛顿博物馆的前同事,我当时在伦敦。实际上,五月七日我还在那里参加了为我举行的欢送会。"

探长彬彬有礼的问询语气背后是深深的困惑。"好吧,我想关于克拉布的指控,你是无辜的。"他沮丧的眼神突然亮了起来,"但是小偷进入博物馆那天呢?"

"我告诉你们,就是这个家伙!"维拉愤怒地吼道。

"该死,乔,闭嘴。"萨姆凶巴巴地说道,"怎么样,博士?"

英国人耸耸肩:"恐怕我很笨,探长。我不明白这个问题是什么意思。你应该知道,那天这个……这个家伙闯进博物馆的时候,我还在大海上呢,不是吗?"

"如果真是这样就好了。可惜不是!"

乔特博士吸了口气。塞德拉博士第三次眨眨眼睛,他的单片眼镜也垂落在胸前。"你是什么意思?"他缓缓说道。

"五月七日,这个阿莱斯博士就在这里打碎杰加德的柜子,偷走了书……"

"别瞎说!"乔特博士怒吼道,"我看这事太过分了。我觉得没有必要再进一步揪着塞德拉博士不放。他从英国乘坐的船直到二十八日午夜才进港,到了二十九日早上才靠岸。你瞧,他不可能是偷走1599年版杰加德的人,理论上说都不可能。请你原谅,博士!"

塞德拉博士什么也没说。他微微一笑,感谢馆长两肋插刀,为自己热烈地辩护,同时一脸质疑地看着探长。

萨姆皱起眉头:"奇怪之处就在这里,乔特博士。如果你说的是真的,我就踢烂我们的朋友维拉的裤裆,并且把整件事都忘了。但事实并非如此。因为这位塞德拉并不在船上!"

"不在船上!"馆长倒吸了一口气,"塞德拉博士,怎么——为什么——?"

英国人的肩膀垂下来,眼中露出疲惫的神色。但他还是什么也没说。

"好了,是不是,塞德拉博士?"萨姆平静地问道。

塞德拉博士叹了口气:"我现在知道了,一个无辜的人是怎么一步步身陷图圈的……是的，博士，我没在船上，探长说得没错。至于他是怎么发现的——"

"调查过你了。你是五月十七日周五乘坐'克林希亚号'离开英国的，五月二十二日周三到达纽约港。也就是说，你比宣称的时间早到纽约整整一周。我得说，这样一来你就有很大嫌疑了！"

"我明白了，"英国人喃喃地说，"确实大部分都没错。是的，非常正确，先生们。我比自己宣称的时间早到了纽约一周。但是就算这样我还是不明白——"

"在搞什么鬼呢？你为什么撒谎？"

塞德拉博士笑了笑："这话真难听，探长。我知道，就像你们美国人爱说的，我被'抓了现行'。"他突然靠在乔特博士的桌子上，双臂抱在胸前："你有权得到一个解释。我知道乔特博士会原谅我的隐瞒，但问题在于我想在纽约待上一周，处理自己的事。我如果宣称自己已经到了，就不得不立刻联系不列颠博物馆，这会妨碍我的活动。为了避免这必不可少的……呃……相当烦琐的解释，我就说自己比实际时间晚到了一周。"

"在城里的这一周假期你做了些什么呢？"

"探长，"塞德拉博士带着礼貌的微笑回答道，"恐怕我必须拒绝回答。纯粹是个人事务。"

"哦，是吗？"萨姆冷笑道，"我以为——"

哲瑞·雷恩先生温和地说："得了，得了，探长，你知道，一个人当然有权保持某种程度的隐私。我看没必要再询问塞德拉博士了。他已经解释了一个叫人好奇的细节——"

乔·维拉猛地站起来，五官因为激动而扭曲起来。"当然！我知道！"他尖叫道，"你们当然会相信他！但我告诉你们，就是这个家伙雇我去萨克森家干了那件事，那天我一路跟踪到这里来的家伙也是他！你们要让他逍遥法外吗？"

"坐下，乔，"探长疲惫地说，"好吧，博士。我现在要对你说的是，这事情在我看来太疯狂了。"

塞德拉有点儿僵硬地点点头："我相信你会发现这一切不过是个误会。到时候我当然会要求道歉。"他把单片眼镜重新戴在眉骨下面，冷冷地盯着萨姆。

"请允许我问一个问题，"见众人沉默不语，佩兴丝用迷人的声音说，"塞德拉博士，你认识那个自称阿莱斯的人吗？"

"孩子——"雷恩开口了。

"哦，完全没关系，先生，"英国人笑着说，"萨姆小姐当然有权利问。不，我不敢说我认识。不过这让我隐约想起——"

"他曾经给《斯特拉特福季刊》写过稿。"罗突然说。

"啊！毫无疑问，我就是从那上面听说这个名字的。"

"那么，"馆长紧张地走上前，打断了他的话，"我相信指控和互相指责已经足够了。探长，我建议我们全都忘记今天发生的这一小小的不愉快事件。我看也没有必要对这个维拉提起诉讼。"

"没必要，没必要，"塞德拉礼貌地同意道，"根本没有造成损失。"

"嗯，等一下，"警员科伯恩提出反对意见，"我有职责在身，先生们。这个人受到的指控是入室盗窃未遂，我不能放走他。何况他刚才又承认曾闯入萨克森太太的宅邸……"

"天哪，"佩兴丝对她年轻的同伴叹息道，"我们又搅和不清了。我头都晕了。"

"这件事完全不对劲,达林,"年轻人喃喃地说,"好吧,帕蒂,不是达林!但是我觉得整件事会有一个小小的关键之处,一个可以澄清真相的元素……"

乔·维拉站得笔直,秃鹰似的脑袋左右摇摆,一双小眼睛闪烁着幽暗的光芒。

"嗯——"萨姆疑惑地开口道。

"探长,"雷恩喃喃地说,萨姆抬起头来,"请等一下。"老绅士把他拉到一边,两人低声交谈了一会儿。萨姆仍然一脸疑惑,然后耸耸肩,朝科伯恩招招手。警员不情愿地松开抓着维拉的手,面无表情地走过去听探长粗哑的说话声。众人默不作声地看着这一切。

最后科伯恩说:"好吧,探长,但我还是得交份报告。"

"当然。我会让你的头儿认可的。"

科伯恩敬了个礼,转身离开。

乔·维拉叹了口气,放松地靠在桌子旁。萨姆离开房间去找电话,并没用桌上的那部。馆长开始和塞德拉博士热切地低声交谈。哲瑞·雷恩先生出神地看着乔特博士身后的墙上那幅德罗肖特雕刻的莎士比亚肖像画,那幅版画有些年头,但是非常清晰。至于佩兴丝和罗,他们并肩站着,没有说话。大家好像都在等着什么事情发生。

探长大步走了回来。"维拉,"他简短地说,小偷猛地立正了,"你归我了,宝贝。走吧。"

"你……你要带我去哪里?"

"你很快就会知道。"学者们停止了交谈,用焦虑而严肃的眼神盯着萨姆,"塞德拉博士,你要留在这里吗?"

"你说什么?"英国人喃喃地说,面露惊讶的神色。

"我们要来一场短途旅行,去阿莱斯博士的家瞧瞧。"探长狡猾地笑了笑,解释道,"我想你也许打算一起去。"

"嘿——"维拉用沙哑的声音说。

塞德拉博士皱起了眉头:"恐怕我不懂你的意思。"

"今天塞德拉博士和我有许多事情要讨论。"乔特博士冷冷地说。

"确实如此。"雷恩突然起身,"探长,请吧。经历过这桩可怕的事件之后,我不敢想象塞德拉博士对我们美国式的热情好客会作何感想。顺便说一句,博士,万一我们有紧急情况需要你,去哪里找你?"

"我住在塞内卡酒店,雷恩先生。"

"谢谢你。走吧,探长。佩兴丝、戈登,看来我们是甩不掉你们两个了,对吗?"老绅士笑起来,"啊,好奇的年轻人啊。"他无奈地摇摇头,朝门口走去。

第十九章
神秘之屋

在那个肤色黝黑的意大利人不情愿的指引下，德洛米奥开着林肯轿车驶离了欧文顿和塔里敦之间的主路，进入一条窄路。这差不多是一条碎石路，两边矗立着枝芽悬垂的树。他们从热闹繁忙的水泥世界一下子投入了清凉的旷野。鸟儿和昆虫在他们头顶和周围拨弄着树叶，四下没有人烟。小路就像一条活物般蜿蜒回旋，穿梭在绿树林中。

"确定就是这里？"萨姆急躁地问道。

维拉小心翼翼地点点头："应该没错。"

他们好像在穿越无穷无尽的森林，所有人都面色苍白，沉默不语。终于要见到阿莱斯博士了。过去几周的困惑似乎就要烟消云散了。他们紧张地注视着飞驰而过的树木。

然后，在没有任何征兆的情况下，树叶渐渐消失了，他们来到了另一条小路上——他们在一英里外驶出主路以来遇到的第一个出口。这条小路是一条路面粗糙的车道，像蛇一般蜿蜒向左，穿过叶片上积了厚厚尘土的灌木丛，通向大约五十码[1]开外的一栋房子。穿过树丛，他们看到了一个摇摇欲坠、拼接而成的山形屋顶。

"停在这里，"维拉用沙哑的声音说，"就是这里。现在我可以——？"

"你给我坐好，别紧张，伙计，"探长严厉地说，然后他吩咐正在停车的德洛米奥，"我们可别打草惊蛇。大家别出声。"

德洛米奥将车开到狭窄的边道，那动作好像在摆弄一根羽毛似的。车子悄无声息地缓缓向前，路面变宽了一些，接着车子驶入一小块空地，面前是一栋饱经风霜的木头房子，看上去像是被遗忘的旧宅里的老祖父。它曾经无疑被漆成了白色，现在却变成了肮脏的灰黄色。墙壁上挂满了一条条卷起来的油漆，使得整栋建筑看起来就像一个剥了皮的土豆。房子前面有个小小的门廊，木头台阶塌陷得厉害。所有看得见的窗户都紧紧关着，看起来倒也够结实。屋子两旁的树木已经碰到了墙壁。屋子左边倚靠着一间老旧的柴房。距离柴房不到十英尺的地方有一栋几乎要倒塌的单层小楼，显然是一间车库。两扇门都是关着的。从屋子里和车库里伸出了电话线和供电线，诡秘地延伸到背后的旷野里。

"真是漂亮的旧废墟啊！"佩兴丝感叹道。

"嘘！"探长激动地说，"好了，德洛米奥。你们大家都留在这里，我四处查看下。不要打什么歪主意，乔。如果你肯合作，我保证你不用受罪。"

---

[1] 英制长度单位，1码＝0.9144米。——编者注

他迅速钻出车子，穿过空地，虽然他身材魁梧，但是踩在门廊前的台阶上时，脚步却出奇地轻盈。大门和墙上一样，油漆剥落，但门板还是结实的。门旁有一个电铃按钮。他没碰电铃，蹑手蹑脚地在门廊查探，想要透过窗户朝里看。但是百叶窗有效地阻止了窥视。他便轻手轻脚地走下台阶，消失在房子左侧。三分钟后，他从右侧出现了，摇了摇头。

"这鬼地方看上去没人居住。好啦，瞧瞧看吧。"他大胆地走上门廊，按下了电铃按钮。

刹那间一个男人打开门，走了出来——那速度如此之快，他一定是通过某个窥视孔看到了他们。当门打开的时候，一个铃铛发出叮当的响声——原来在门楣上有个古老的装置，那东西绕在弹簧上，只要门轻轻移动，就会摆动而发出叮当声。这是一个身材高大、骨瘦如柴的老人，他缩在灰暗的衣服里，满是皱纹和坑洼的脸孔特别苍白。淡灰色眼睛在探长身上停留了一会儿，便看向明媚的太阳下的那辆车子，然后又看了看探长。

"什么事，先生？"他尖声说道，"我能为你做什么吗？"

"这是阿莱斯博士住的房子吗？"

老人热切地点点头，有那么一瞬间他有了生气。他笑了笑，捋了捋头发："哦，是的，先生！那么，你有他的消息了？我正担心着——"

"哦，"探长说，"我明白了。等一下。"他重重地走到门廊边上。"伙计们，你们最好都过来吧。"他语气苦涩地喊道，"看起来我们要开长会了。"

* * *

这个骨瘦如柴的老人领着他们穿过狭窄的走廊,来到一间不大的客厅。房子内部阴暗冰冷。客厅里摆放的家具全都因岁月的打磨而发光,还有老地毯和老门帘。一股发霉的气味扑面而来,就好像地窖里那种冰冷和发霉的味道。老人赶紧推开百叶窗,拉起窗帘,阳光照进来,房间显得破败不堪,令人厌恶。

"我们想知道的第一件事是,"探长简单地开口说道,"你是谁?"

老人开心地笑了:"我叫马克斯韦尔,先生。我是为阿莱斯博士工作的,照料这栋房子。做饭,打扫,劈柴,到塔里敦买东西……"

"勤杂工,嗯?你是唯一的仆人?"

"是的,先生。"

"你说阿莱斯博士不在家?"

马克斯韦尔的笑容变成了警戒的神情:"我本以为……你不知道吗?我本以为也许你有他的消息,先生。"

"那么,"佩兴丝叹了口气,"这恰恰是个证明。该死!您是对的,雷恩先生。他出事了。"

"嘘,帕蒂。"她父亲说,"马克斯韦尔,我们要打听些情况,我们得找到你的雇主。他什么时候——"

马克斯韦尔暗淡的眼睛里充满了怀疑:"你们是什么人?"

探长很快掏出一枚闪闪发亮的警徽,这是他的旧证件,退休的时候忘记上交了。他只有在需要以聪明的方式展示权威的场合才会拿出来。马克斯韦尔投降了:"是警察!"

"请回答我的问题,"萨姆严厉地说,"阿莱斯博士最后在家是什么时候?"

"我很高兴你能来,先生,"马克斯韦尔喃喃地说,"我非常担心。不知道该怎么办。阿莱斯博士经常出门,但这是他第一次出去这么久。"

"好了,看在上帝的分儿上,他出去多久了?"

"让我想想看。今天是二十二日。哦,已经超过三周了,先生。那是五月二十七日。是的,先生,阿莱斯博士是五月二十七日周一离开的。"

"就是博物馆出怪事那天。"萨姆喃喃地说。

"我不是告诉你了吗?"乔·维拉叫道。

哲瑞·雷恩先生匆匆扫视了客厅,马克斯韦尔焦虑地看着他。"希望,"雷恩慢慢地说,"希望你能告诉我们,马克斯韦尔,二十七日那天这里发生了什么事情。我看这故事会很有趣。"

"好吧,阿莱斯博士一大早就出门了,先生,一直到下午很晚才回来,应该说都要到晚上了。他——"

"他看起来怎么样?"罗好奇地问道,"很激动?"

"没错,先生!很激动,虽然他是那种喜怒不露在脸上的人,从来没有表现任何……任何……你知道我是什么意思吧,先生?"

"他回来的时候拿着什么东西吗?"罗的眼睛闪闪发亮。

"是的,先生。一本书,看上去像是书。但是他早上出门的时候带着同样的书,所以——"

209

"你怎么知道是同样的书？"

马克斯韦尔摩挲着下巴："哦，看上去是一样的。"

老绅士轻柔地说："那就都对上了。周一早上他出门的时候带着1606年版的杰加德，回来的时候带着从不列颠博物馆拿走的1599年版的杰加德，同时把1606年版的杰加德留在了博物馆。嗯……继续吧，马克斯韦尔。然后呢？"

"嗯，先生，阿莱斯博士一进门就对我说：'马克斯韦尔，我今晚不需要你照顾了。你今晚可以不当班。'所以，我把晚餐给他准备好，接着就走了——沿着小路走到主路上，在那里坐上去往塔里敦的公交车。我住在塔里敦，那里有家人。"

"你就知道这些？"萨姆抱怨道。

那人看上去垂头丧气："我……哦，是的，先生！在我离开之前，他告诉我，他会在门厅留下一个包裹，第二天早晨让我拿去寄。不过，他说不要邮寄。他说，让我周二早上回来的时候，拿着包裹去塔里敦，交给信差去送。周二早上我回来了，果然，阿莱斯博士不在这里，但是包裹在，所以我带去塔里敦寄了出去。"

"什么样的包裹？"雷恩敏锐地问道。马克斯韦尔一脸茫然："啊，就是一个包裹。记得是平平的——"

"里面会不会放了一本书？"

"正是！就是书的形状，先生。一定是一本书。"

"我们一件一件来。"探长咆哮道，"周一晚上阿莱斯回来的时候，是一个人吗？你有没有注意到外面有人跟踪？"

"哦，他是一个人。"

"你有没有看到一个壮实的爱尔兰人，中等年纪，丑陋的红色脸庞，在附近转悠？"

"没有，先生。"

"奇怪了。那个该死的爱尔兰人到底怎么了？"

"别忘了，老爸，"佩兴丝说，"马克斯韦尔在阿莱斯博士回家之后不久就被打发走了。可能多诺霍躲在外面的灌木丛中，看到马克斯韦尔离开，然后——"

"然后怎么？"

佩兴丝叹了口气："我真想知道。"

"你有没有注意到包裹上的地址？"年轻的罗先生问道。

"哦，是的，先生。这位先生……"马克斯韦尔把他长满灰发的头转向雷恩，"刚才提到了那个地方。就是不列颠博物馆。纽约市第五大道和六十六街交叉口。"

"棕色的包装纸，地址是用蓝色墨水写的？"

"是的，先生。"

"好啊，"萨姆说，"不管怎么说，这澄清了很多事情。毫无疑问，那个戴蓝帽子的男人就是阿莱斯。他偷走了书，留下1606年那本，第二天又派信差把1599年那本退了回去。"

"板上钉钉。"维拉幸灾乐祸地笑着说。

"是的，是的，"雷恩喃喃地说，眉头皱了起来，"顺便说一句，马克斯韦尔，你能不能回想起大约两个月前寄了一个类似的包裹？"

关于偷书的言论让马克斯韦尔感到不安，他变得烦躁起来。"我……我希望，"他紧张地说，"我没做错什么事。我不知道——阿莱斯博士总是像个绅士……是的，先生。我之前确实寄过一个

211

类似的包裹，我记得是寄给一位克拉布先生，是第五大道的萨克森家——"

"你的视力没问题吧，嗯？"探长冷冷地说，"好了，乔，你的运气很好。一切都结束了。"

"真是不可思议，"年轻的罗先生喃喃地说，"整件事情好像都是围绕着这个阿莱斯博士。他不仅是不列颠博物馆事件的机械降神[1]，而且还策划了萨克森家的夜袭。那本书里到底有什么古怪呢？"

乔·维拉耸了耸单薄的肩膀，黑眼睛闪闪放光。然后他看到探长在盯着他，于是故作轻松。"如果你放聪明点儿，乔，就不要来蹚浑水。"探长温和地说，"现在听着，马克斯韦尔。你为这个阿莱斯博士工作多久了？"

马克斯韦尔舔了舔干瘪的嘴唇："哎呀，大约三个月了。他当时来到塔里敦——那时是三月底——在《塔里敦时报》上登了广告，要找人打杂。我去应聘，得到了这份工作。我之所以知道他是什么时候来的，是因为塔里敦负责出租这栋房子的经纪人吉姆·勃朗宁算是我的朋友，是他告诉我的。阿莱斯博士租了这栋房子，预付了六个月的房租，没有签合同，不准问问题，也没有推荐信。吉姆说，现在的风气就这样……所以我们就来到这里，事情就是这样。他……他对我总是很好。"

"不准问问题，嗯？"佩兴丝严肃地说，"真是不切实际！接

---

[1] 人或物突然出现或出乎意料地被引入某种情况，并为一个显然无法解决的困难提供人为的解决办法。——编者注

下来我们就会发现他是苏黎加尔来的费德里奥王子,隐姓埋名来到美国,快快乐乐地闹着玩!告诉我,马克斯韦尔,你这位迷人的主人是不是有很多访客?"

"哦,没有,小姐。没有访客——不,我错了。有过一个。"

"哦?"雷恩轻声说,"什么时候?"

马克斯韦尔皱起眉头:"那是他出门前一个星期——我记不清准确的日期了,是个男人,但他全身裹得严严实实,当时是晚上,所以我没有看清楚他的脸。他没有说出名字,但坚持要见阿莱斯博士。当我告诉阿莱斯博士,客厅里有位先生要见他,博士非常激动,起初不肯出来。但之后他还是出来了,走进客厅,在那里待了好一会儿。后来他出去了,留下那位先生待在客厅,并且告诉我——我想他很紧张——晚上不用留下来。我就走了,当我第二天早上回来的时候,那位先生已经不在了。"

"阿莱斯从来没有提到过这个男人吗,马克斯韦尔?他后来不曾向你说起那人的事?"罗问道。

"对我,先生?"马克斯韦尔咯咯笑了起来,"没有,先生。一个字都没说。"

"那么这家伙又是谁呢?"探长喃喃地说,"不可能是这里的这个家伙,对吗,马克斯韦尔?"说着他用粗壮的手抓住维拉的肩膀。

马克斯韦尔瞪着眼睛,爆发出长长的笑声:"哦,不,先生!这位先生说话不像……不像那位先生。那位说话像阿莱斯博士。我是说——有些像演员。"

"演员!"哲瑞·雷恩先生瞪大了眼睛,然后开心地笑了,"我敢说你就是那么想的,我想,你的意思是说他是英国人,对吗?"

"英国人……正是如此,先生!"马克斯韦尔激动地叫道,"他们两个都是的。"

"奇怪了,"佩兴丝喃喃地说,"这家伙到底是什么人?"

戈登·罗先生的眉头皱得更紧了:"听着,老兄,二十七日下午阿莱斯打发你回家,他有没有提到要出门?"

"一个字也没说,先生。"

"第二天早上,你回来的时候,看到了包裹,但阿莱斯走了,他有没有留下纸条说明去了什么地方,或者去办什么事?"

"没有,先生。我没有想太多,先生,但是过了好些天他都没有回来——"

"探长,所以你才会在格雷森队长提供的失踪人口名单上一无所获。如果马克斯韦尔在当时就上报阿莱斯博士失踪,你就会了解他的情况了。很不幸!"老绅士耸耸肩,"现在也许太迟了。"

"阿莱斯博士……失踪了?"马克斯韦尔结结巴巴地说。

"显然是。"

"那么我该怎么办?"老人攥紧了手,"这房子还有所有家具——"

"哦,是的,"萨姆说,"家具。阿莱斯租房的时候就带家具吗?"

"没有,先生。他是在塔里敦买的二手货——"

"这可不像一个到处撒百元大钞的家伙办出的事,"萨姆思忖着,"很明显他不想长住下来。"他灰色的眼睛精明地打量着马克斯韦尔:"你的主人长什么模样?不管怎样,这回我们能清楚他的长相了。"

"哦，他个子很高，相当瘦……"马克斯韦尔摩挲着下巴，"我有一张他的快照，先生。我是一名业余摄影师，有一天趁他不注意我给他拍了张照……"

"太好了！"罗大叫道，"照片！"他原本在马鬃椅子上坐立不安，这时一下子跳了起来，"快点儿拿来，老好人，看在上帝的分儿上！"

众人面面相觑，马克斯韦尔快步走去后面。霉味似乎更刺鼻了，维拉翕动着那黑色刀片式的鼻孔，突然点了一支烟。雷恩静静地踱来踱去，双手交握在身后。

"快照，"佩兴丝喃喃地说，"现在……听好了！我们要一劳永逸地解决这个棘手的问题了……"

这个骨瘦如柴的仆人很快就回来了，带了一张小照片。萨姆一把抢过来，举起来对着灯光。只看了一眼，他就惊讶地骂了起来。众人围拢过来。

"看！"维拉喊道，"我不是告诉过你了吗？"

照片上是一个高高瘦瘦的中年男人，穿着剪裁不合身的黑色普通西装。照片很清楚，焦距正正好。

尽管没有单片眼镜，但毫无疑问照片上的男人就是哈姆内特·塞德拉博士。

* * *

"这回可以放了我吧。"维拉得意地说，一脸坏笑地吸着烟。

"这个龌龊的骗子，"戈登·罗情绪激动地低声说道，他的下巴变得僵硬起来,"所以他在撒谎!我要把胳膊里的这颗子弹还给那个杀人不眨眼的浑蛋,如果上次……"

"喂,喂,"雷恩喃喃地说,"不要被情绪冲昏了头脑,戈登。请记住,我们没有任何证据能证明塞德拉博士有罪。"

"但是,雷恩先生,"佩兴丝叫道,"您可别忘了,这照片就是证据!"

"只需要做一件事,"探长咕哝着,"把他铐起来,迫使他说出实情。"

"强迫一名英国公民,探长?"老绅士冷冷地问道,"我再次请求你们保持冷静。这里有太多的事情完全无法用理性来解释。如果我的意见还有分量的话,你们就慢慢来。"

"但是——"

"无论如何,还有事情要做。我建议大家好好搜查一下这所房子,说不定能找到什么。"雷恩低声说完,然后他笑了一下。马克斯韦尔看看这个又看看那个,一脸迷惑。"正如培福在奥尔良城里说的:'不速之客只在告辞以后才最受欢迎。'[1]这是我们共同的牡蛎里的又一颗珍珠,戈登……所以,请带路吧,马克斯韦尔,我们会以最快的速度完事,让你摆脱我们这群人所带来的沉重负担!"

---

[1] 出自莎士比亚《亨利六世》上篇。本书莎翁戏剧译文均出自人民文学出版社2014年版《莎士比亚全集》,朱生豪译。

第二十章
胡子和字谜

老马克斯韦尔拖着脚步走在他们前面，进入了散发着霉味的小门厅，右转几步，然后左转，经过年久失修的楼梯最下面的台阶——上面铺着老旧的地毯，显然是通向楼上的卧室。他走下两级石阶，来到一处凹室，在一扇巨大的橡木门前停下脚步。门是关着的。他打开门，站在一旁："这里是阿莱斯博士用来工作的房间。"

书房很宽敞，从地板到天花板都镶嵌着深色的橡木板，一排排内嵌的书架大部分是空的。只有低处的几层书架摆着各种各样的书，稀稀落落。

"从他书房的样子来看，"戈登·罗评价说，"他只是打算将这里作为临时的藏身之所。"

"看起来是这样。"雷恩喃喃地说。

天花板很低，书房中央悬着一盏有些年头的吊灯，上面的彩色玻璃样子十分难看，下方是一张破旧的书桌。在远处墙边有个壁炉，上方用整块厚橡木板做成了坚固的壁炉架。黑色的炉膛里残留着烧黑的原木和灰烬。书桌上摆着一支老旧的羽毛笔、一瓶墨水、一个大号的阅读放大镜，还有一些杂物。

探长和佩兴丝同时惊呼一声，扑向了桌子。

"怎么了？"罗叫道，飞快地向前跑去。

桌子上有一个烟灰缸，彩色的瓷器已经有了破损，上面装饰着一条丰满的美人鱼，几条笑嘻嘻的丑陋的小海豚在和她嬉戏。烟灰缸里有五块灰白色的陶土碎片，其中最大的两片是凹进去的，弯曲的表面呈现出烧焦的痕迹。干了的烟草碎块和碎屑成了陶土碎片的床。

"看起来像是一支廉价的陶土烟斗的碎片。"罗一脸迷惑地说，"有什么好大惊小怪的？"

"多诺霍。"探长咕哝着。

佩兴丝的蓝眼睛闪着光。"这些是证据！"她叫道，"戈登·多诺霍向来抽陶土烟斗。他那天一定是从博物馆开始跟着阿莱斯博士。这就是他来过这里的证据！"

"马克斯韦尔，"萨姆厉声说，"我记得你说过，最近没有在这屋子里见过一个样貌凶狠的爱尔兰人。这儿的烟斗是怎么回事？"

"我不知道，先生。自从那天阿莱斯博士离开之后，我就没有来过这个房间。那天早晨我出门去寄包裹之前，看见桌子前面的地上有些碎片，便捡起来，放到烟灰缸里，同时还有些烟灰和烟草碎片。"

雷恩叹了口气："前一天晚上，阿莱斯打发你走的时候，你有没有注意到这些碎片？"

"我走的时候没有,我确定。"

"阿莱斯博士抽陶土烟斗吗?"

"阿莱斯博士根本不抽烟。我们刚来的时候,在柴房里发现了一些旧垃圾,其中就有这个烟灰缸。"马克斯韦尔眨了眨眼睛。"我也不抽烟。"他十分胆怯地说道。

"那么我觉得,探长,"老绅士带着疲惫的语气说道,"我们一定程度上能够自信地重构出当晚的事情。二十七日晚阿莱斯把马克斯韦尔打发走之后,多诺霍便进了屋——他从城里就开始跟踪阿莱斯,之前一直躲在外面的灌木丛里。他在这个房间和阿莱斯当面对质,这一点我们可以确定。之后发生的事我们只能猜测。"

"'猜测'这个词用得不错,"萨姆皱着眉头,"让我们去这个垃圾场的其他地方检查吧。"

* * *

他们走上咯吱作响的楼梯,来到了楼上狭窄的走廊,走廊上有几扇门。他们依次检查了各个房间。头两间是空的,里面挂满了蜘蛛网,显然马克斯韦尔不是那种最勤勤恳恳的管家。还有一间是马克斯韦尔的卧室。里面空荡荡的,只有一张铁床架、一个老式洗脸台、一把椅子、一个从某个旧货商的地下室里翻出来的五斗橱。第四间是阿莱斯博士的卧室——房间不大,也不太干净,和马克斯韦尔的房间一样只摆了几件家具,不过这里能看出在清洁方面要更用心些。那张老式的床虽然有划痕,但胡桃木还是很结实,床铺收拾得整整齐齐。

佩兴丝用女性的眼光打量着床单。"这床是你铺的吗？"她严肃地问道。

"是的，小姐。最后一次铺床，"马克斯韦尔倒吸了口气，"是二十七日早上——"

"是吗？"雷恩喃喃地说，"怎么会呢？你是二十八日早上回来的，发现阿莱斯博士出去了，包裹放在楼下大厅，你看到这张床没睡过人，没被弄乱？"

"看到了，先生。所以我才知道阿莱斯博士一定是前一天晚上出去的，也就是他打发我去塔里敦的当天晚上。因为周二早上我发现他没有在床上睡过觉。"

"为什么该死的你之前没有说呢？"萨姆呵斥道，"这很重要。这意味着，不管周一晚上这里发生了什么，都是在阿莱斯出现之前。我的意思是——塞德拉出现之前。"

"喂，喂，探长，"老绅士笑着说，"我们不要复杂化。无论如何，我们暂时继续称呼这位失踪的租客为阿莱斯博士吧……阿莱斯博士。"他又古怪地笑了笑："奇怪的名字，嗯？你们有没有觉得奇怪？"

戈登·罗正在衣橱里翻箱倒柜，听到这话站直了身子。"我的确觉得奇怪，"他迅速说，"如果这个愚昧的世界还有任何道理或者规范的话，那么这个奇怪之处证明了探长是对的，您是错的，雷恩先生！"

"啊，戈登，"雷恩依旧带着古怪的微笑说道，"我早知道，凭着你那猎犬般不屈不挠的性子，这是逃不出你的法眼的。"

"你是什么意思？"佩兴丝叫道。

"逃不出什么？"探长吼道，脸涨得通红。

乔·维拉一脸厌烦地跌坐在单人椅上，好像对这群疯子的滑稽行为厌倦得要哭出来。至于马克斯韦尔，他盯着众人，嘴巴半张，一副白痴的模样。

"事实上，"罗厉声说，"阿莱斯博士用六个很特别的字母组成了他的名字。想想看。"

"字母？"佩兴丝茫然地应和着，"A-l-e-s……哦，戈登，我真是白痴！"

"哦，是吗？"探长咕哝着，"A-l-e-s……"

"不是A-l-e-s，"雷恩说，"D-r-a-l-e-s。"

"Drales？"佩兴丝皱起眉头。

罗抛给雷恩一个奇怪的眼神："你也看出来了！佩兴丝，你还不明白Dr. Ales（阿莱斯博士）这个名字构成了一个非常完美的变位词吗？"

佩兴丝的眼睛瞪得更大了，脸色有些苍白。她吐出了一个名字。

"确实。Dr. Ales这个名字的字母只要简单变换顺序就能得到另一个名字——Sedlar（塞德拉）！"

"确实。"老绅士喃喃地说。

* * *

众人沉默片刻。然后罗又平静地将注意力转回到衣橱。

"喂！"探长大声说道，"你还不算太笨，年轻人！好吧，雷恩,你可不能避而不谈这个。"

"也许不需要逃避,"雷恩笑了,"不,我同意戈登的说法,'Dr. Ales'这个字谜太巧妙了,不可能是巧合。它是有意设计的。但这是什么样的设计,源自什么,目的是什么……自从开始研究人类千奇百怪的想法以后,我学到了一点,那就是永远不要妄下结论。"说完,他耸了耸肩。

"好吧,我准备好要妄下结论了。"探长严厉地开始说道,而年轻的罗发出了满意的咕哝声。

罗从衣橱里退出来,自言自语,然后迅速转身,把没有受伤的那只手放在身后。

"猜猜我找到了什么,"他咧嘴笑道,"阿莱斯博士,老伙计,你是个腐烂且有些发霉了的马基雅弗利!"

"戈登!你找到了什么?"佩兴丝叫道,急忙朝他走了一步。

他挥了挥缠着绷带的胳膊,让她不要靠近。"喂,喂,小姐,顾全一下你的名字。"他突然收起笑容,"你应该会对这东西感兴趣的,雷恩先生。"然后他伸出那只完好的胳膊。他的手指间露出一团蓝绿色的假胡子,形状整齐。这毫无疑问就是萨姆探长的委托人在五月六日去萨姆侦探社进行那次令人难忘的拜访时所戴的非同寻常的胡子。

没等大家从惊愕中回过神来,罗已转身钻进衣橱。他接二连三地拿出另外三样东西——一顶色调奇怪的蓝色软帽、一副蓝色眼镜和一把浓密的灰色八字胡。

＊＊＊

"今天是我的幸运日，"年轻人咯咯地笑着说，"好了，你对这些小小的物证有什么看法？"

"真该死。"探长茫然地看向罗的眼神中流露出很不情愿的钦佩之情。

"哦，戈登！"

雷恩从罗手上拿过胡子、眼镜、八字胡和帽子。"我看没有问题，"他喃喃地说，"这胡子和眼镜就是你们见过的那些吧？"

"听着，"萨姆咆哮道，"世界上不可能有两把这样的胡子。你能想象一个脑子清醒的人会戴着这东西吗？"

"当然。"雷恩笑道，"在非常特殊的情况下才有可能。马克斯韦尔，你以前见过这些东西吗？"

这个仆人一直恐惧又入迷地盯着胡子，此时他摇摇头："除了帽子，其他的我从未见过，先生。"

老绅士哼了一声："帽子……维拉，这顶帽子是你跟踪阿莱斯博士去不列颠博物馆那天他戴着的帽子吗？还有这八字胡呢？"

"当然。我告诉过你这家伙肯定在搞鬼。我不是——"

"确凿的证据。"雷恩沉思着说，"毫无疑问，五月六日给你留下信封的男人，五月二十七日下午去不列颠博物馆偷书的男人，他们是同一个人。证据确凿——"

"证据确凿，"探长愤愤不平、凶狠地说，"这案子很清楚了。有了这个证据，加上克拉布和维拉的证词，还有那张照片作为有力证据，没什么可怀疑的了。我告诉你，这案子里根本没有什么塞德拉！"

"没有塞德拉？探长，你真让我吃惊。你是什么意思？"

"明明有塞德拉。"罗反对道，佩兴丝也对父亲皱起了眉。

萨姆咧嘴笑了："天哪，我已经解开了这桩谜案的谜底！简单得很。这个出现在博物馆的家伙，自称是他们新请的馆长塞德拉博士，其实根本不是塞德拉博士！他是阿莱斯博士——管他是谁！但是我敢跟你打赌，当塞德拉到达纽约，但还没来得及上任时，阿莱斯就设法干掉了塞德拉，接替了他的位置——也许是因为外貌上的相像，比如身材、个子之类，所以假扮成他，反正这些英国佬看上去都差不多——然后开始实施这一连串的恶作剧。我告诉你，狡猾的阿莱斯博士不仅是个小偷，还是个凶手。"

"在我看来，问题是，"罗说道，"阿莱斯博士是谁？"

"你知道，你可以通过一个非常简单的测试验证你的理论，"雷恩眼神发亮地说，"只要发电报给你在苏格兰场的好友特伦奇，让他找一张哈姆内特·塞德拉的照片寄给你。"

"是个好主意！"佩兴丝叫道。

"仔细想来，我不是非常确定——"雷恩开口道。

在其他人说话的时候，探长的下唇越抿越紧，此时他突然脸色通红，举起了双手。"呸！"他吼道，"我不再管这桩该死的案子了。我再也不愿意插手了。我告诉你们，我不干了。这案子害得我几天都睡不好觉。让它见鬼去吧。帕蒂，走吧！"

"但是我怎么办？"马克斯韦尔无助地问道，"我还有一些阿莱斯博士留下的钱，但是如果他回不来——"

"算了吧，老兄。把门关起来，回去吧。帕蒂。"

"我看不行，"哲瑞·雷恩先生喃喃地说，"不，探长，我看不行。马克斯韦尔，你最好还是留在这里，假装什么事也没发生。"

"什么，先生？"马克斯韦尔一边说，一边摩挲着苍白的脸颊。

"如果阿莱斯博士回来——这也不是完全没有可能——我相信探长会很乐意听到这消息。"

"好的，先生。"马克斯韦尔叹了口气说道。

"该死，我才不会——"探长抱怨道。

"好了，你这个大嗓门儿，"雷恩笑了，"给马克斯韦尔一张你的名片……这就对了！"他挽住萨姆的胳膊："记住，马克斯韦尔，等阿莱斯博士回来，立刻通知探长。"

第二十一章
韦斯特切斯特的罪行

然后,好像突然降临了一场瘟疫似的,案子悬起来了。一周多以来它都处于死亡的状态,什么事也没有发生,什么消息也没传来,更重要的是,似乎没有人再关心这个案子了。

探长说到做到,果然放弃了这桩案子。他的全部精力都放在调查他之前提到过的珠宝抢劫案上,这是一桩轰动一时的案子,涉及一条价值连城的珍珠项链和一桩袭击事件,受害者是一名倦怠的交际花,居住在公园大道的摩天大楼里。他极少出现在办公室,即使出现,也仅仅是匆匆扫一眼邮件。除了佩兴丝偶尔来一下,萨姆侦探社就只剩下泪眼汪汪的布劳迪小姐在打理了。

至于佩兴丝,她突然对学习充满了热情。她出没于不列颠博物馆,得到了各位男技工的默许,而他们仍然忙着为这栋破旧不堪的大楼进行修补和装修工作。她和年轻的罗先生专心致志地研究着莎士比亚。但是,在这次共同探索文学史的合作过程中,他们恐怕并没有挖掘出这位游吟诗人的太多秘密。佩兴丝和罗一会儿聊聊谜一般的塞德拉博士，一会儿聊聊他们自己，因而在推进罗的研究方面毫无成果。

但是，最漠不关心的人好像是哲瑞·雷恩先生。他躲在自己便利而牢固的堡垒——哈姆雷特山庄中，整整九天始终保持着僧侣式的沉默。

其间也有些微不足道的插曲。比如，在这一周里，探长的办公室收到两封信，它们对于几乎被放弃的调查有着直接的影响。其中一封来自利奥·席林医生，他是纽约县的首席法医，也是在医学范畴内令曼哈顿的杀人犯闻风丧胆的犯罪学权威。这位值得尊敬的医生说，作为化学符号，3HS wM绝对毫无意义。他首先想到把符号分成几个部分。3HS也许意味着三份氢和硫；但是很不幸，没有这种化合物，不论是普里斯特利[1]的时代之前还是之后，一个氢原子就顽固地拒绝和一个硫原子相结合。席林医生继续说，至于小写的w，可能有多种与化学相关的解释。例如watt（瓦特）这个电学名词，或者wolframite（黑钨矿）这种稀有矿物。大写的M一般代表metal（金属），如果w表示黑钨矿，那么M和w之间可能存在关联。"但是，总而言之，"这位法医的报告这样总结道，"我的观点是，数字加上小写和大写字母组成的这个大杂烩纯属胡扯。一点儿科学含义都没有。"

第二封信来自希夫中尉，他是华盛顿情报局的密码专家。希夫中尉对迟迟没有回复萨姆探长这一不同寻常的问询表示歉意，他一直很忙，也许他没能找到合适的方法解读这个符号，但他的观点是

---

[1] 约瑟夫·普里斯特利（1733—1804），发现氧的英国化学家。

"作为密码或暗号，纯属胡言乱语。"如果这真是某种密码，他相信是无法破解的。如果是的话，有可能是某种预设好的秘密代码，每个单独的字符都有其特定含义。专家或许要花上几个月时间研究密钥或代码，而且可能还是一无所获。

佩兴丝简直要哭出来，她暗地里有好几个晚上都不眠不休地研究这个奇怪的符号。罗十分无奈地安慰了她几句，可他自己的运气也没好到哪里去。

其他报告也陆续来了，同样没有进展。一份是乔根探长发来的机密报告：总部的探员花了很长时间想要追查哈姆内特·塞德拉博士在纽约市的行踪，也就是"克林希亚号"到港的五月二十二日到他正式出现在不列颠博物馆的五月二十九日之间的行踪，但是一无所获。向那个英国人当时下榻的塞内卡酒店询问，仅仅得知有位哈姆内特·塞德拉博士是在五月二十九日早上入住的——这是早就能料到的调查进展，因为这个男人既然谎称是在二十九日从英国到达的，自然会采取这样的做法。他的行李很多。他现在还住在塞内卡酒店，是个安静的中年英国人，通常独自在餐厅用餐，如果碰巧下午也待在酒店，就会预定四点喝下午茶——是在他房间里静静地独自享用的。

那个不幸的爱尔兰警卫多诺霍仍然不见踪影。没有丝毫的线索暗示他的命运究竟如何。

阿莱斯博士也消失得无影无踪。

意大利人维拉先生也受到了官方监视。一天下午，探长向戈登·罗解释说——自从罗遭遇那个蒙面人并且随后发现了假胡子之后，他对这个年轻人的看法有了明显改变——当维拉在博物馆被逮个正着那会儿，他这个曾经讲求原则的老战士——嗯哼！——曾离开去找电话。是的，可能本来是哲瑞·雷恩先生的建议。无论如何，这一系列行为的目的是要在探长放掉维拉先生之后，安排眼线追踪这个阴郁的家伙的踪迹。安排的这个眼线叫格罗斯，是萨姆侦探社的雇员。格罗斯神不知鬼不觉地一路跟踪他们，从不列颠博物馆跟到阿莱斯博士位于塔里敦附近的住所，然后无声无息地等在外面，直到众人出来，接着利用他那高超的本领尾随着维拉，仿佛科曼切人[1]一般如影随形地跟着这个意大利人。但是格罗斯也没什么好汇报的。这个小偷显然放弃了探寻"价值数百万的秘密"的企图。

塞德拉博士在博物馆进进出出。乔特博士也一样。克拉布在萨克森宅邸摆弄他的书籍。萨克森太太因为六月底的炎热而发胖出汗，准备离开家去法国戛纳避暑……每个人都表现得很正常。每个人都像佩兴丝的蓝眼睛一样清白无辜。在调查珠宝抢劫案的紧张过程中，有一个放松的片刻，萨姆探长曾经对一名手下说："这是我参与过的最古怪的案子了。"

马克斯韦尔应该还独自一人看守着阿莱斯博士的住所。

然后电话来了。

* * *

电话是七月一日打来的，那是一个酷热的周一早上。探长已经两天没来了，为了最近接手的调查案件而出去秘密搜查。戈登·罗

---

1 北美印第安游牧部落。

这周搬进了家庭旅馆，得以安然入睡——他体面地收拾好自己微薄的家当，离开了萨克森宅邸，正如他对佩兴丝所说的，"此生不再回头"。布劳迪小姐一如往常那般情绪紧张地坐在探长办公室的前厅。佩兴丝坐在探长的桌子前，皱起眉头，读着父亲给她寄来的信，邮戳是艾奥瓦州康瑟尔布拉夫斯。

布劳迪小姐的叫声穿过打开的门："你能接下电话吗，萨姆小姐？听不懂他在说什么。他听上去好像是喝醉了还是怎样。"

"哦，亲爱的。"佩兴丝叹了口气，伸手去接电话。布劳迪小姐有时候很难缠。"你好。"她疲倦地说，然后身子僵直，好像触了电一般。

另一头的声音无疑是老马克斯韦尔。但那是怎样一个声音啊！哽咽、虚弱、前言不搭后语——他喋喋不休说着，佩兴丝只能断断续续地猜出几个词："救命……在屋子里……可怕……萨姆探长……快来……"其他全是听不清的胡言乱语。

"马克斯韦尔！"佩兴丝叫道，"发生了什么？阿莱斯博士回来了？"

一瞬间，老人的声音虽然微弱却听得很清楚："不是。快来！"然后就是空洞的砰的一声，好像有什么东西重重落下。佩兴丝盯着听筒，然后她拼命叫喊，却没有得到回答："马克斯韦尔！"她很快就会发现，可怜的马克斯韦尔根本无法听到或者回答她的呼叫。

佩兴丝冲到前厅，草帽歪斜地搭在她的鬈发上："布劳迪！给我接哈姆雷特山庄的奎西……奎西！我是佩兴丝·萨姆。雷恩先生在吗？"但是奎西很令人失望，他报告说，雷恩先生在庄园的某处——具体位置他也不知道,但是会尽快找到主人,把佩兴丝的口信传给他,让他立刻赶去阿莱斯的住所……然后佩兴丝拨通了戈登·罗的新号码。

"天哪,帕蒂!听上去很严重。等一下,我先让脑袋清醒下……你打电话给警方了吗?"

"警方?什么警方?"

"塔里敦的警察,小姐!帕蒂,我的小姐,今天早上你脑子乱掉了。看在上帝的分儿上,去帮帮那个可怜的老人!"

"哦,戈登,"佩兴丝哭着说,"我真是蠢。很抱歉。我早该想到的。我立刻通知他们。过二十分钟后去接你。"

"打起精神来,达林!"

但是佩兴丝打电话去的时候,塔里敦警察局的负责人——一个叫博林的警官恰巧不在;一位疲惫不堪的助手似乎很难理解事态的紧急程度,最后答应"派人去看看"。

情况越来越棘手,佩兴丝的嘴唇越发苍白起来。"我要出去了,"她苦楚地向布劳迪小姐宣布,"天哪,真是乱七八糟!恐怕可怜的马克斯韦尔正躺在血泊之中。再见!"

* * *

佩兴丝把她的小跑车停在小路的入口外。戈登·罗站起来,眯着眼睛努力观察道路的另一头。

"来的大概是雷恩的车子。"

一辆长长的黑色豪华轿车以极快的速度朝他们驶来,一声尖叫，停在了他们前面，他们两个都满意地松了口气。那个胆大的司机正是德洛米奥。后座的车门打开了，雷恩高大的身影轻盈地钻了出来。

"孩子们！"他叫道，"实在抱歉。你们刚到吗？我去游泳了，可怜的奎西没找到我。你打电话给警方了吗？"

"他们现在应该在这里了。"佩兴丝咽了口口水说道。

"不在。"老绅士喃喃地说，眼神犀利地注视着路上的碎石，"昨天晚上下了大雨，碎石路又黑又软，没有轮胎的痕迹……不知道什么原因，他们还没有来。我们必须亲自去一探究竟。我看到你的胳膊已经痊愈了，戈登……开始吧，亲爱的。不要走太快。还不知道我们会碰到什么。"

他回到车上。佩兴丝把小跑车开进小路。德洛米奥开着大轿车跟在他们后面。行道树遮蔽了他们头顶的天空。清晨的大雨将石子路洗刷得干干净净，就好像一张没有写过字的纸。这对年轻男女一句话不说，佩兴丝专心在狭窄的道路上开车，罗的眼睛凝视着前方。他们不知道会发生什么。就算有个拿枪的人从灌木丛中跳出来，或者一群人拿着机枪挡在前面，他们都不会感到惊讶。两辆车一路前进，什么也没发生。

当他们来到狭窄的车道的入口时——那里通向阿莱斯的住所，佩兴丝停了下来。雷恩在他们后面下了车。三个人召开了作战会议。乡间如此令人欢愉，充满生气，一如往常的夏日喧闹声不绝于耳，但是没有人类靠近的迹象或者声音。他们决定把两辆车留在小路上由德洛米奥看管，然后走路过去。

他们小心翼翼地沿着车道往前走，罗当先锋，雷恩殿后，佩兴丝紧张地走在中间。树木逐渐变得稀稀拉拉，他们向房子前面的空地望去。那里空无一人。前门紧闭，窗户和之前一样都关上了百叶窗，车库的门也关着——好像没什么不对劲的地方。

"但是马克斯韦尔在哪里？"佩兴丝低声说。

"我们进屋里看看。我不喜欢这样子。"罗毫无表情地说，"跟紧点儿，佩兴丝，不知道我们会偶然遇到什么。"

他们迅速穿过空地，踏上摇摇晃晃的台阶，来到门廊。罗用力敲打厚重的大门。他一次又一次敲打，但是没有回应。他们看了看雷恩，老人的嘴唇抿成一条细线，眼睛里闪烁着好奇的光芒。

"为什么不硬把门撞开？"他温和地建议道。

"好主意。"罗退到门廊的边缘处，挥手示意他们靠边站，然后做好准备，向前冲出一大步。他的右脚猛地抬起，狠狠踢在门锁上，坚实的木门抖了抖，门内侧上方的铃铛轻轻叮当作响。尝试了五次之后，门被撞开了，门锁碎了，门上的弹簧铃发出疯狂的抗议声。

"法国踢腿术[1]，"罗扬扬得意地喘着气说道，纵身跳进门内，"去年春天，一个法国摔跤手在马赛教我的……我的天！"

他们在门边停下脚步，被眼前的景象惊得目瞪口呆。狭小的门厅一片狼藉，看上去好像有一颗炸弹在里面爆炸了。原本放在伞架旁的一把旧椅子已经碎成了四块。原本挂在墙上的镜子碎了，门厅的地上全是玻璃碎片。伞架滚到了门厅的另一头。一张小桌子被掀翻，好像死了的甲虫。

---

[1] 一种法国的踢腿格斗运动，起源于19世纪初。——编者注

他们默默走进客厅。那里完全毁了。

他们去书房查看，佩兴丝脸色苍白。就好像一头大象或者一群饥饿的老虎袭击了这里，没有一件家具还是立着的。墙上到处都是奇怪的砍痕。吊灯也毁了，书散落一地，玻璃、碎片……他们又沉默不语地查看了后面的厨房。相对来说厨房没怎么动过，只是相对来说，因为餐桌的抽屉被拉了出来，壁橱的架子也被踩蹒得不像样子，碗碟和锅具散落一地。

楼上也是同样的情况。满是劈砍的痕迹……

他们回到一楼。没有一点儿迹象说明马克斯韦尔在屋内，只是他的衣服还在他的卧室里。

"外面不是有个车库吗？"雷恩沉思着喃喃说道，"虽然不太可能——"

"去瞧瞧看。"罗说。然后他们来到外面。罗绕着车库转了一圈。只有一扇窗户，已经被灰尘遮盖得看不清里面了。雷恩敲了敲薄薄的门，门的搭扣上挂着一把生锈的锁。没有回应。

"我得把窗户砸开，"年轻人说，"帕蒂，站远点儿，别被飞出来的玻璃打到。"他找到一块大石头，扔向窗户。玻璃碎了，他把手伸进去笨拙地摸着插销。然后他爬进窗户，过了一会儿叫道："离门远点儿！"门向外被撞开了，搭扣被从木头上扯了下来……戈登·罗瘦削的脸涨得通红，站在门旁一动不动。然后他紧张地说："没错，他在这里，但是恐怕他已经死了。"

第二十二章
斧头狂

　　车库里停着一辆破旧的汽车，周围散落着锈迹斑斑的螺栓、油腻的破布和木箱——完全是一堆散发出恶臭的垃圾。一把旧椅子摆在开了窗户的墙壁和旧车中间，上面挂着凌乱的旧绳子。在椅子和双开门之间躺着马克斯韦尔的尸体，黑色的外衣上沾满了尘土。他脸朝下躺着，双腿蜷曲在身下。没有任何受伤的痕迹，只是在他颈背上明显能看到绳子打的结。离他伸出的右手两英尺远的地方有一个被油漆弄脏的小凳子，上面是一台分机电话。听筒在电话绳的一端摇摆着。佩兴丝木然地将它放回挂钩上。

　　罗和雷恩跪在一动不动的马克斯韦尔旁，将他翻了过来。马克斯韦尔憔悴的脸上呈现出奶油般的白色，在他下巴下面垫着一块叠得很厚的布头，好像一个围兜，显然这是堵嘴巴的布——他原先被绳子绑在椅子上，挣脱之后，他设法把这东西从嘴里弄了出来。然后，不可思议的事发生了：他的脸开始扭曲，他发出了嘶哑的呻吟声。

"喂,他还活着!"佩兴丝叫道,飞也似的跑到他身边。她不顾水泥地面上的污垢,跪了下来,拍了拍老人的脸颊。他的眼睛突然睁开,又闭上了。罗急忙站了起来,走向车库后面一个生了绿锈的水龙头。他把自己的手帕弄湿,然后回来。佩兴丝轻柔地擦拭着老人苍白的脸庞。

"可怜的家伙,"雷恩慢慢说,"戈登,我看我们两个有能力把他抬进屋子里。"

他们小心翼翼地抬起老人瘫软的骨瘦如柴的身子,经过空地,穿过破碎的前门,走进客厅。佩兴丝奋力把翻倒的沙发扶正,坐垫已经被割成了碎条状。他们把马克斯韦尔放在沙发上,静静地站在一旁看着。他的眼睛再次睁开,瘦削的脸颊上开始浮现出一丝血色。他的眼里充满了惊恐和害怕,但看到眼前众人关切的脸孔时,他叹了口气,开始舔起嘴唇来。

此时,外面传来引擎的轰鸣声,他们迅速来到屋外的门廊上。一个身材魁梧、脸庞红润、穿着蓝色制服的男人正匆匆走上台阶,他身后紧跟着两名警员。

"我是塔里敦的博林局长,"他厉声说道,"今天早上是你打电话去我办公室的吗,小姐?……这鬼地方真难找,所以我们才来晚了。现在告诉我这里发生了什么事。"

* * *

经过一番介绍和解释,加上马克斯韦尔已经恢复了不少元气,他们便围在老人身边,在这破败的客厅里听他讲述事情原委。

前一天晚上十一点半——一个夜黑风高的周日晚上——马克斯韦尔独自在屋里玩单人纸牌游戏,这时候门铃响了。他匆匆走去应门,心中有点儿忐忑。外面一片漆黑,他独自一人,远离人烟……这么晚了谁会来呢?极少有人来拜访这栋房子的。然后他突然想到,也许是阿莱斯博士回来了。门铃一直响个不停,他便开了门。一只脚立刻踏进门里,在大厅昏暗的灯光下,他看到一个高个子男人,身体裹得严严实实,只露出两只眼睛。马克斯韦尔惊叫着朝后退去,但是来人拿着一个又圆又硬的小东西抵住了马克斯韦尔颤抖的腹部。他膝盖一软,意识到自己正被一把左轮手枪威胁着。接着,随着这个男人朝前走,微弱的灯光直接照射在他身上,马克斯韦尔惊恐地发现那人戴着面具。

"我……我当时非常害怕,"马克斯韦尔用嘶哑的声音说,"我原本以为自己会昏倒。他把我的身子转过来,让我领着他走出屋子,那把枪一直顶着我的后背。我闭上眼睛,以为他……他要开枪打我。但他只是叫我走进车库,然后找来一些旧绳子,把我绑在那里的一把破椅子上,又给我嘴里塞了一团布。之后他离开了。但他立刻又回来,搜我的身。我知道是为什么。当我们离开屋子的时候,前门咔嗒关上了;那是一把弹簧锁。他没办法返回屋子。我的牛仔裤里有一把后来配的钥匙——阿莱斯博士有原配的钥匙——他把钥匙拿走了。然后他离开,锁上了车库的门,把我丢在黑暗中。外面非常安静……我整晚都在车库里,呼吸都困难。"他颤抖着:"绳子勒得我很疼。我睡不着。我感到很紧张,我的胳膊和大腿好像都不听使唤了。但是早上我终于把绳子弄开了,把塞着的布从嘴里拿开,然后在我的口袋里找到了萨姆探长留给我的名片。

所以我用分机打了电话……我想我一定是昏倒了。我知道的就这么多。"

* * *

他们仔细搜查了房子，马克斯韦尔踉跄着跟在他们后面。他们从书房开始。

立刻就能很明显地看出来，那个绑架马克斯韦尔的人不管是出于何种目的来到这处偏僻的乡村宅邸，在追踪过程中其手段之残忍令人难以置信。搜寻期间他对房间进行了彻底破坏。不仅家具被掀翻，玻璃制品被打碎，而且镶着嵌板的墙壁上也有明显被锐器划过的痕迹。博林局长很快就找到了那把利器。原来是一把小手斧，就躺在壁炉不远处的地上。

"那是我们的斧子，"马克斯韦尔说着又舔了舔嘴唇，"是厨房的工具箱里的。我用它来劈柴火给壁炉烧火用。"

"屋子里就只有这一把斧头吗？"佩兴丝问道。

"是的，小姐。"

木制品和嵌板遭到恶意攻击，墙脚的踢脚线旁散落着木头碎片。甚至地板上有一处也被砍过，根据马克斯韦尔的说法，那里原来铺了一小块地毯。如今地毯被丢在角落里，好像是被用力扔过去的。另一个角落原来摆着一台维多利亚时代的华丽的落地钟，现在它躺在地上，玻璃碎片散落一地。检查发现，那个斧头狂故意砸碎了外框，扯掉了黄铜的钟摆，把钟翻了过来，然后砍坏了背面和侧面，露出精巧的齿轮和机械装置。指针正好指着十二点。

"这个钟昨天晚上还在走吗？"罗急促地问道。

"走的，先生。当……当门铃响的时候，我就在这里玩纸牌，所以我知道。它走的声音很大。它在走，没错。"

"那么他是在午夜毁坏这钟的，"佩兴丝喃喃地说，"这一点也许有用。"

"我看不出有什么用，"博林咕哝着，"我们从马克斯韦尔的讲述中得知，他是十一点半来的，不是吗？"

哲瑞·雷恩先生还沉浸在冥想之中，只见他静静地站起来走到一边看着。只有他的眼睛是警觉的，眼中闪着光。

佩兴丝慢慢地在房间里走动。她检查了桌子：抽屉全都被抽出来，里面的东西散落一地，最上面还有凌乱的纸牌。然后她注意到房间另一头有什么东西，于是眯起了眼睛。那是一只廉价的小闹钟，就摆在壁炉上方的橡木壁炉架上。

"怎么了，帕蒂？"罗注意到她专心的表情，于是问道。

"那只闹钟。这东西放在书房有些奇怪。"说着她走过去，把闹钟拿了起来。它嘀嘀嗒嗒地欢快地走着。

"是我把这东西拿到这里来的，小姐。"马克斯韦尔道歉说。他似乎已经从震惊中恢复了过来，正好奇地注视着事情的进展。

"你拿进来的？但是这房间里有一台那么大的落地钟，为什么还要一个小钟呢？"佩兴丝怀疑地问道。

"哦，为了闹铃，"马克斯韦尔赶紧回答，"我这几天有些咳嗽，小姐，我周六在塔里敦买了一些止咳药。你瞧，药剂师告诉我每隔四小时吃一小匙。我昨晚八点吃了一次，但是我有点儿健忘，小姐……"他虚弱地笑了笑："我觉得睡觉前可能会忘了服药。所以我玩纸牌的时候把这只闹钟带来这里，设定了午夜闹铃，提醒我吃药，然后我就能去睡觉了。但是没等我——"

"我明白了。"佩兴丝说。这故事似乎没有可疑之处，因为在壁炉架上靠近闹钟的地方有一小瓶棕色的液体，剩下四分之三，还有一个黏糊糊的小匙。她检查了闹钟，就像马克斯韦尔说的那样，闹铃还设定在十二点，小杆被推到标记"闹铃"字样的那端。"我想知道——"她喃喃地说，然后看看自己的小手表，现在是十一点五十一分，"你的表是几点，戈登？"

"大约十一点五十分。"

"你的表呢，博林先生？"

"十一点五十二分，"博林厉声说，"这是要干什么？"

"我只是想知道这钟是否准时，仅此而已。"佩兴丝露出淡淡的微笑，但是她的眼神有点儿不安，"你们瞧，很准时。"这只廉价闹钟的指针确实指着十一点五十一分。

"啊——佩兴丝，"雷恩喃喃地说，同时走上前来，"我能看一下吗？"他简单检查了一下，把它放回壁炉架上，然后退回到自己的角落里。

"到底怎么回事？"罗不解地问道，他一直在这堆残骸中走来走去，东翻西看。他仰起头，盯着墙上高处的什么东西看。

这面墙和其他墙相比有些不同，内嵌的书架一直伸到天花板，而其他墙上只到距离天花板一半的高度。有一个可以滑动的梯子，就像鞋店或者图书馆里用的那种，可以沿着这面墙底部的金属轨道滑动，显然是屋子原主人安装的，这样可以很容易拿取平常够不到的顶层书架的书。在顶层书架上方还有一排胡桃木嵌板，就像其他三面墙的嵌板一样。它们很窄，雕刻着过去流行的花饰。吸引戈登·罗注意的是其中一块嵌板。它从墙上伸出来，就好像一扇门。

"看上去像是个暗格，天哪，"年轻人笑着说，"我希望下一分钟基督山伯爵就从壁炉里跳出来。"他轻快地爬上梯子，因为那梯子正好就在这块靠近天花板的打开的嵌板下方。

"我们到底遇到了什么鬼东西？"博林抱怨说，"暗格！听上去像是侦探小说里的情节……马克斯韦尔，你知道这东西吗？"

老人张大嘴巴，目不转睛地盯着上方："不……不，先生！我第一次见到这东西。天哪，这是一扇小门——"

"空的。"罗面无表情宣布，"好一个藏东西的地方！让我瞧瞧看，大约八英寸宽，两英寸高，两英寸深……一定也是阿莱斯做的，做得很巧妙！这是新的，你能看到里面凿刻的痕迹还很新。"他眯着眼睛张望，而众人则专注地看着他。"无论是谁破坏了这地方，他可真不走运。他没有发现这个洞。瞧见了吗？"他指着顶层书架上方的嵌板窄条。到处都能看到斧头野蛮地砍在木头上的痕迹，但是当罗关上小门时，他们看到那上面没有任何痕迹。"完全错过了！很巧妙，不是吗？该死，现在怎么把它重新打开呢？"

"让我上去看看，年轻人。"博林冷冷地说。

罗不情愿地下来，警察局长小心翼翼地爬了上去。正如罗所说，这个暗格做得很巧妙。小门关上之后，没有留下任何痕迹。间隙是被人精心设计过的，紧贴着雕刻纹路的边缘，因此觉察不出来。博林又拉又扯，不一会儿那张红脸变得更红了；但门还是纹丝未动，嵌板表面上也没有异样，虽然他用手指关节敲打的时候能听到中空的声音。这块嵌板的外框和其他的一模一样，都有木头小花饰图案。博林气喘吁吁地说："这东西一定有什么机关。"说着开始摆弄那些花饰图案。然后他大声惊呼起来。其中一个花饰在他的摆弄下转动起来。他转动了一下，什么也没发生。他又转动了一下，门螺旋着猛地打开了，吓得他差点儿从梯子上摔下来……他把门取下，检查内部，里面有一个虽然简单却很巧妙的弹簧装置。

"好了，"他说着从梯子上爬下来，"不用担心这个了。不管里面藏了什么——如果有的话——都已经没了。空间真小，对吧？让我们上楼看看吧。"

* * *

阿莱斯博士的卧室和楼下的书房一样被砍得一塌糊涂。床被拆开，床垫被划开，家具被劈开，地板也被掀开——很明显这个斧头狂在楼下没有找到他要找的东西，于是跑到阿莱斯博士的卧室继续寻找。卧室里有只镀金的小钟。很奇怪的是，这东西也难逃被席卷整个房间的龙卷风毁坏的厄运，从床头柜上掉落到地上，也许是袭击者匆匆拆床时打翻桌子弄掉的。指针停在十二点二十四分。

佩兴丝的眼睛一亮。"我们的朋友几乎留下了他行动的时间表，"她叫道，"这证明他先攻击了楼下……马克斯韦尔，你说这只钟走时准确吗？"

"是的，小姐。所有的钟都走得很准，虽然说都是些便宜货，但我会校准时间，所以它们一直都很准。"

"非常幸运。"雷恩喃喃地说,"这个人多蠢啊!"

"什么?"博林迅速问道。

"嗯?哦,没什么,博林先生。我不过是评论那些罪犯本质上都是愚蠢的。"

一个男低音传上楼来:"喂,局长!瞧我发现了什么!"

他们赶紧从楼上下来。一名警员站在大厅里,手电筒照着一个黑暗肮脏的角落。光线下,他们看到三片玻璃,其中一片连着一根黑色长丝带,丝带上有一处撕破了。

雷恩捡起玻璃片,拿着它们走进客厅。他把三片碎片拼在一起,组成了一片完美的圆形玻璃。

"单片眼镜。"他平静地说道。

"天哪。"罗喃喃地说。

"单片眼镜?"马克斯韦尔眨了眨眼睛,"很有趣,先生。阿莱斯先生不戴这东西,我在屋里也从未见过。当然我——"

"塞德拉博士。"佩兴丝阴沉地说。

第二十三章
符号的问题

现场没什么可做的事了。马克斯韦尔接受建议,忘了他的雇主,返回塔里敦,重新开始之前那种平静的生活。博林即便算不得工作勤劳刻苦,也算是充满干劲的局长,他决定监视这栋房子,留下两名警员看守通往房子前面和后面的小路——虽然从后面是无法进入的,除非在矮树丛和危险的叶霉病枯叶中开辟出一条道路。年轻的罗自从发现书房里的暗格之后变得愈发沉默,他确认了一件事:马克斯韦尔曾经宣称,因为晚上独自一人待在乡下,所以前一天晚上他一如既往地锁上了所有的门窗。罗之后亲自巡视了房子,发现除前门以外,所有的门窗都从里面锁上了。至于地窖,没必要检查了,因为除了屋内厨房旁边的楼梯,没有其他入口……他们离开屋子的时候,前门的铃铛装置嘲弄似的响个不停。

博林带着马克斯韦尔坐警车去了塔里敦。在老绅士的邀请下,佩兴丝和罗开着小跑车,跟着德洛米奥驾驶的大轿车,一起朝哈姆雷特山庄进发。在山庄福斯塔夫似的管家的安排下，两个年轻人感激地去各自的房间休息。洗漱干净之后，他们下楼享用迟到的午宴，虽然未必能完全恢复精神，但至少能填饱肚子。虽然在雷恩的私人住所里气氛变得更加亲密，但是三个人还是自顾自地吃着。用餐时，大家几乎没有说话，佩兴丝出奇地沉默，罗心事重重，雷恩则说些轻松的话题，完全不提早上发生的事情。吃完午饭，他把客人们交给奎西，然后告辞去了自己的书房。

佩兴丝和罗在广阔的哈姆雷特山庄里闲逛。来到可爱的小花园后，他们心照不宣，四仰八叉地躺倒在草地上。奎西注视着他们，暗自发笑，然后便消失不见了。

鸟儿在歌唱，青草散发出清新、香甜的气味。两人都没有开口。罗扭过头，端详同伴的脸庞。她的脸庞因为暖阳和运动而红扑扑的；苗条的身体舒展开来，显示出健康的曲线。罗充满好奇、渴望地注视着她，觉得她既美丽迷人又遥不可及。她的眼睛闭着，平直的眉毛中间有一条浅浅的皱纹，那样子既不是在揶揄人也不是在谈情说爱。

罗叹了口气："你在想什么，帕蒂？看在上帝的分儿上，别皱眉了！我希望我的女人不要太精明。"

"我在皱眉吗？"她喃喃地说着，睁开了眼睛，对他笑了笑，"你真像个孩子，戈登。我是在想——"

"我看我不得不娶个头脑精明的妻子了，"年轻人淡淡地说，"问题是，我也很精明——所以家里就有两个精明的人了。"

"妻子？这一点儿也不好笑，小伙子！我在想昨晚闯入阿莱斯博士住所的人不是一个而是两个。"

"啊？"罗说道。他突然躺下来，拔了一根草。

她坐起来，眼神炽烈："所以你也看出来了，戈登？一个就是那个斧头狂。屋子的情况显然说明他在找什么东西，他不知道这东西在哪里，并且不顾一切想要找到——证据是他用斧头一件件地摧毁家具和其他东西。最重要的一点是那个人不是阿莱斯博士。"

罗打了个哈欠。"当然不是。他如果是阿莱斯，就会知道去哪里找那东西，毕竟是他本人藏起来的——墙上的暗格当然是阿莱斯本人做的。"罗又打了个哈欠，"另一个人呢？"

"不要表现得毫无兴趣。"佩兴丝笑道，"你明明在疯狂思考着……我不知道。你说的理由是对的。那个斧头狂是我们不知道的某个人；阿莱斯博士不会把那地方砍了当柴火——他肯定知道去哪里找那个斧头狂要找的东西。另一方面，斧头狂要找的东西实际上被找到了：证据是我们发现那个暗格是打开的，因此是被某人打开的。"

"这就让你以为昨晚屋子里进去了两个人？为什么不是那个斧头狂——这个词真是糟透了！——在用斧头干完这些浑事之后发现了暗格呢？"

"好吧，聪明人，"佩兴丝厉声说，"首先，正如你所看到的，这个暗格隐藏得非常巧妙。博林能够打开暗格，完全是因为他之前看到了打开的门，从而发现了那个花饰。如果门关着，而且墙上一片空白，找东西的人要和博林开门的步骤一样，找对嵌板，选对花饰，然后还知道要完全转动花饰两次，这种概率简直是百万分之一。换句话说，那个暗格不可能是碰巧发现的。如果那个斧头狂知道花饰和暗格的秘密,那么他也没有必要胡砍一通。所以我说不是斧头狂转动了花饰,打开了暗格,拿走了里面的东西,并且让门开着。如果不是那个斧头狂,就是另有其人,这样也就有了两个人,伙计。证明完毕。"

"名副其实的女侦探,"罗咯咯笑道,"帕蒂,你真了不起。这推理完美极了。不过还有一个结论。另一个人——如果有这么个人的话——是什么时候去开暗格的呢?也就是说,他是在斧头狂之前还是之后呢?"

"一定是之后,老师大人。如果打开暗格的人是先来的,斧头狂是后来的,他就会看到暗格的门打开了,因此也就立刻知道那是藏东西的地方。结论就是,他不可能在房子里乱砍,去寻找藏东西的地方……是的,戈登,那个斧头狂是先来的,这就意味着是他绑架了马克斯韦尔并把老人关在车库里。第二个人来了之后发生了什么事只有老天知道了。"

他们沉默了许久。两人躺在草地上,眼望着白云朵朵的天空。罗棕色皮肤的手动了一下,碰到了她的手。然后就一直那样,而她也并没有把手挪开。

* * *

早早吃过晚饭后,三个人来到了雷恩的书房。这是一间老式英国风格的房间,散发着皮革、书本和木头的味道。佩兴丝坐在老绅士的扶手椅上,拿起一张纸,漫不经心地开始涂鸦。雷恩和罗坐在书桌前放松身心,桌上的灯投下半明半暗的光线。

247

"你们知道,"佩兴丝突然说道,"今天晚饭前我写下了几点……哦,都是困扰我的地方。也许可以称之为特别的谜团。有些让我觉得极其烦恼。"

"是吗?"雷恩喃喃地说,"孩子,你有一种锲而不舍的精神,在女性中算是难能可贵的。"

"先生!那正是我主要的优点。我能念一下我写的东西吗?"她从手提包里抽出一张很长的纸,展开来。然后她开始用清晰的声音念出来:

"(1)正是阿莱斯博士给我们留下了那个密封的信封,里面写有符号——证据是在他的衣橱里发现了胡子和眼镜;另外,他是一个'失踪的藏书家'。正是阿莱斯博士指使维拉偷了萨克森家的那本1599年版的杰加德。正是阿莱斯博士混进巴士旅行团,洗劫了不列颠博物馆的杰加德柜子——维拉的供词揭示了这一点,而在阿莱斯的卧室里发现的蓝帽子和灰色假胡子也证实了这一点。但是,阿莱斯博士是谁?是不是像克拉布和维拉宣称的那样,他就是哈姆内特·塞德拉?或者完全是另一个人?是不是身份混淆了?

"(2)这个哈姆内特·塞德拉又是谁?我们从苏格兰场得知,存在这么一个哈姆内特·塞德拉,他受雇担任不列颠博物馆的新馆长。但是出现在不列颠博物馆、自称哈姆内特·塞德拉的这个人真的就是哈姆内特·塞德拉吗?还是像我老爸所想的,有人假冒哈姆内特·塞德拉?他肯定有见不得人的一面,他在自己真正的抵达日期的问题上撒了谎。真正的哈姆内特·塞德拉死了吗?这个人冒用了他的身份和名字?他在抵达日期的问题上撒谎是出于什么目的？从他真正到达那天到他宣称到达那天之间他做了些什么呢？"

"唷！"年轻的罗先生说，"多么曲折的推理啊！"佩兴丝瞪了他一眼，继续念下去：

"（3）如果哈姆内特·塞德拉不是阿莱斯博士，那么阿莱斯博士出了什么事？他为什么失踪了？

"（4）多诺霍到底出了什么事？

"（5）是谁袭击了戈登和我，抢走了那封信？

"（6）斧头狂是谁？他不是阿莱斯博士，也许另有其人。

"（7）跟在斧头狂后面的那个人是谁？实际上是他拿走了暗格里的东西。也许是阿莱斯博士本人——他肯定知道自己藏东西的地方。"

"等一下，佩兴丝，"雷恩说，"你怎么知道那个使用斧头的凶徒不是阿莱斯博士，还有昨天晚上在阿莱斯住所的是两个人？"佩兴丝解释了。雷恩目不转睛地盯着她的嘴唇，不住点头。"是的，是的，"她说完后，他喃喃地说，"棒极了。是吧，戈登？而且非常正确……都说完了吗？"

"没有。还有一点，"佩兴丝说着皱起了眉头，"这是最重要且最令人疑惑的问题。

"（8）这些扑朔迷离的谜团究竟是怎么回事？毫无疑问是阿莱斯博士提到过的'价值数百万的秘密'。而且这个价值数百万的秘密和阿莱斯留给老爸保存的那个符号有关。所以一切都取决于最后这个问题：那个符号有什么含义？"

于是她放下纸，又在桌子上无所事事地涂鸦。有一会儿两个男人一句话没说。罗之前一直茫然地注视着佩兴丝来回旋转着手中的铅笔,然后他突然挺直了身子,从椅子上半站起来。佩兴丝和雷恩都好奇地看着他。

"你在那里写什么?"年轻人大声问道。

"什么?"佩兴丝露出惊讶的表情,"那个该死的符号。3HSwM。"

"我发现了!"罗大叫着跳了起来,两眼放光,"我知道了,我知道了!太简单了,真的太简单了!"

哲瑞·雷恩先生站了起来,走到左边。他的面孔暴露在光线之中,显得轮廓分明。"那么你终于明白了,"他喃喃地说,"佩兴丝,那天我们坐在你父亲办公室,他把那张写着萨克森图书馆名字的信纸展开来,露出上面写的内容时,我就看出来了,明白了是什么意思。告诉她吧,戈登。"

"我不明白你们两个在说什么。"佩兴丝抱怨说。

"你刚才写下这符号的时候,我坐在哪里?"罗问道。

"在桌子前面,面对着我。"

"正是!换言之,我看到的这个符号就和雷恩先生当时看到的一样。当探长展开信纸时,雷恩先生一定面对着你父亲,坐在桌子对面。我是倒着看的!"

佩兴丝发出了一声轻轻的叫声。她抓起纸,将它倒过来。现在符号变成了:

WMSHE

她慢慢重复道："Wm She。"念出每个字母的时候似乎都在细细品味其中的精髓。"看上去——看上去好像某种签名。W——m……William（威廉）——"两个男人都热切地看着她。"William Shakespeare（威廉·莎士比亚）！"她大叫一声，跳了起来，"威廉·莎士比亚！"

* * *

过了一会儿，佩兴丝坐在了老绅士脚旁的地毯上。他修长的白色手指抚弄着她的头发，罗弯着身子坐在他们的对面。

"从那天开始，我心里就一遍又一遍地想着这个问题。"雷恩疲惫地解释说，"从分析的角度来看，似乎已经十分明显了。阿莱斯博士不是在模仿莎士比亚的签名，那样的话应该使用伊丽莎白时代的手写体。他只是用自己的方式——可能怀着一种奇特的想法，要让它变得更清楚——写下了这个不同寻常的莎士比亚签名里的大写字母。之所以说不同寻常，是因为小号的m和手写体e。但是为什么使用大写的H？可能是阿莱斯的奇想。这并不重要。"

"重要的是，"罗喃喃地说，"这是莎士比亚签名的一种变体。真奇怪！"

雷恩叹了口气："你比我知道得更清楚，戈登，现存仅有六份真正的莎士比亚签名。"

"说来奇怪，"年轻人说，"其中一个签名写成了willm̃ Shak'p'。"

"是的。但还有一些所谓的'可疑'签名，其中一种的拼法类似阿莱斯的这个符号——大写的W，小写的m连着W的顶端，空格，然后是大写的S，小写的h也连到小写的手写体e的顶端。"

"就好像古英语中ye的书写形式？"佩兴丝问道。

"正是。这个可疑的签名出现在阿尔丁版奥维德的《变形记》中，现藏于牛津博德利图书馆。"

"我去英国的时候曾经见过。"年轻人突然说。

"我向博德利图书馆查证过了，"老人继续平静地说，"奥维德的那本书还在那里。你瞧，我原以为整件事情也许和这本书失窃有关。当然，这是很荒谬的想法。"佩兴丝感觉到他的手指在她头上移动。"让我更深入地谈谈这件事。阿莱斯博士说这个'秘密'价值数百万；他留下了这份威廉·莎士比亚的签名摹本作为解开秘密的钥匙；所以我们必须从这里开始。你们现在知道这秘密是什么了吗？"

"你的意思是，"佩兴丝用畏怯的声音问道，"偷窃、谜团和所有这一切都和莎士比亚的第七个真正签名的发现有关？"

"看上去很像，不是吗？"罗苦笑道，"我在这里挥霍青春——哈哈！——在古老的伊丽莎白时代的文件里消磨时光，却从来没有发现这么一件非同寻常的事情的蛛丝马迹。"

"还会是别的吗？"雷恩喃喃地说，"如果这个秘密真的价值数百万，那么阿莱斯博士就有理由相信签名是真的。它怎么产生数百万的价值呢？啊，这是一个非常有趣的问题。"

"就其本身而言，"年轻人轻声说，"它是无价的。它将具有无可估量的历史和文学价值。"

"是的，我在什么地方读到过，要是新发现了莎士比亚真正的第七个签名，就能上拍卖会，拍出一百万甚至更高的价格。我不知道那位权威人士是指美元还是英镑！不过签名都是有其目的的。签名往往是签在某种文件上的！"

"书里的纸！"佩兴丝叫道。

"嘘，帕蒂。这话没错，但也不一定如此。"罗斟酌着说，"六个真正的签名当然都是有据可查的：其中一个在莎翁牵扯进的一桩官司的法律证词上，一个是他在大约1612年买下的房子的购买契约上，一个是在那栋房子的抵押契据上，最后三个是在他的三份遗嘱上。但是，你瞧，也可能出现在一本书的扉页上。"

"我想未必，正如佩兴丝已经看到的。"雷恩说，"第七个签名会出现在一份文件上吗？——比如契约或者租约？那么这份文件的历史价值就相对较小了。也许……"

"不会小，"罗申辩说，"那如果是一份契约或者租约，也是非常重要的。也许可以说明莎士比亚在某个日子身在某处——这可以澄清很多问题。"

"是的，是的。我是从人性一面判断价值会小。但假如那是在一封信上呢？"雷恩身子前倾，手一把紧紧扯住佩兴丝的鬈发，她几乎叫了出来，"想想这样的可能性！一份签了名的信，是不朽的莎士比亚写的！"

"我在想，"罗喃喃地说，"这简直太夸张了。信是写给谁的呢？里面写了什么？自传资料。真正的莎士比亚亲笔——"

"当然这是在可能的范畴内，"老绅士继续用有些奇怪的哽咽的声音说道，"如果签名出现在信的结尾，这封信的价值几乎会比签名还要高！也就无怪乎受人尊敬的老学者们都要大打出手了。这就像——天哪，就像找到了圣徒保罗[1]的亲笔信！"

"那份文件在1599年版的杰加德里，"佩兴丝激动地低声说，"阿莱斯博士显然找过其他两本现存的1599年版的杰加德，但一无所获，于是想方设法要搞到第三本，就是萨克森收藏的那本。他办到了！这……这有没有可能……？"

"看上去就是这样，"罗咧嘴笑了笑，"他找到了，真是幸运的家伙！"

"可是现在被人偷走了。哦，天哪！我敢打赌它曾经藏在阿莱斯博士书房的那个暗格里。"

"那是非常有可能的，"雷恩说，"还有一件事。我发现这第三本，也就是被偷了又被送回来的那本，原本是塞缪尔·萨克森从英国收藏家约翰·汉弗莱-邦德爵士那里购买的。"

"就是这个人向韦思先生推荐了哈姆内特·塞德拉吧？"佩兴丝惊讶地叫道。

"正是他，"雷恩耸耸肩，"汉弗莱-邦德去世了。他是几周之前才去世的。"看到两人惊恐的神情，他笑着说："不，不，别这么慌张。完全是自然死亡，不是人为造成的。和往常一样，这是上帝的旨意。他已经八十九岁了，死于胸膜肺炎。但是大洋那边我的一名联络人发电报告诉我，萨克森从汉弗莱-邦德那里买了那本杰加德，也就是引起这一切麻烦事的那本书，自从伊丽莎白时代它就一直属于汉弗莱-邦德家族。约翰爵士是这个家族最后的传人，他

---

1 《圣经》中基督教发展初期教会的主要领袖之一。——编者注

没有子嗣。"

"他不可能知道这本杰加德的封底藏着这样一份文件，"罗指出，"否则他一开始就不会卖这本书。"

"当然不知道。汉弗莱-邦德家族世世代代都没有人怀疑过他们的某本书中藏着这样一份文件。"

"但是，"佩兴丝问道，"为什么要把这份文件藏在书的硬壳封皮里？谁把它藏在那里的呢？"

"这是个问题，"雷恩叹了口气，"我想文件已经藏在那里几百年了，也许是写给同时代的某人，谁知道呢？但是从文件需要藏起来这一点来看，这份文件本身具有不同凡响的价值或意义。我相信——"

老奎西悄悄走进书房。他苍老的脸上布满了皱纹，每一道皱纹都代表着一个坏消息。他扯了扯主人的袖子。"有个叫博林的人，"他抱怨说，"是塔里敦的警察，雷恩先生。"

雷恩皱起眉头："永生的凯列班[1]！你说什么呢？"

"他打电话来。他说要告诉你，一小时前，"书房墙上的钟指着七点，"阿莱斯博士的住所发生了一次神秘的爆炸，变成了废墟！"

---

[1] 莎士比亚的作品《暴风雨》中的一个半人半兽形怪物。

第二十四章
毁灭与发现

房子成了一片燃烧冒烟的废墟。一缕缕浓重的黄烟还缠绕在周围烧焦的树木上，弥漫的硫黄气味扑鼻而来。老式的木结构已经完全坍塌，墙和天花板的碎片散落在路上，房子倒下来，盖在地窖上，成了一堆还在燃烧的木炭。四处都是州警，不让好奇的人群挤到跟前。塔里敦的消防员正在控制火势，集中力量不让大火蔓延到干燥的树林里。但是因为缺乏有效的消防用水设备，他们紧急从塔里敦和欧文顿调来水箱支援。水箱里的水很快就用尽了，看热闹的人们不得不加入救火的行列。

博林局长在空地的边缘和佩兴丝、罗以及雷恩碰了面。他那张红脸上满是灰烬，气喘吁吁。"该死的！"他大声说道，"我的两名手下受伤很严重。好在出事的时候屋子里没人。六点发生的爆炸。"

"没有任何警告？"雷恩喃喃地说，他的情绪异常激动，"我想炸弹不可能是从飞机上丢下来的吧？"

"不可能。这附近整天都没有飞机经过。而且我的两个手下都说,自从几小时前我们离开之后,一个人都没有靠近过这里。"

"那么,一定是有人事先把炸弹放在了屋子里,"罗冷冷地说,"天哪,真是死里逃生!"

"哦,我们在的时候也可能爆炸——"佩兴丝脸色苍白,"这……这真是吓人。炸弹!"她全身颤抖。

"可能是放在了地窖里。"雷恩茫然地说,"那是今天下午我们在屋子里唯一没去搜的地方。真蠢!"

"地窖——我猜也是那里。"博林咕哝着,"嗯,我得去看看我的两名手下,他们要被送去医院了。还真是走运!他们差点儿就被炸成碎片了。我们明天再来检查这片废墟,那时候火就彻底灭了。"

* * *

三个人坐在老绅士的车子里,返回哈姆雷特山庄,一路都默不作声,各自想着心事。雷恩尤其心事重重,手指放在下嘴唇上,凝神沉思。

"你们知道的,"罗突然说,"我一直在想一件事。"

"什么?"佩兴丝说。

"看起来这件事牵扯了一大群人。毫无疑问,那份莎士比亚相关的文件——不管它是什么——就是一切症结的所在。我想,我们都同意,阿莱斯博士在1599年版的杰加德里找到了那份文件,也就是他从不列颠博物馆偷走的那本书。这就有了一个参与者——

阿莱斯。另一个是昨晚那位挥斧头的先生。除了那份文件，他还能找什么呢？那么就有了两个参与者。还有一个人，他是在斧头狂之后到来的，就是他打开了秘密暗格的门。那么就有了三个。现在又发生了爆炸，有人放了炸弹。那就是四个，天哪，这足以让你炸裂。"

"未必，"佩兴丝辩解道，"你说的这些参与者——你真是个技术派！——有一两个也许是同一个人。第二个进屋的人也许就是阿莱斯博士，这样人数就缩减到了三个。那个斧头狂可能放了炸弹，这样就成了两个……我们这样讨论下去不会有什么结果，戈登。但是有一件事。现在我有时间仔细考虑这件骇人的爆炸案，从而有了一个非常离奇的想法。"雷恩眼中的那层薄雾没有了，代之以好奇的眼神。"我们曾经假设，追查这份文件的那个人要的是文件本身——偷走它，占有它，或者卖掉它来换钱——是那种通常的以牟利为目的的犯罪。"

罗咯咯笑起来："帕蒂，你真是个伶牙俐齿的姑娘！当然了。抢夺贵重物品都是这个套路！"

佩兴丝叹了口气："也许我有些犯傻，但是我不禁想，如果这个炸弹是昨晚预先就放好的，很有可能放炸弹的人知道文件在屋子里！"

老绅士眨了眨眼睛："那又怎样，佩兴丝？"

"哦，我想这是疯了，但我们面对的是暴力事件——袭击、偷盗、爆炸……只有马克斯韦尔住在屋子里；当然放炸弹的人知道这点。如果认为炸弹是给那个人畜无害的老仆人准备的，这未免太荒谬了。那么这是给谁准备的呢？我们一直认为，有一个或多个人在追查文件，想要占有它。其实，我告诉你，某个人追查文件就是要摧毁它！"

罗愣了一会儿，然后仰头大笑起来。"哦，帕蒂，你真是要笑死我了。说起女人的论点……"他擦了擦眼睛，"该死，谁会想毁掉这样一份有着历史和金钱双重价值的文件呢？简直是精神错乱了！"

佩兴丝脸红起来："我看你才叫人讨厌呢。"

"佩兴丝的说法完全符合逻辑，戈登，"雷恩迅速说道，"你想挑战这位年轻小姐的智力，那是不会成功的，孩子。我应该说，如果只是有莎士比亚的签名，那么只有疯子才会毁掉它。但是不只有签名。这是一份附带签名的文件。放炸弹的人也许出于某种原因，不想让这份文件被公众知晓——不管里面写着什么内容。"

"哼，自作聪明的家伙。"佩兴丝说。

"但是毁掉——！"罗做了个鬼脸，"我无法想象，莎翁到底写了什么内容，会让一个20世纪的人不惜一切代价阻止它公之于众。到底是什么呢？说不通啊。"

"那正是关键所在。"雷恩冷冷地说，"到底是什么呢？如果你知道……至于是否说得通，那就是另一回事了。"

* * *

如果有人问佩兴丝，她可能会说，经历了这一天之后，恐怕没什么事情会再叫人惊讶的了。这一天以一通怪异的电话开始,接着是一个老人遭到袭击,一栋屋子遭到神秘的破坏,最后来了一场惨烈的爆炸。但还有事情在哈姆雷特山庄等着她、罗和雷恩。

天色渐渐暗了下来。吊桥上亮起了萤火虫般的灯光,奎西那张古怪而上了年纪的脸布满皱纹,在老旧提灯的映照下泛着皮革般的微光。

"哲瑞先生!"他叫道,"有人受伤吗?"

"伤得不重。有什么事吗,奎西?"

"有位先生等在大厅。您刚离开他就打电话来了。大约一小时后,他就亲自来了。他好像非常沮丧,哲瑞先生。"

"那人是谁?"

"他说他叫乔特。"

他们脚下生风,匆匆走进山庄大厅。整个山庄忠实地复刻了英国中世纪城堡,大厅也是如此。大厅尽头,一个留着胡子的身影双手背在身后,那人就是不列颠博物馆的馆长。他正大步流星地来回走动,头顶上是一个巨大的悲剧面具,那是雷恩刻意在大厅尽头安放的。

三个人急切地向他走去。"乔特博士,"雷恩慢慢说,"抱歉让你久等了。发生了一些令人意想不到的事情……你的脸像那个面具一样悲痛!出什么事了?"

"一些令人意想不到的事情?"乔特博士有些激动,"那么你知道了?"他勉强朝佩兴丝和罗点点头。

"爆炸吗?"

"爆炸?什么爆炸?天哪,不是!我说的是塞德拉博士。"

"塞德拉博士?"他们异口同声地叫道。

"他失踪了。"

* * *

馆长靠在一张橡木桌子上。他的眼睛布满血丝。

"失踪了?"佩兴丝皱起眉头,"天哪,我们周六才见过他,不是吗,戈登?"

"是的,是的,"馆长嘶哑地说,"他周六早上进馆待了几分钟,看起来挺好。他走之前,我还请他周日,也就是昨晚,打电话去我家,讨论与博物馆有关的一些事情。他答应了,然后就走了。"

"他没有打电话?"雷恩喃喃地说。

"没有。我试着去塞内卡酒店找他,可他不在那里。今天一整天我都在等他,或者等他的消息。但是什么都没等来。"乔特博士耸耸肩,"这太……太蠢了!他没说要离开。我原本以为他也许病了。我今天下午又打电话找他,发现从周六早上开始酒店的人就没有见过他了!"

"那并不一定说明他是周六失踪的。"罗嘀咕道。

"我知道。但是很奇怪。我不知道该怎么办。打电话报警还是——我想联系你父亲,萨姆小姐,可是办公室的女孩说……"馆长瘫坐在一把椅子上,发出呻吟声。

"先是多诺霍,接着是阿莱斯博士,现在又是塞德拉,"佩兴丝悲伤地说,"他们全都失踪了!这……这真不像话。"

"除非塞德拉是阿莱斯。"罗指出。

乔特抓住自己的头:"上帝啊!"

"我在想,"佩兴丝皱起眉头,"这是不是意味着,阿莱斯博士就是塞德拉,他拿到了文件,于是就溜走了!"

"亲爱的萨姆小姐,酒店的人说他所有的东西还在他的房间里。我得说,这不像要逃跑的人会做的事!你说什么文件——?"

雷恩看起来非常疲惫,他的眼睛下面有很黑的眼圈,皮肤看起来就像起了褶皱的羊皮纸。他疲倦地摇摇头:"这些猜测无济于事。意料之外的进展……我唯一的建议是,你们想办法查查看塞德拉出了什么事。"

* * *

佩兴丝和罗到达市里的时候已经很晚了。他们将小跑车停在塞内卡酒店外面,然后去找经理。耽搁了一会儿之后,他们获准查看塞德拉博士的房间。房间看上去井井有条,英式裁剪的衣服笔直地挂在衣橱里,五斗橱里放着干净的内衣裤,他的两个行李箱和三个行李袋都打开着。经理好像很希望警察不要插手,又瞥了一眼佩兴丝的证件——当然这是探长的东西,只好不耐烦地允许他们搜查房间。

行李和衣服都是英国式的,还有一些信件,邮戳盖着"伦敦",收件人写着"哈姆内特·塞德拉博士"。信件的内容都没有问题,显然是英国的一些前同事寄来的。五斗橱的一个抽屉里发现了完好无损的护照,上面的印戳没有问题。那是签发给哈姆内特·塞德拉博士的，上面有一张熟悉的小照片。

"塞德拉，没错，"罗怒视着说，"这件事开始让我神经紧张了。这里没有任何迹象说明这个人要从这个国家出逃。"

"真烦！"佩兴丝抱怨道，"戈登，带我回家……还有，亲亲我。"

第二十五章
谋　杀

　　阳光明媚，大火已经熄灭。一夜之间浓烟已经消散。只剩下烧焦的灰烬，仿佛史前土堆一般七零八落的残骸，以及焦黑的树木，诉说着昨晚的那场爆炸。消防员和警察正忙着在废墟中挖掘。指挥行动的是一个男人，他肤色黝黑，沉默寡言，目光犀利。他似乎特别急于把残骸清理干净，这样他就能下到尚存的地窖去查看。

　　他们在树林边缘处旁观，早晨的暖风吹拂着他们的衣服。博林面无表情地看着工人们。

　　"看到那个目光犀利的家伙了吗？他是爆破专家。既然我来管这事，我就想把事情办好。我想知道这件该死的事情到底是怎么发生的。"

　　"你的意思是说，他会在这堆垃圾中找到点儿东西？"罗问道。

　　"那就是他来这里的目的。"

　　工人们取得了很大进展。在很短的时间里，堵在洞穴上的那些残骸就被清理干净了,垃圾靠着工人接力被输送到三十英尺开外的地方。等地窖清理到差不多人可以下去的程度,那个沉默寡言的人就爬进洞里消失不见。十分钟后他又出现了,四下张望,好像是估计爆炸的范围,然后又不见了,这次是隐没在树林中。他回来后又潜入地窖。第三次出现时,他的脸上挂着满意的神情,两只手捧着乱七八糟的小铁片、橡胶、玻璃和电线。

"怎么样?"博林问道。

"这就是证据,局长。"爆破专家轻松地说,他举起一小片像钟一样的装置,"定时炸弹。"

"啊。"哲瑞·雷恩先生说。

"很粗糙,自己做的。用时钟设定在六点。装的是三硝基甲苯——TNT。"

佩兴丝·罗和雷恩都想到了同样的问题。但是,雷恩最先说了出来:"炸弹是什么时候放的?"

"周日晚六点——如果炸弹是昨晚六点爆炸的话。这是二十四小时定时炸弹。"

"周日晚六点,"佩兴丝慢慢重复道,"那么在周日晚上马克斯韦尔遭到袭击之前就放了!"

"看起来你是对的,帕蒂,"罗喃喃地说,"如果放炸弹的这个人知道文件在屋子里,那么他放炸弹就是要摧毁文件。这也就意味着,他知道东西在屋子里,但不知道具体在什么地方。很难接受——"

"爆炸的中心点就是地窖。"专家说着朝发黑的石头吐了口痰。

雷恩又"啊"了一声。

"第二个访客，也就是从暗格里拿到文件的那个人，"佩兴丝若有所思地看了一眼雷恩，"不可能是这个放炸弹的人。这是显而易见的。第二个访客知道文件在哪里，而正如你刚才说的，戈登，放炸弹的人不知道……"

一个在地窖的废墟中挖掘的工人发出声嘶力竭的叫喊，打断了她的话。他们全都迅速转过身。

"出什么事了？"博林一边叫道，一边跑了过去。

三个男人正俯身在什么东西上，他们的头刚刚露出挖掘的洞口。其中一个人转过身子，脸色苍白，全身发抖。"这……这儿有具尸体，局长，"他嘶哑着说，"从……从他的表情来看是被谋杀的！"

* * *

两个年轻人匆忙穿过烧焦的灰烬，来到屋基边缘。雷恩慢慢跟在后面，脸色苍白，忧心忡忡。

罗看了一眼，转身粗暴地将佩兴丝推开。"别看，帕蒂，"他用低沉沙哑的声音说，"你最好离开这里，到树下去。这……很瘆人。"

"哦。"佩兴丝因为紧张而鼻翼翕动。她一言不发地顺从了他的要求。

男人们睁大眼睛，专注地盯着坑洞。一名年轻的红脸警员蹑手蹑脚地跑去地窖的一角，弯下身子看了一下，就全身发抖，呕吐起来……尸体烧得很严重，完全不成人形，一条腿和一条胳膊可怕地不见了，衣服也完全被烧光了。

"你怎么知道他是被谋杀的？"雷恩厉声问道。

一名年纪大些的警员抬起头，抿了抿嘴唇："他还没有完全烧焦，我能看到眼儿。"

"眼儿？"罗几乎喘不过气来。

那人难受地叹了口气："三个眼儿。在他的肚子上，很整齐。那些是子弹孔，先生，别忘了这一点。"

* * *

三小时之后，雷恩、博林局长、佩兴丝和罗一言不发地坐在白原市[1]地方检察官办公室里。他们打了紧急电话，叫来一辆车子，把尸体送去县治白原市的法医办公室。博林下令不允许任何人触碰尸体，只对散落的遗骸做了一些必要的处理。他又派人去搜寻衣服残片，特别是纽扣，因为在没有更具体的身份证明的情况下，这也许能提供线索以确认受害人的身份。但是尸体身处爆炸中心，很快搜查人员就放弃了寻找。爆破专家愉快地说，尸体没有被炸成原子，这就算是奇迹了。

他们围坐在地方检察官的办公桌旁，盯着桌上的东西。那是从尸体上取下来的唯一物品，也许可以成为线索。那是一块英国制造的手表，便宜的表体配了皮表带。想要追踪它的来源，注定是徒

---

1 白原市是韦斯特切斯特县的县治所在地。

劳无功。玻璃表面什么都没剩下，只有一小块三角形的玻璃还残留在表框上。手表所用的合金金属倒没有受到爆炸的破坏，只是表面熏成了灰黑色。但是，还有一件事很奇怪。指针指向的是十二点二十六分，而且在表面上有一道很深的砍痕。这道砍痕不仅划到了数字"10"，而且还从"10"延伸到了金属框架上。

"这点很奇怪，"地方检察官是个年轻人，眼神中露出了担忧，"博林，你不是告诉过我，尸体被发现时脸部朝下，而戴着这块手表的那只手臂压在尸体下面吗？"

"没错。"

"那么表盘边缘的这道砍痕就不是爆炸引起的。"

"还不止这个，"佩兴丝喃喃地说，"爆炸发生在六点，如果是爆炸让表停止走动，那么指针应该指向六点。但现在不是这样。"

地方检察官赞赏地看着她："对啊！说实话，我从来没想到这点。你说你是萨姆探长的女儿？"

法医匆匆走进来——他是个秃头的小个子，粉红色的脸庞，样子和善："你们好！嗯，我想你们都在等好消息。我刚刚检查完那堆东西。"

"他是被谋杀的，是不是？"罗急切地问道。

"是的，确实是。当然根据尸体的情况很难说，但我的观点是死者已经死亡了大约三十六小时，也就是说死亡时间大约是周日的午夜。"

"周日的午夜！"佩兴丝盯着罗，他也盯着她。哲瑞·雷恩先生轻轻动了一下。

"这和手表上的时间相当吻合,"地方检察官说道,"十二点二十六分。手表一定是在谋杀发生的时刻停止的。他是在周一零点二十六分遇害的。"

秃头小个子接口道:"他是从前面被射杀的,距离非常近。三颗子弹。"他把三颗破碎不成形的子弹丢在桌子上:"手表上的砍痕十分奇怪。手腕上也有一道对应的很深的砍痕。手腕上的砍痕就是从手表上砍痕终止的地方开始的。"

"换言之,"罗问道,"你认为手腕和手表上的砍痕是同一下劈砍造成的?"

"没错。"

"那么就是我们的斧头狂了,"罗喃喃地说,眼睛里闪烁着愤怒的光芒,"或者至少是某个使用斧头的人……医生,这些砍痕是一把小斧头造成的吗?"

"当然。肯定不是刀子。任何宽刃的、有手柄的东西都可以。"

"那么就确定了,"博林咕哝着,"有人用斧子砍了这家伙,朝他的手腕砍了一下,砸烂了手表,让表停了,同时也伤到了他的手腕。然后,我猜在打斗中又给他的肚子灌满了铅弹。"

"还有一件事。"法医说着,从口袋里掏出用纸巾包着的一把小钥匙,"博林,你的一个手下刚刚拿来的。他们在尸体附近的废墟里总算挖到一块裤子口袋的碎片,里面有这把钥匙。有人认出来——"

"马克斯韦尔?"

"那个看房子的人?是的。马克斯韦尔认出这是前门的原配钥匙。"

"原配！"两个年轻人异口同声地叫道。

"奇怪。"博林咕哝着，"等一下。"他抓起地方检察官的电话，接通了塔里敦的警察局。他对某人简短地说了几句，然后放下听筒："确定无疑了。我的手下告诉我，马克斯韦尔说这是阿莱斯博士的钥匙。那天晚上将马克斯韦尔绑在车库里的蒙面人拿走的钥匙是后配的。"

"原配就这一把？"佩兴丝低声说。

"马克斯韦尔就是这么说的。"

"这样看来就没什么疑点了。"地方检察官满意地叹了口气，"死者一定就是阿莱斯博士。"

"确定吗？"雷恩喃喃地说。

"你觉得不是吗？"

"亲爱的先生，一把钥匙并不代表一个主人。但是，我觉得这在逻辑上说得通。"

"嗯，我很忙，"法医说，"还有一件事。我觉得你们需要死者的外貌特征吧！他身高五英尺十一英寸，头发是沙子似的黄色或金色，体重大约一百五十五磅，年纪在四十五岁到五十五岁之间。我没有找到任何能指认身份的身体特征。"

"塞德拉。"佩兴丝低声说。

"没错。"罗粗暴地说，"塞德拉博士也卷入了这桩案子，他是个英国人，周六从纽约他住的酒店里失踪了。这个描述非常符合他！"

"你说什么？！"博林吼叫道。

"我没说错。在身份的问题上似乎有些混乱。塞德拉这个人曾被指认是阿莱斯博士——"

"那么就有答案了。"博林充满希望地说,"不要忘了死者带着阿莱斯博士的钥匙。如果塞德拉就是阿莱斯,那么一切就迎刃而解了。"

"再想想看,我又不是那么确定。"罗嘟囔道,"其实只有两种可能,我们之所以在这个问题上争来争去,是因为我们分析得还不够彻底。第一种可能是塞德拉和阿莱斯其实是同一个人,就像你说的,博林,这种情况下,尸体——特征和两人非常符合——揭开了两人失踪的主要谜团。但如果塞德拉和阿莱斯不是同一个人,那么只能得出一个结论:他们的外貌不可思议地相似!我们一直回避这个结论,因为看上去……呃……就像廉价小说里用烂了的情节;但是你不能绕开它。"

雷恩什么也没说。

"嗯,"博林抱怨着,吃力地站了起来,"这次谈话也许会让你们这些人得出些结果,但只会让我头疼不已。我只想知道,这具尸体是谁?是阿莱斯博士,还是该死的英国人塞德拉?"

* * *

周三早上发生了两件重要的事。萨姆探长从俄亥俄州的奇利科西胜利归来,他追查的那个珠宝窃贼被抓到了,安全地关在监狱里。另外"外貌不可思议地相似"的谜团被揭开了。

第二十六章
死里逃生

第二天早晨,在雷恩的山庄里一处宁静的花园中,探长和雷恩以及两个年轻人坐在一棵宛如穹盖的橡树底下。"帕蒂告诉我,之前她和这个小子几乎把这里当家了!"探长温和地对雷恩说,"我们这次来是有些有趣的消息要告诉你。"

"消息?"老绅士耸耸肩。他看起来无精打采,憔悴疲惫。然后他虚弱地笑了一笑,声音中又透出一丝往日的活力:"'我的耳朵里久已听不见消息了,你有多少消息,一起把它们塞进去吧。'[1]我相信有不少消息吧?"

探长咧开嘴笑了,他的心情非常好。"你自己来判断吧。"他从口袋里掏出一个信封,"我今天早上意外收到了老好人特伦奇发来的电报。"

电报上写着:

---

[1] 出自莎士比亚的《安东尼与克莉奥佩特拉》。

针对哈姆内特·塞德拉做了进一步调查，发现了有趣的情况。上一封电报中，我告诉你塞德拉有个兄弟威廉，不知去向。我们现在发现威廉和哈姆内特是双胞胎，威廉已经去了美国，三月下旬从法国波尔多乘坐一艘小货船去了纽约。他遭到波尔多警方的通缉，罪名是非法入侵和暴力伤害。他闯入布莱的一名富有的法国藏书家的私人图书馆，意图偷窃一本珍本书。那个法国人发现威廉意图破坏那本书的装帧，因而惨遭殴打。那是一本1599年杰加德版威廉·莎士比亚的《热情的朝圣者》。此行为颇为古怪，因为威廉似乎也是个有钱人，像哈姆内特一样是个藏书家，三年前从英国消失之前曾经以"阿莱斯博士"的笔名写过一些研究文章，还担任过珍本书拍卖公司的专家，为有钱的收藏家购买书籍。他最要好的顾客就是最近过世的约翰·汉弗莱-邦德爵士。威廉和哈姆内特都没有指纹可查，两人也没有明显身体特征，不过从目前所掌握的情况来看，威廉和他的哥哥长得很相像。希望这些消息能对你有所帮助。如果发现威廉·塞德拉也就是阿莱斯博士的踪迹，请告知法国波尔多警察局的局长。祝好，狩猎成功。

特伦奇

"这就解释通了，明白了吗？"佩兴丝叫道，"哈姆内特和威廉长得几乎一模一样。所以大家才会把他们弄混了！"

"是的。"雷恩轻声说，"这是非常有价值的消息。很明显塞德拉就是塞德拉，阿莱斯博士就是威廉，也就是塞德拉的兄弟、法国警方追捕的逃犯。"他把修长的手指并拢起来:"但是区分身份的难题还是困扰着我们。被发现的尸体是谁,哈姆内特还是威廉?"

"还有威廉在布莱想偷走一本1599年版的杰加德这件事。"罗说道,"您一定听说过那个法国佬,雷恩先生。他叫皮埃尔·格雷维尔。实际上,我去年拜访过他。"雷恩点点头。"他是第二本的主人。萨克森那本是第三本,另一本就不知道在哪里了。破坏装帧,嗯?胡说。他在寻找那份莎士比亚的亲笔文件!"

"搞清楚了,小子?"探长咯咯笑道,"我已经不管这桩案子了。但是现在开始有些进展了,对吗?"

"你们想不想知道,"佩兴丝突然说道,同时手指漫不经心地捋了捋连衣裙,"是谁谋杀了地窖里的那个人?"他们都吓了一跳,佩兴丝笑了起来:"哦,我无法告诉你们名字。这就好像一个代数问题,你们要面对一堆未知数。但有一件事我可以肯定:凶手就是那个用斧子的人!"

"哦。"罗说完重新躺倒在草地上。

"我们知道他午夜时分在书房里,证据就是那台落地钟。十二点二十四分他在楼上的卧室,还在砍着——证据是卧室里被砍坏的钟。谋杀就发生在十二点二十六分——仅仅两分钟之后!而凶手挥着斧子——证据是受害人手表和手腕上很深的砍痕。这些都是证明。"

"我懂了。"雷恩说着抬头看向蓝天。

"不对吗?"佩兴丝焦急地问道。

但是雷恩没有看她的嘴唇,他似乎专心研究着天上的一朵形状奇特的云。

"还有一件事,"罗干脆地说,"我们在屋子大厅里发现的单片眼镜。那是极好的证据,说明塞德拉去过屋子里。他是受害人还是凶手呢?看上去他是受害人。尸体符合他的特征……"

"除非,"佩兴丝说,"尸体是阿莱斯博士。"

"但是谁放的炸弹?"探长问道。

奎西小跑着过来,身后跟着一个穿制服的、红褐色脸庞的男人。

"你是萨姆探长?"陌生人问道。

"是的。"

"我是塔里敦警察局博林局长派来的。"

"哦,好的!我今天早上打电话告诉他我回来了。"

"嗯,他要我告诉你,在欧文顿和塔里敦之间的公路上发现一个神志不清的人。他看上去快饿死了,样子就像流浪汉,有点儿精神不正常。他不肯说出他的名字,但是嘴里一直在念叨蓝帽子什么的。"

"蓝帽子!"

"是的。他们把他送去了塔里敦的医院。局长说,如果你想见他,赶快去。"

* * *

他们到了医院,看到博林在候诊室里大步流星地走来走去。他热情地和萨姆握手:"好多年没见你了,探长!哦,这件事变得越来越棘手了。你想要见他吗?"

"那还用说？他是谁呢？"

"难住我了。他们刚刚安顿好他。他是个强壮的老小子，但是你可以看到，他已经瘦得可以看到肋骨。那是饿出来的。"

他们跟着博林沿走廊朝前走，内心越来越兴奋。

博林打开了一间单人病房的门。一个中年男人躺在医院的病床上一动不动。旁边的椅子上放着一堆破旧的脏衣服。他面容憔悴，脸上布满了深深的皱纹，胡子拉碴。他眼睛睁开，盯着墙壁。

萨姆探长的下巴差点儿惊掉。"多诺霍！"他大吼道。

"就是那个失踪的爱尔兰人？"博林急切地问道。

哲瑞·雷恩先生悄悄关上门。他走到床前，低头看着那个老爱尔兰人。对方的眼神突然充满了痛苦，头缓缓转动。那眼睛茫然地与雷恩的目光相视，又转向探长的脸……因为看到了认识的人而突然一亮。他舔了舔嘴唇，低声说："探长。"

"你好，"萨姆走到床边，真诚地说，"哦，你这个顽固的爱尔兰人，你让我们好一通找。你去哪里了？发生了什么事？"

消瘦的脸颊上泛起一丝红晕。多诺霍声音嘶哑，不似往常。"这……这说来话长。"他试着咧嘴笑了下，"他们在这里用该死的管子给我喂东西吃，天哪！我真想来一块诱人的牛排。你……你怎么找到我的，长官？"

"我们从你不辞而别之后就一直在找你，多诺霍。你有力气说话吗？"

"当然，我很乐意。"多诺霍摸了摸满是胡子的脸颊，然后用逐渐恢复力气的声音说出了一个离奇的故事。

印第安纳波利斯旅行团来不列颠博物馆的那个下午，他注意到一个留着八字胡的瘦高个儿，戴着一顶奇怪的蓝帽子，偷偷溜出了博物馆，腋下夹着什么东西——看上去好像是本书。多诺霍总是对小偷很警觉，他没有时间发出警报，于是冲出去追赶那个人。他的猎物跳进一辆出租车，多诺霍便搭乘另一辆出租车尾随他。他们换了各种交通工具，转来转去离开了市区，来到一栋破烂的木房子跟前，这里距离塔里敦和欧文顿之间的公路干道大约有一英里。他藏在灌木丛中，等到一个穿着黑衣服的老人离开屋子之后，跑到门廊上。门铃下面有块铭牌，显示这栋房子住的是阿莱斯博士。他按下门铃，那个人自己来应门。多诺霍认出了他，虽然他摘掉了帽子，也没有戴着浓密的灰色八字胡。原来八字胡是伪装！多诺霍进退两难。他没有证据证明这个人是小偷，也许这只是他的想象。不过没了八字胡意味着他没有逮捕对方的权力，只能彬彬有礼地恳请进屋谈谈。他被带进了一间堆满书的书房。接着，多诺霍毫不犹豫地指控这位东道主从博物馆偷走了一本书。

"他倒是很大方，"多诺霍目光炯炯有神，"承认了罪名！然后他说会尽可能补偿损失，要做出赔偿之类的一堆花言巧语。我拿出烟斗开始抽烟，想着先骗他上钩，等找个机会打电话去最近的警察局叫人来抓他。当时我很紧张，烟斗掉在地上摔碎了。所以他把我送出屋子，没废什么话，我沿着小路往前走，苦思冥想，突然之间有什么东西砸在我头上。这就是我所知道的全部了。"

醒来时，他发现自己被绑在一个漆黑的房间里，嘴也被堵住了。他当时以为是阿莱斯博士跟踪并袭击了他。他一直都抱着这个观点，直到今天，他逃了出来，发现自己被囚禁的地方不是阿莱斯博士的屋子，而是一栋他之前从未见过的、完全陌生的房子。

"你确定吗？当然啦，阿莱斯的屋子已经没了。"探长咕哝着，"继续吧，多诺霍。"

"我不知道自己像头该死的猪一样被关了多久，"这个死里逃生的爱尔兰人安逸地继续道，"今天是几号？哦，哪天都一样。每天都会有一个拿枪的蒙面人来喂我一次。"

"是阿莱斯博士吗？"佩兴丝叫道。

"不，小姐，我说不上来。光线很不好。但是他的声音有些像——说起话来像个讨厌的英国佬，确实如此，我很熟悉那种口音，在我的家乡见过很多这样的家伙。那些该死的日子里，他竟然一遍又一遍威胁要折磨我，该死！"

"折磨？"佩兴丝吃了一惊。

"都一样，小姐。只是吓唬人，从来没真干过。他想让我告诉他'文件在哪里'。"多诺霍咯咯笑起来，"所以我说：'你疯啦？'他就越发起劲地恐吓我。你瞧，我不知道他说的文件是什么意思。"

"奇怪。"罗说。

"有几天他根本没有喂我，"多诺霍抱怨说，"天哪，要补上一只羊腿才行！"他舔了舔嘴唇，继续讲述这个离奇的故事。有一次——他说是很久之前，他不知道具体日期或时间，因为他已经完全没了时间概念——他听到房子里什么地方传来骚动的声音。他听到沉重的身体被拖动的声音，显然被丢到了他附近的什么房间里，然后就是一个男人的呻吟声。过了一会儿，他听到微弱的关门声。他试图用信号和邻居沟通，他认为对方也同为囚犯。但是因为他自己被绑着并且嘴里塞着东西，所以他的努力没有成功。过去的三天里，多诺霍没有进食，也没有看到那个俘虏他的蒙面人。经过几天的痛苦挣扎，今天早上他终于挣脱了绑绳，还弄坏了门锁，发现自己身在一个黑漆漆的、肮脏且难闻的大厅里。他听了听，可是屋子里好像空无一人。他试图寻找那个关着同伴囚徒的房间，但是所有门都锁着，敲了半天也都没有回应。他太虚弱了，害怕俘虏他的人回来，于是就溜出房子逃走了。

"你觉得，"萨姆探长激动地说，"你回去还能找到那个该死的地方吗，多诺霍？"

"当然，我绝不会忘记那里。"

"等一下，"门口一位穿着白大褂的年轻人抗议说，"这人还很虚弱。我强烈反对他下地走动。"

"才不听你的建议呢！"多诺霍大叫着要从床上坐起来。然后他呻吟了一声，又倒了下去："我的身子没以前那么棒了。让我再喝一大口汤药，医生，我就能带队救人去了。喂，探长，就像从前那样！"

* * *

多诺霍坐在雷恩的车子里领路，博林带着一队人马坐在另一辆车里跟着，一行人来到他稍早时候被警员发现的地方。萨姆搀扶着他走出大轿车，这个坚强的老爱尔兰人眯着眼睛站在路上四下观察。

"这条路。"他最后说道，然后两人坐回车内。德洛米奥慢慢开车。开了不到一百码，多诺霍叫了一声，德洛米奥将车子转入一条狭窄的车道。这是一条小路,距离那条通往阿莱斯住所的路不到一英里。

两辆车小心地朝前开。经过了三处农舍,已经离大路很远了,这时多诺霍突然叫道:"到了!"

那是一栋老旧的小房子,和棚屋差不多,就像考古展品那般孤独和破败。没有生命的迹象。这地方用木板封了起来,看上去好像多年没人居住了。

博林的手下很快就解决了那些不值一提的障碍物。一根旧木头成了破门锤,前门就像腐烂的坚果壳一般应声破裂。他们一下子拥进屋子里,掏出了枪。里面空荡荡的,很肮脏,除了囚禁多诺霍的那个房间,其余的都没有家具。他们将门一扇扇撞开。最后他们来到一间漆黑的、散发着酸臭味的小房间,里面有一张小床、一个脸盆和一把椅子,在小床上躺着一个被绑住的人。

他已经昏迷不醒。

博林的手下将他抬到阳光下。众人都盯着男人那张憔悴发黄的脸。他们的眼中映出同一个问题:这个被臭气和饥饿折磨的男人是哈姆内特还是威廉·塞德拉?他们能确定的就是他一定是其中之一。

* * *

多诺霍完成了他的工作,发出了一声微弱的呻吟,倒在探长的怀里。一辆跟随他们而来的救护车赶紧驶过来,把多诺霍抬了上去。一名实习医生弯腰检查那个昏迷不醒的英国人软弱无力的身子。

"他刚刚晕倒。被绑得太紧了,缺乏食物,空气混浊——普通的衰弱症状。他经过照料就能恢复过来。"

那人瘦削的脸颊上长满了柔软的金色胡楂儿。年轻的医生给他打了营养针,那人的眼睛微微睁开。但是他眼神暗淡无光,对于探长大声的提问报之以呆滞的目光。然后他又闭上了眼睛。

"好了,"博林咕哝着,"把这两人都送去医院吧。我们明天再问这家伙。"

救护车飞驰而去,此时一辆车开过来,一个没戴帽子的年轻人跳下车。事实证明,他是一名记者,因为受到这神秘的传闻吸引而来到了现场,对新闻界的先生们来说,这种事情就是快乐的载具。博林和萨姆被问得都快招架不住了。尽管雷恩在一旁急得发狂,但消息还是被透露了出来。他们所知道的关于阿莱斯博士的全部事情——"法国警方追查的逃犯",还有多诺霍的离奇故事,以及塞德拉兄弟总被认错的混乱局面……这个年轻人带着胜利的笑容匆匆离开了。

"你真是判断失误了,探长。"雷恩冷冷地说。

萨姆满脸通红。此时一个人走到博林跟前,汇报说虽然对房子进行了彻底搜查,但还是没有找到任何线索能指认囚禁二人的那个凶犯的身份。

"我也打电话去了塔里敦,"他报告说,"找到了这所房子的房东。他甚至不知道有人住在这里。他说这里已经'空置'了三年。"

两队人马一言不发地钻进各自的车子。整整十分钟之后,戈登·罗才疲惫地说:"来讨论一下谜团吧!"

第二十七章
三百年前的罪行

"我们首先要解决的问题是,"萨姆探长严肃地说,"你是谁。"第二天早上,他们来到塔里敦的医院,聚集在那个英国人的病床旁边。住院医师打电话通知他们,病人的情况已经好转,可以说话了。精心的营养补充、镇静剂加上一夜安稳的睡眠在他身上产生了奇迹。他已经刮了胡子,扁平的脸颊上微微泛起红晕,他眼神冷漠,但能看出是个聪明人。他们走进病房,看到他已经坐在病床上,被单上散落着大量晨报,他正亲切地和隔壁床的多诺霍说话。

英国人淡黄色的眉毛挑了一下:"有什么疑问吗?恐怕我不明白你们的意思。"他目光锐利地从众人身上一个个扫过去,好像在用自己心中的一杆秤掂量他们。他的声音微弱,但音质很熟悉:"我是哈姆内特·塞德拉。"

"啊,"雷恩说,"对乔特来说这绝对是个天大的好消息。"

"乔特?哦,是的,乔特博士!他一定很担心,"英国人一口气说下来,"真可怕!你的这位朋友多诺霍以为我是他追赶的蓝帽子。哈哈！外貌相似……很相似。"他冷静下来，说："他是我的孪生兄弟，你们知道的。"

"那么你知道他死了吗？"佩兴丝叫道。雷恩瞥了探长一眼，探长的脸涨得通红。

"我整个上午都被记者包围着。还有这些报纸——它们告诉了我所有的事。从法医对尸体的描述来看，那一定就是我的兄弟威廉。你知道，他撰写专业文章的时候都使用假名阿莱斯博士。"

"嗯，"萨姆说，"听我说，塞德拉博士。看起来这件案子总算解决了。但真相究竟是什么，我就不知道了。正如我们告诉你的，我们都知道你身上——现在还有你兄弟身上——有一些值得怀疑的事情，我们想知道真相。如果你兄弟死了，那么你就没有理由再保持沉默了。"

"我想也是。好吧，我来把整件事告诉你们。"塞德拉博士叹了口气，他闭上眼睛，声音非常微弱，"你们和报纸都大肆渲染我撒了谎，在抵达这个国家的时间上没说实话。事实上，我在宣布抵达之前就秘密来到这里，试图阻止一个不光彩的行为，我兄弟威廉的行为。"他停下来，没人说话。他睁开眼睛。"这里人太多了。"他突然说。

"哦，说吧，博士，"罗说，"我们全都是一条船上的。至于多诺霍嘛——"

"我又聋又哑又瞎。"爱尔兰人咧嘴笑了。

他总算勉强把故事给说了出来。几年前，威廉·塞德拉作为藏书家的代理人活跃在英国，这期间他和英国著名藏书家约翰·汉弗莱-邦德爵士交好。塞缪尔·萨克森从约翰爵士那里买了一本1599年的杰加德版《热情的朝圣者》——现存三本中的一本，威廉为促成这一交易出了不少力。几个月之后，威廉进入约翰爵士那巨大的图书馆，偶然发现了一份古老的手稿——其本身没什么价值，藏书界对它也一无所知——上面说到威廉·莎士比亚亲笔书写、签名的一封私人信件中，记载了一个不同寻常的秘密，这封信件直到1758年时还存在于世上，也就是威廉发现的这份手稿被书写的年代。手稿中还提到，因为其中隐藏的秘密，这封莎士比亚的信件藏在一本1599年版的杰加德《热情的朝圣者》的封底硬壳中。威廉对这个发现异常兴奋，他确定约翰爵士从未读过这篇手稿，心中便涌起了收藏家的贪念，从他的赞助人那里买下了手稿，但是没有透露其中的内容。他把秘密告诉了当时担任肯辛顿博物馆馆长的哈姆内特，并且给他看了手稿。哈姆内特嘲笑这是无稽之谈。但是威廉醉心于手稿中提到的这份失传已久的文件所具有的非凡的历史、文学和金钱价值，于是开始寻找——尽管他知道第一版杰加德的《热情的朝圣者》大部分消失在三百年的历史中，只有三本留存至今。经过三年的查访，他确定其中两本没有包含传言中的亲笔信——第二本就是法国收藏家皮埃尔·格雷维尔的那本。因为遭到宪兵的追捕，威廉不得不逃离法国，在几乎绝望的情况下登船来到美国，但他一心一意地想要看到第三本也是最后一本。讽刺的是，正是在他的帮助下这本书被交到了塞缪尔·萨克森手里。在离开波尔多之前，他暗地里给哥哥哈姆内特写了一封信。

"他在信中告诉了我殴打格雷维尔的事情，"塞德拉博士无力地说，"我意识到他对这份文件的追寻已经到了痴迷的程度。幸运的是，就在不久之前，我同意了詹姆斯·韦思先生的提议，要来美国。我想这样一来我就有机会去寻找威廉，如果可以，尽量避免再发生犯罪事件。所以我乘坐早些的轮船，到达纽约之后就在报纸的私人广告栏里刊登了广告。威廉很快就联系到我，在我用假名暂住的廉价旅馆和我见面。他告诉我，他在韦斯特切斯特租了一栋房子，用的是以前的化名阿莱斯博士的名义；他追查到了萨克森的那本书，但不幸的是，根据萨克森的遗嘱，这本书和其他的书要留给不列颠博物馆，他一直没办法弄到手。他还告诉我，他雇了一个叫维拉的小偷，让他闯入萨克森的宅邸，去偷这本书；但是维拉搞砸了，偷了一本明显没有价值的冒牌书，威廉匿名将书还了回去。他急得不耐烦了，他告诉我，博物馆闭馆修整，杰加德和其他捐赠的书都已经送去，他必须进入博物馆！我看他因贪心而急疯了，试图劝阻他，但情况越发不可收拾，而且我本人即将成为那家博物馆的馆长。可是威廉还是顽固不化，我们的第一次谈话毫无结果，他便离开了。"

"我想，"雷恩慢慢说，"有天晚上正是你秘密去你兄弟的住所拜访——你就是你兄弟的管家说的那个全身包裹起来的访客吧？"

"是的。可是没有用。我惊慌失措，担心得要命。你知道，我的处境很尴尬，"英国人深吸了口气，"当杰加德被偷时，我立刻知道威廉一定就是那个蓝帽子。但是我显然不能说。当天晚上威廉和我秘密联络了，兴奋地告诉我，他原本不抱希望，却在萨克森的那本杰加德的硬壳中找到了那份文件，于是将书送回了博物馆，因为书已经没有了用处。毕竟他不是什么小偷，他把自己那本1606年版的杰加德——我做梦都没想到还有这么一本书存世，不知道他是从哪里搞到的——留在了原来放被偷的杰加德的地方，以此来安抚自己的良心，而且，我想，因为他认为这能推迟盗窃一事东窗事发。那本书和1599年版非常像。"

"但是遭到囚禁又是怎么回事呢？"萨姆低声咆哮道，"这事是怎么发生的？"

"你瞧，我做梦也没想到他会做出如此卑鄙之事。他趁我不备把我抓了起来。我的亲兄弟啊！……上周五，我在塞内卡酒店收到了他寄来的一封信，安排在塔里敦附近秘密会面，不是在他自己的房子。他神秘兮兮的，我也没有怀疑，因为——"塞德拉博士咬了咬嘴唇，停下来，眼神暗淡下来，"不管怎样，周六早上我从博物馆去了约会地点，把乔特博士留在了博物馆。这……这有点儿不好受，先生们。"

"他袭击了你？"博林尖声说道。

"是的。"男人嘴唇发抖，"几乎可以说是绑架了我——他的亲哥哥！他把我绑起来，嘴里塞了东西，丢进一个肮脏的洞里……剩下的你们都知道了。"

"但是为什么呢？"萨姆问道，"我不明白这有什么意义。"

塞德拉耸了耸瘦削的肩膀："我想他怕我会告发他。我气急败坏的时候曾经威胁说要把他交给警察。我猜他想让我不要碍事，直到他带着文件离开这个国家。"

"你的单片眼镜在阿莱斯的住所被发现，我们现在知道那里发生了谋杀，"萨姆严肃地说，"解释一下吧。"

"我的单片眼镜？哦，是的。"他挥了挥无力的手，"报纸对这事也大做文章。我无法解释。一定是威廉从我这里拿走的，当时——他的确说要回住所拿文件，他把文件藏在了那里，之后计划逃走。但是我猜他与杀他的人发生了冲突,不知怎的,单片眼镜从他口袋里掉出来,在搏斗时踩碎了。毫无疑问,他是因为拥有了文件而被杀的。"

"现在文件是在杀害你兄弟的凶手的手里?"

"还能是别的吗?"

一阵短暂的沉默。多诺霍已经坦然入睡,他的鼾声就像步枪的嗒嗒声,不时打断沉默。然后佩兴丝和罗对视了一眼,又都站了起来,靠在床的两侧。

"那么秘密是什么,塞德拉博士?"罗恳求道,眼神炽烈。

"你不能这样说完就算了!"佩兴丝叫道。

床上的男人微笑着看着他们。"所以你们也想知道?"他温和地说,"假如我告诉你们这个秘密有关……莎士比亚之死呢?"

"莎士比亚之死!"

"什么?什么?"罗嘶哑地说。

"但是一个人怎么能写自己的死呢?"佩兴丝问道。

"一个一语中的的问题。"英国人咯咯笑道。他突然在床上动了动,眼睛变得明亮:"莎士比亚是怎么死的?"

"没有人知道。"罗咕哝着,"但是有过猜测,也有人试图从科学角度进行诊断。我记得在旧的《柳叶刀》[1]上读过一篇文章,它将莎士比亚的死亡归于多种疾病的奇异并发症——伤寒、癫痫、动脉硬化、慢性酒精中毒、肾炎、脊髓痨,天知道还有别的什么。我想总共有十三种。"

---

[1] 1823年由英国外科医生托马斯·威克利创办,是世界上最悠久也最受重视的同行评审医学期刊之一。

"是吗?"塞德拉博士喃喃地说,"真有意思。问题是,根据这份古老的手稿……"他停了一下:"莎士比亚是被谋杀的。"

* * *

众人惊骇得一句话也说不出来。英国人带着淡淡的古怪微笑继续说道:"这封信好像是莎士比亚写给某个叫威廉·汉弗莱的人的——"

"汉弗莱?"罗轻声说,"威廉·汉弗莱?我只听说过唯一一个姓汉弗莱的人和莎士比亚有些关系,他就是奥扎厄斯·汉弗莱,1783年曾经受马隆[1]之托依据钱多斯版莎士比亚画像[2]绘制了一幅彩笔画。你听说过这个汉弗莱吗,雷恩先生?"

"没有。"

"对莎士比亚学者来说这是个新名字,"塞德拉博士说,"这个——"

"天哪!"罗惊呼道,睁大了眼睛,"W.H.!"

"你说什么?"

"W.H.。《十四行诗》中的W.H.[3]!"

---

[1] 埃德蒙·马隆是18世纪著名的莎士比亚学者。

[2] 唯一一幅被普遍认为根据莎士比亚真实样貌绘制的肖像画,其创作者可能是英国画家约翰·泰勒。这幅画作以上一任拥有者"钱多斯公爵"命名,描绘的莎士比亚脸上留满胡子,耳朵上戴着一副圆圆的金色耳环,还有模糊的黑发。

[3] 《十四行诗》是莎士比亚的诗集,书中表示要把它献给"唯一的促成者W.H.先生"。几百年来,人们对W.H.的身份有百般争议。有的认为是亨利·赖奥思利(Henry Wriothesley),即南安普敦伯爵三世,莎士比亚的唯一庇护人。有的认为是威廉·赫伯特(William Herbert),即彭布罗克伯爵三世,但是都没有定论。

"这倒是个很有启发的想法。有这可能。这个问题从来就没有定论。不管怎样，我们知道一点：威廉·汉弗莱是约翰·汉弗莱-邦德爵士的直系祖先。"

"这就解释了，"佩兴丝用敬畏的口吻说道，"里面藏着信的这本书怎么会到了汉弗莱-邦德家族手里。"

"正是。显然汉弗莱是诗人的密友。"

年轻的罗蹿到床脚边。"你必须把这件事说清楚，"他厉声说，"这封信上的日期是哪天？什么时候寄出的？"

"1616年4月22日。"

"天哪！莎士比亚死的前一天！你……你见过这封信吗？"

"很抱歉我没有。但我兄弟告诉了我内容，他忍不住要说。"塞德拉叹了口气，"很奇怪，对吗？在这封信中，莎士比亚告诉好友威廉·汉弗莱，他正'迅速下沉'，'身体剧烈疼痛'，而且他相信有人正慢慢给他下毒。第二天——他就死了。"

"哦，上帝啊。"罗说了一遍又一遍，他用手指揪着领带，好像这东西让他窒息了一样。

"下毒，嗯？"探长说着摇了摇头，"该死！谁会想毒死那个老伙计？"

佩兴丝僵硬地说："看来我们必须先解决一桩三百年前的谋杀案，然后……"

"然后怎样，佩兴丝？"雷恩用奇怪的声音问道。

她颤抖了一下，避开他的视线，转过身去。

第二十八章
铃铛的线索

佩兴丝·萨姆小姐发生了明显的变化。探长忧心忡忡。她吃得很少,睡得又少,日复一日往返于萨姆家的寓所和办公室之间,就像个苗条的幽灵,脸色苍白,心事重重。偶尔她会抱怨头疼,退缩到自己的房间待上几小时。她从房间出来时,看起来还是那样疲惫和沮丧。

"出了什么事?"有一天探长略带试探地问道,"和男朋友吵架了?"

"和戈登?胡说,老爸。我们……我们只是非常好的朋友。何况他最近在不列颠博物馆忙于研究,我都没有怎么见到他。"

探长哼了一声,但还是担心地看着她。那天下午,他打电话给不列颠博物馆找戈登·罗。但是年轻人听上去是那种典型的心事重重的口气。不,他不知道怎么回事——探长挂断了电话,成了个手足无措的父亲。这天剩下的时间里,他让布劳迪小姐的日子不太好过。

塔里敦医院的事情过去大约一周后，佩兴丝出现在父亲的办公室，穿着崭新的亚麻衣服，看上去比较像以前的模样。"我要出去走走，"她一边宣布，一边戴上白色网眼手套，"去乡下。可以吗，爸爸？"

"上帝啊，没问题，"探长赶紧说，"祝你玩得愉快。一个人去吗？"

佩兴丝看着镜子里自己的脸孔："当然。我为什么不能一个人去？"

"嗯，我原以为……小罗那孩子……帕蒂，他冷落你了，是不是？"

"老爸！毫无疑问，他……他很忙。再说我为什么要介意呢？"她轻轻吻了父亲扁平的鼻尖，然后轻快地离开了办公室。探长咒骂了罗先生顽固不化的脑子，狠狠按铃呼叫布劳迪小姐。

佩兴丝钻进楼下的小跑车里，刚才那无忧无虑的神情荡然无存。几天来一直紧锁的眉头皱得更厉害了。她经过第五大道的不列颠博物馆时，看都没看一眼。但是停在六十六街拐角等红灯的时候，她忍不住偷偷看了一眼后视镜。当然，什么也没看到，她叹了口气，继续开车。

通往塔里敦的路程漫长而孤单。她戴着手套的手紧握方向盘，心不在焉地开着车，眼睛盯着路面，但是思绪已经飞到远方。

她在镇中心的一家药店门口停下，翻看着电话本，问了店员一个问题，然后就走了出去。她发动车子，开进一条狭窄的小路，一边慢慢滑行，一边查看门牌号码。五分钟后，她找到了要寻找的地方——一栋破旧的平房，前面的花园杂草丛生，篱笆摇摇欲坠，爬

291

满了常春藤。

佩兴丝走上门廊,按下门铃,嘶哑而模糊的铃声传进屋子。一个满眼疲惫的中年妇女打开了纱门,她穿着皱巴巴的便装,双手通红,手上满是肥皂水。"谁?"她尖锐地说道,眼睛里带着一种泄气的敌意打量着佩兴丝。

"马克斯韦尔先生在家吗?"

"哪位?"

"这里还有几位马克斯韦尔先生吗?我是找前不久还在照看阿莱斯博士住所的那位。"

"哦。我的大伯子。"女人哼了一声,"就在门廊上等吧。我看看他在不在。"

女人离开了,佩兴丝叹了口气,在一把布满灰尘的摇椅上坐了下来。过了一会儿,白发苍苍的老马克斯韦尔那高大的身影出现了。他穿着汗湿的内衣,边走边套外套,皮包骨头的喉咙裸露在外面。

"萨姆小姐!"他嗓音嘶哑地说,暗淡的小眼睛在街上来回扫视,好像在寻找其他人,"你要见我?"

"你好,马克斯韦尔先生,"佩兴丝愉快地说,"没别人,我是一个人来的。坐下吧,可以吗?"他坐在一把摇摇晃晃的椅子上,上面的漆像烧焦的皮肤一样剥落了。他一脸忧虑地打量着她。"我想你听说了爆炸的事吧?"

"哦,是的,小姐!这真可怕。我告诉我弟弟和弟媳说我的运气真好。如果那天你们没来——要不是你们让我离开那栋房子,我早就被炸成碎片了。"他局促不安,"他们查出来是谁干的了吗?"

"我想还没有。"佩兴丝严肃地看着他,"马克斯韦尔,我一直在反复思考这桩案子。特别是关于你说的故事,我总觉得你漏掉了点儿什么!"

他吃了一惊:"哦,没有!我说的都是实话。我发誓——"

"我不是说你故意撒谎。小心那只蜜蜂……我是说你可能漏掉了某些非常重要的事。"

他那颤抖的手指拂过头皮:"我……我不知道。"

"你瞧,"佩兴丝赶紧坐直了,"大家——除了我——显然都忽略了一件事。蒙面人把你关在车库里,那儿的墙壁很薄,而且距离屋子的前门只有几英尺。当时是晚上,又在乡下,任何声音都能听得非常清楚。"她的身子往前倾,压低了声音,"你有没有听到门上的铃铛发出响声?"

"天哪!"他倒吸了一口气,"我听到了!"

* * *

佩兴丝冲进父亲的办公室,看到哲瑞·雷恩先生伸展身体躺在那把最好的椅子上,探长则处于紧张状态。戈登·罗站在窗边,面色阴沉地盯着外面的时代广场。

"这是……开会吗?"佩兴丝一边问,一边脱下手套。她的眼神闪着光,意味着带来了好消息。

年轻的罗先生转过身来。"帕蒂!"他匆忙上前,"探长害我很担心。你没事吧?"

"我好极了,谢谢。"佩兴丝冷冷地说,"我……"

"我的运气糟透了,"年轻人沮丧地说,"我已经走投无路了。工作毫无进展,帕蒂。"

"真有意思。"

"是啊。"他坐在她对面,摆出了"思想者"的经典姿势。"我全错了。找错了方向。我那大言不惭的莎士比亚研究泡汤了。天哪,"他叹息道,"这一切浪费了多少年时间啊……"

佩兴丝"哦"了一声,脸色缓和下来:"抱歉,戈登。我没想到——可怜的人。"

"别废话了,"探长低声咆哮着,"你去哪里了?我们本来都不打算等你了。"

"去哪里?"

"去见塞德拉。雷恩先生有了个主意。最好你来说吧,雷恩。"

老绅士目光犀利地打量着佩兴丝:"那事可以等等。佩兴丝,有什么事吗?你表现出压抑不住的兴奋。"

"我吗?"佩兴丝紧张地笑了笑,"我向来不会演戏。事情是,我刚刚发现了一件最不可思议的事。"她故意拿出一支香烟:"我已经和马克斯韦尔谈过了。"

"马克斯韦尔?"萨姆皱起眉头,"为什么?"

"上次问他话时问得不彻底。我想起一件事,还没有人问起过他……他知道凶案发生的那天晚上一共有几个人去过阿莱斯的住所!"

"那么,"雷恩停顿了一下说,"如果是真的,那就有趣了。怎么说?"

"在蒙面人搜查房子以及谋杀发生的这段时间里,他一直在车库，神志清楚。我记得前门装了一种老式的装置，有个铃铛安在门楣上，每次打开门的时候就会发出叮当声。"

"啊！"

"我想马克斯韦尔一定能听到响声——铃铛每次发出的响声！我问了他，他记得听到过。这看似不重要……"

"你真是绝顶聪明，孩子。"雷恩喃喃地说。

"我真是笨，之前怎么就没想到。无论如何，马克斯韦尔回想了当时发生的情景。蒙面人将他留在车库之后——在他拿走了马克斯韦尔的钥匙返回屋子之后——马克斯韦尔清楚地听到了两次叮当声。相隔很短，只有几秒钟。"

"两次？"萨姆说，"一次是他开门，一次是他进去之后关上门。"

"没错。这说明蒙面人进了屋子，独自一人。之后一直很安静——马克斯韦尔估计至少有半小时。然后又响起两次急促的叮当声。过了不久又有两次。那是他在那个美妙的夜晚听到的最后的叮当声。"

"我看这就够了。"雷恩语气奇怪地说。

"真棒，达林，"罗叫道，"这就有了进展！正如你所说，头两次说明蒙面人又进了屋子。第二回的两次说明第二个人进了屋子。第三回说明两人中的某个人离开了。铃铛没有再发出声音，所以谋杀发生期间只有这两个人进过屋子——蒙面人和那个神秘客！"

"戈登，丝毫不差，"佩兴丝叫道，"和我的想法一模一样。从钟表的证据来看，我们知道蒙面人就是那个拿斧子劈砍的人。从尸体手表和手腕上的砍痕来看，拿斧子的人就是杀人凶手。所以神秘客就是受害人，被丢在了地窖里！"

"减成了两人，"雷恩冷淡地说，"当然就澄清了问题，不是吗，探长？"

"等一下，"萨姆吼道，"别急，小姐。你怎么知道第二回铃铛声是第二个人进来发出的？你怎么知道不是蒙面人离开发出的？这样屋子里就没人了。而第三回是第二个人进来——"

"不。你难道看不出其中的不合理吗？"佩兴丝叫道，"我们知道在那段时间有人在屋子里被杀了。他是谁？如果第二个人是在蒙面人离开之后进来的，你能得出什么结论？有受害人，却没有杀人凶手。第二个人一定就是受害人；他没有离开屋子，前门的铃铛没有响，所有的门窗都是从内侧锁上的。但如果他是受害人且独自在屋子里，那么是谁杀了他呢？不，情况就像戈登说的。那个离开的人就是凶手，而且凶手就是蒙面人。"

"那么你能得出什么结论呢？"雷恩缓缓问道。

"得出凶手的身份。"

"是的！"罗叫道。

"我来告诉你……你别说话，戈登！那天晚上屋子里有两个人。其中一个也就是受害人，是塞德拉兄弟中的一人——从死者的打扮和样貌来看不可能是别人。好了，来到这栋房子的其中一个人非常清楚文件在哪里：他来到书房的暗格前。而另一个人不知道：他为了寻找那个暗格几乎把屋子劈成了碎片。那么谁最有可能知道藏匿的地方？"

"那个叫阿莱斯的家伙——威廉·塞德拉。"探长说。

"没错,老爸。因为正是他做了这么个藏匿的地方,并且藏了文件,所以,既然第二个访客知道藏匿的地方——第一个是那个斧头狂,他不知道——那么第二个人就是阿莱斯博士。这立刻得到了确认,因为第二个访客毫不费力地就进了屋子,门是自动锁上的。马克斯韦尔后来配的钥匙由第一个访客拿着,但是第二个人却进去了。难道他不是用阿莱斯博士的原配钥匙进屋的吗?"

"你认为那个蒙面人是谁?"她父亲问道。

"这也有证据。我们在大厅里发现了单片眼镜的碎片。塞德拉博士是唯一戴单片眼镜的人,马克斯韦尔之前从未在屋子里见到过单片眼镜。这应该就说明谋杀发生时哈姆内特·塞德拉在屋子里!如果哈姆内特在屋子里,那么他就是两人中的一个,另一个是他的兄弟威廉,也就是阿莱斯博士。但是因为威廉是受害人,正如我刚才说的,那么哈姆内特一定就是谋杀他兄弟的凶手!"

"该死。"萨姆说。

"不,不,佩兴丝,"罗说着跳了起来,"那是——"

"等一下,戈登。"雷恩平静地说,"你基于什么理由判断哈姆内特·塞德拉博士是这件案子的主要参与者,佩兴丝?"

"我说,"佩兴丝挑衅似的看了一眼年轻人,"哈姆内特也是想得到莎士比亚文件的那些人中的一员,出于几个理由。首先,他是个藏书家。他承认威廉告诉过他关于手稿的一切。我敢说他身上流淌着太多学者的血液,不可能放过亲手摸摸莎士比亚亲笔信的机会。其次是他的反常行为。他突然放弃了伦敦一家博物馆馆长的身份,接受在他所瞧不起的美国担任类似的职位,薪水还减少了——凑巧的是,这个职位能让他顺理成章地接触到萨克森收藏的杰加德！最后，他在预定日期之前秘密来到了纽约。"

雷恩叹了口气："你真是高明，佩兴丝。"

"而且，"佩兴丝急切地继续道，"哈姆内特就是斧头狂的推论还得到了其他事实的支持。两兄弟中只有他不知道藏匿的地方在哪里，因此他必须四处搜查，正如拿斧子的人做的那样……屋子里有了两个塞德拉，重建现场就容易了。当哈姆内特在楼上威廉的卧室里胡劈乱砍时，威廉进来了，从书房的藏匿处拿到了文件。他们很快就碰头了。哈姆内特看到文件在威廉的手里，便挥动斧子，造成了手表和手腕上的伤口。在打斗中，哈姆内特的单片眼镜掉下来摔碎了。哈姆内特射杀了威廉，把尸体拖进——"

"不！"罗大叫，"佩兴丝，闭嘴。雷恩先生，听我说。我完全同意，但只是到某一点为止——威廉和哈姆内特就是屋子里的两个人，威廉是拿走文件的人，哈姆内特是蒙面人和斧头狂。但是争夺文件时，不是威廉被哈姆内特杀死了，而是哈姆内特被威廉杀死了！废墟里找到的尸体可能是两人中的任何一个。我相信自称为哈姆内特的那个人，也就是我们在那栋房子里发现的那个快要'饿死'的人，其实是威廉！"

"戈登，"佩兴丝厉声说，"那……那太荒唐了。你一定忘了尸体上发现的原配钥匙。这本身就能说明尸体是威廉的。"

"啊，不，佩兴丝。"雷恩喃喃地说，"这不符合逻辑。继续，戈登。你为什么觉得这个独特的想法是对的？"

"根据心理学，先生。我承认没什么证据可以证实这一点。我相信医院里的那个人对自己的身份撒了谎，因为作为威廉·塞德拉，他受到法国警方的通缉。当然，作为幸存者，他现在有了文件，他想要恢复自由，把文件处理掉。不要忘记，他掌握了所有事实；前一晚记者和探长的谈话让所有事实都见诸报端，剩下的他可以在第二天早上从记者那里了解到。"

雷恩奇怪地笑了笑："我同意这个动机可以成立，戈登，只是从理论上来说，这是一个巧妙的想法。但放炸弹的是谁呢？"

佩兴丝和罗面面相觑。然后他们仓促地同意，炸弹是由第三个人在谋杀发生前二十四小时放置的，他唯一的目的就是摧毁文件，这么做的理由不详。而且第三个主要参与者在放好炸弹之后，认为他的工作已经完成，便从现场消失了。

老绅士哼了一声："绑架是怎么回事呢？为什么这个幸存者——不管他是威廉还是哈姆内特——故意卷入这场复杂的阴谋，又'无助地'被警方发现呢？请记住，我们找到的这个人很饿，而且筋疲力尽，这是很合情理的。"

"那个简单，"佩兴丝反驳道，"不管是威廉还是哈姆内特，目的都是一样的：把捏造的绑架案嫁祸给死者，如此一来更加显得策划者本人清白无辜。"罗点了点头，尽管有所疑虑。

"多诺霍又是怎么回事呢？"探长问道。

"如果哈姆内特是幸存者，"佩兴丝说，"那么就是他绑架了多诺霍，因为他看到多诺霍离开了阿莱斯的住所，认为他是威廉的同伙。他也许以为，绑架了多诺霍，就能从他那里知道藏匿处的秘密——还记得吗，他曾威胁要折磨多诺霍？"

"但如果威廉是幸存者，"罗尖锐地指出，"那么就是他绑架了多诺霍，因为多诺霍跟踪他，可能威胁到他的计划。"

"那么，问题是，"雷恩喃喃地说，"你们都同意哈姆内特和威廉·塞德拉是参与这桩犯罪的两个人,但是你们在'谁杀了谁'这个根本性问题上有分歧。我必须说,非常好!"

"天哪,"探长突然说,他的眼睛瞪得很大,"来得可真是时候。"

"什么意思,老爸?"

"哦,帕蒂,在你来之前,雷恩正和我们说,他觉得这个英国人也许谎报了自己的身份,有一个办法可以试探他是不是撒了谎!"

"试探的方法?"佩兴丝皱起眉头,"我想不出——"

"其实非常简单,"雷恩说,然后站了起来,"需要去一趟不列颠博物馆。戈登,你把那个自称哈姆内特·塞德拉的人留在那里了吗?"

"是的,先生。"

"好极了。走吧,只要五分钟就行。"

第二十九章
视觉错觉

他们发现，那个自称哈姆内特·塞德拉的人正在馆长办公室和乔特博士一起工作。他们走进来的时候，馆长微微一怔。但是那个英国人迅速站起来，带着微笑迎上来。

"真是稀客啊。"他乐呵呵地说道。然后，当他看到对方严肃的表情，笑容便暗淡下去："我想没出什么问题吧？"

"我们都希望如此，"探长咆哮道，"乔特博士，你能不能让我们和塞德拉博士单独聊一会儿？事关机密。"

"机密？"馆长此时已经从座位上站了起来，一动不动地打量着每个人。然后他低下头，笨手笨脚拿起一些文件："啊——当然。"他的脸上从下巴开始慢慢升起红晕。他绕过桌子，快步走出房间。塞德拉博士没有动，有一会儿房间里鸦雀无声。然后萨姆朝雷恩点点头，雷恩上前一步。房间里只能听到探长沉重的呼吸声。

"塞德拉博士。"雷恩面无表情地说，"为了——怎么说呢——科学，必须对你做一个非常简单的测验……佩兴丝，借用一下你的手提包。"

"测验？"英国人的脸上浮现出不悦的表情，他把手插进西装的口袋里。

佩兴丝迅速把手提包递给了雷恩。他打开包，朝里看了看，拿出一块色彩鲜艳的手帕，然后合上了包。"好了，先生，"他迅速说，"请说出这块手帕是什么颜色。"

佩兴丝屏住呼吸，眼睛睁得很大，因为她突然明白了什么。其他人则呆呆地盯着眼前的一幕。

塞德拉博士的脸红了。他那鹰一般的脸上似乎夹杂着复杂的情绪。他朝后退了一步。"你知道，这真是胡来，"他厉声说，"我能问问耍这小孩子把戏的目的是什么吗？"

雷恩喃喃地说："辨认出这块无辜的手帕的颜色应该不会造成什么伤害吧？"

一阵沉默。然后英国人头也没回，口气生硬地说："蓝色。"
手帕有绿色、黄色和白色三个颜色。

"那么罗先生的领带呢，塞德拉博士？"雷恩继续说，表情没有丝毫变化。

英国人慢慢转过身，眼神痛苦："棕色。"
那是浅绿蓝色。

"谢谢。"雷恩把手帕和手提包还给了佩兴丝，"探长，这位先生不是哈姆内特·塞德拉。他是威廉·塞德拉，有时候又是阿莱斯博士。"

＊＊＊

英国人猛地跌坐在椅子上，将手埋在手掌里。

"天哪，你怎么知道的？"萨姆喘着气说。

雷恩叹了口气："很简单，探长。你瞧，正是这位阿莱斯博士或者说威廉·塞德拉在五月六日去了你的办公室，留下那个信封让你保管。那个人不可能是哈姆内特·塞德拉，因为他本人曾经指出过，五月七日哈姆内特在伦敦参加了为他举行的宴会。那么，带来密封信封的阿莱斯博士当然就是写下信封里面符号的那个人——他那天早上在你办公室里也承认了这点。那么信纸和符号说明了什么？"

"哦，只是……见鬼，我不知道。"探长说。

"信纸，"雷恩疲惫地说，"是中性灰色，信纸头上萨克森图书馆的名字是用深灰色印刷的。这点加上书写符号的方式，一下子就提醒了我。"

"你是什么意思？我们看错了方向，仅此而已。你只是碰巧看对了方向。"

"没错。换句话说，威廉·塞德拉是把纸倒过来写下W^mSH^e这几个字母的！也就是说，如果你看对了符号，图书馆的名字就是在信纸的底部，倒了过来。这点非常重要。当一个人拿起一张有抬头的信纸，自然会将信纸放正，也就是说，让名字和地址在上面。不过写下符号的那个人却将这张纸倒着写，为什么？"雷恩停下来，拿出一条手帕擦了擦嘴唇。英国人已经把手从脸上移了开来，此时瘫坐在椅子里，痛苦地盯着地板。

"我现在明白了,"佩兴丝叹了口气,"除非这纯粹是巧合,否则他就仅仅是没有看到印刷的文字!"

"是的,亲爱的,没错。表面上看起来好像不可能。更加可能的情况是,阿莱斯博士匆忙之间将信纸倒着写下了那几个字母,并没有意识到会给之后看到符号的人带来何种影响。但另一种可能性在理论上是存在的,我不能视而不见。我对自己说:如果真是这样,那么怎样才说得通呢?为什么阿莱斯没有看到萨克森图书馆名字的信纸上印着的深灰色的文字?他是瞎了吗?但这个想法站不住脚。这个人去过你的办公室,探长,各方面都说明他视力没有问题。然后我想起了另一件事,我看到了答案的曙光……胡子!"

英国人抬起痛苦的眼睛,现在眼里闪过一丝好奇的神色。"胡子?"他咕哝着。

"你们看到了吗?"雷恩笑道,"到现在他还不知道他戴的假胡子有什么不对劲的地方!塞德拉先生,你那天戴的胡子简直太可怕了,就像个怪物!那上面蓝一条绿一条,天知道还有别的什么颜色。"

塞德拉的嘴张得很大,他抱怨道:"上帝啊。我是在一家服装店买的。我想我没把话说清楚,店员以为我要戴着一副……一副滑稽的胡子参加化装舞会,或者类似的疯狂场合……"

"很不幸,"雷恩冷冷地说,"但是胡子和信纸互相印证。我觉得极有可能写下符号的那个人是全色盲。我听说过类似的事情,并且咨询了我的医生马蒂尼医生。他告诉我全色盲的案例非常罕见,但是一旦出现,患者会把所有颜色看成不同程度的灰色,就像铅笔画。他说，也有一种可能，患者不是全色盲，只是完全没有色感，相比色盲来说，这也许更好地解释了为什么他无法区分纸张和印刷文字的颜色差异，因为他几乎看不见那些文字。当马蒂尼医生在萨克森家查看了印有抬头的信纸，他十分确定写下符号的人受到了此类视觉错觉的影响。"

英国人动了一下。"我从来没感受过任何一种颜色。"他嘶哑地说。

众人沉默了一会儿。"那么，"雷恩叹了口气，继续道，"我确切地相信，阿莱斯博士是色盲。先生，你刚才就被同样的情况所影响。你胡乱猜测萨姆小姐的手帕和罗先生的领带的颜色，根本不知道它们到底是什么颜色。你现在自称是哈姆内特·塞德拉，但是哈姆内特·塞德拉不是色盲！我们见到他的第一天，那是在这家博物馆的萨克森厅，他查看了修好的柜子，也就是1599年版的杰加德被偷的柜子，不仅准确无误地分辨出了柜子里几本书装帧的各种不同的颜色，而且还区分出了同一种颜色的不同色调，因为他把一本书说成是金棕色，如果是色盲就不可能分辨出如此细微的差别。你不是威廉就是哈姆内特，那么，既然哈姆内特的视觉是正常的，威廉是色盲，而你是色盲，显然你一定就是威廉。这是最简单的推理。我建议用这个测验来看你是否撒了谎。你撒了谎。你在医院告诉我们的大部分故事都是假的，虽然我怀疑也有不少是真的。现在请把完整的故事告诉我的这些朋友吧。"

他坐到椅子上，又擦了擦嘴唇。

"是的，"英国人低声说，"我是威廉·塞德拉。"

* * *

他第一次去拜访探长时，身份是阿莱斯博士，将那个符号留在探长那里作为线索，以防他在寻找莎士比亚文件时出什么事——但他觉得可能性微乎其微。他之所以六月二十日没有打电话来，是因为他没法打，那种微乎其微的可能性发生了。威廉现在知道了，他哥哥哈姆内特接受不列颠博物馆馆长的职位，只是想接近萨克森那本1599年版的杰加德。就在威廉从博物馆偷走杰加德的那天晚上，哈姆内特绑架了威廉。那是在多诺霍到访之后不久。而且当天晚上哈姆内特也绑架了多诺霍。爱尔兰人的时间感被扭曲了，因为他不知道自己昏迷了多久……因此，从博物馆失窃那天开始，直到警方把他从被囚禁的偏僻棚屋里解救出来为止，威廉都没有参与事件。

不管哈姆内特如何威胁，他都拒绝说出文件藏匿的地方。当然，多诺霍原本就不知情，压根儿不知道文件的存在，也就不能告诉哈姆内特任何事情。哈姆内特因为需要到博物馆去，并且还要装出清白无辜的样子，所以去囚禁的地方总是很匆忙，时间也不固定，最终他绝望了。有一天，他告诉威廉，既然知道文件就在威廉的住所，他便在地窖里放了一枚炸弹，要炸掉藏着文件的屋子！——炸弹是他暗地里在黑市找化学家做的。直到那时，威廉才明白他哥哥追查莎士比亚文件的真正目的不是保留它，而是要毁掉它！

"但是为什么呢？"罗紧握拳头咆哮道，"这……这是最野蛮的破坏行为！上帝啊，为什么要毁掉它？"

"你哥哥是疯子吗？"佩兴丝叫道。

英国人嘴唇紧闭。他匆匆看了雷恩一眼，但是老绅士正平静地注视着远方。"我不知道。"他说。

哈姆内特设定的爆炸时间是二十四小时后。威廉意识到，如果任由炸弹爆炸，文件就会永远消失，最后一刻他终于投降了，原因是任何拖延都比不拖延好。他或许能够逃走，救下文件。所以他告诉哈姆内特暗格在哪里、如何打开。但是，他找不到机会逃跑。哈姆内特得意地叫嚣说，他要返回威廉的住所，亲手毁掉那份文件。还有很多时间。他要拔掉炸弹的保险……哈姆内特带着威廉的那把原配钥匙走了，威廉再没见到活着的哥哥。威廉不知道发生的这些事，直到多诺霍逃走之后带着警察来解救他。在医院里，他读到了报纸，听到了记者的谈话，这时候他才知道了爆炸以及在废墟中发现尸体的事情，那具尸体被认为是塞德拉兄弟中的一个。他立刻明白到底发生了什么事：当哈姆内特在屋子里取文件的时候，他一定和第三个追寻文件的人发生了致命的狭路相逢，一定是这个第三者为了夺取文件而杀害了哈姆内特——第三者并不知道地窖里的炸弹正一分一秒地走着——然后带着那份宝贵的文件离开了。哈姆内特死了之后，除了威廉，没有人知道炸弹的事情，他被囚禁在屋里孤立无助。炸弹准时爆炸了，摧毁了房子。

"我立刻意识到，"英国人带着愤怒的口气说，"那个第三者正带着文件逍遥在外。我付出了这么大代价——这么多年的时间——追寻手稿的下落……我原本以为手稿被毁掉了；现在我相信它还存在世上，毫发无损！我必须重新开始，解开谁杀了我哥哥的谜团，夺回我的文件。如果承认我就是威廉·塞德拉，整个计划会遭到致命打击。我被波尔多警方通缉。等我被引渡回法国，接受指控，我恐怕就要永远失去这份文件了。所以，既然警方还没有确定废墟中发现的尸体是我们中哪一个，而我和哥哥是完全一样的双胞胎——甚至声音都一样，我便决定利用这个大好机会说我是哈姆内特。我相信乔特博士会有所怀疑，所以这一周以来我都战战兢兢。"

等他说完，他们才知道，正是哈姆内特在佩兴丝和罗去哈姆雷特山庄的路上抢劫了他们。他跟踪雷恩，看到了雷恩发给萨姆的电报，上面说让探长把信件带到哈姆雷特山庄，他以为密封信封里就装着那份珍贵的文件。

* * *

探长表情严肃。佩兴丝的心情十分低落。罗皱起眉头，踱来踱去。只有雷恩静静地坐着。

"听着，"萨姆终于说，"现在我来告诉你，我不相信你。我愿意相信你是威廉，但这并不能证明你不是那天晚上在屋子里的第二个人！我觉得你很有可能在撒谎。我得说，没有任何证据证明你没有从你哥哥囚禁你的地方逃走，跟踪他来到你自己的屋子，为了那份文件而杀了他。我认为，第三个人杀了哈姆内特，拿走了文件，这完全是一派胡言——我根本不相信有这么个第三者！"

威廉·塞德拉的脸色逐渐变得苍白。"哦，我说——"他的声音中透着震惊。

"不，老爸，"佩兴丝疲惫地说，"你在这个问题上弄错了。

塞德拉先生在他哥哥被害的问题上是清白的,我可以证明。"

"啊,"雷恩眼睛眨了眨,"你能证明,佩兴丝?"

"我们现在知道他是威廉。因为死者是塞德拉两兄弟中的一个,而我们现在知道死者一定就是哈姆内特。问题是:哈姆内特是谋杀发生当晚第一个进屋的还是第二个?我们知道,第一个人把马克斯韦尔囚禁在车库之后,为了重新进入屋子,不得不拿走了老人的钥匙。那么,第一个人到达的时候还没有钥匙。但哈姆内特·塞德拉到达的时候是有钥匙的——他从兄弟威廉那里拿到了原配钥匙,并且我们后来在尸体上也找到了钥匙。那么哈姆内特必定是第二个人。

"如果哈姆内特是第二个人,那么他就是被第一个人谋杀的,因为根据马克斯韦尔有关铃声的证词,只出现了两个人。谁是第一个人,也就是那个蒙面人呢?"佩兴丝的嘴唇急切地张合着,"我们很久之前就证明过,第一个人就是拿斧子劈砍的斧头狂。然后哈姆内特是被那个斧头狂杀害的。威廉有没有可能是那个斧头狂呢——正如你刚才主张的,老爸?我说不可能,因为威廉比这个世界上的任何人都清楚暗格在哪里。他无论如何都不用把那个地方劈成碎片!所以我说威廉·塞德拉不是斧头狂,那天晚上他根本不在屋子里,也没有杀了他哥哥。而这件案子里有一个第三者——拿斧子的人,那个人不知道文件在哪里,那个人在哈姆内特把文件从空心嵌板里拿出来之后杀了哈姆内特,那个人把哈姆内特的尸体搬到地窖里,带着文件逃之夭夭!"

"好极了,"罗迅速说,"但那人是谁?"

"恐怕我们得从头开始。"佩兴丝说着耸耸肩。她陷入了沉默,眉头紧皱。突然她发出哽咽的哭声,脸色变得煞白:"哦!"她说着摇摇晃晃地站起来。她身子不稳,罗惊呼了一声,跳到她身旁。

"帕蒂,看在上帝的分儿上。怎么回事?发生了什么?"

探长粗暴地把他推到一边:"帕蒂,你觉得不舒服吗,亲爱的?"

佩兴丝微弱地呻吟道:"我……我……这种感觉十分奇怪。我……我真的以为自己病了……"她声音逐渐变弱,踉跄着倒在父亲的胳膊上。

雷恩和英国人冲向前。"探长!"雷恩厉声说道,"她要……小心!"

罗一个箭步,就在她刚要滑倒在地板上时,抓住了她的膝盖。

* * *

萨姆和罗带着佩兴丝离开,坐上出租车朝萨姆家驶去,此时佩兴丝莫名地抽泣着,陷入一种一言不发的歇斯底里状态,哲瑞·雷恩先生和威廉·塞德拉两人还留在馆长办公室里独处。

"一定是太热了,"塞德拉咕哝着,"可怜的女孩。"

"毫无疑问。"雷恩站起身来,像一棵树顶积了雪的高耸的松树。他的眼睛漆黑一片,像两个无底洞,深不见底。

塞德拉突然颤抖起来。"我想一切都结束了,是吗?寻找结束了,"他痛苦地说,"我真不应该那么在乎——"

"我非常理解你的感受,塞德拉先生。"

"是的。我猜你一定会把我交给当局——"

雷恩一脸高深莫测的表情,看着他说:"你为什么会这么想?我不是警察,萨姆探长也不再和警方有任何关系。只有我们这一小群人知道真相。其实真的没有什么罪名要指控你。你已经为盗窃行为做过了赔偿。你不是杀人凶手。"英国人疲惫的眼睛里燃烧着希望,他盯着雷恩。"我不能完全代表探长说话,但是身为不列颠博物馆的董事之一,我建议你立刻向詹姆斯·韦思提交辞呈,并且……"

男人瘦削的肩膀垂了下来。"我非常理解。这好像很难……我知道我必须做些什么,雷恩先生。"他叹了口气,"当我们在《斯特拉特福季刊》上进行那次笔战时,我怎么也没想到——"

"会出现这么戏剧化的结尾?"雷恩看了他一会儿,然后含糊地哼了一声。"好吧,再见。"他说着拿起帽子和手杖,走出了房间。

德洛米奥正在路边的车子旁耐心等待着。老人非常僵硬地钻进车内,仿佛关节疼痛,然后车子开动了。他立刻闭上眼睛,沉浸在思绪之中,似乎很快就睡着了。

第三十章
哲瑞·雷恩先生的解答

  探长不是一个含蓄的人。他的情感自然率性，就像被挤压的柠檬爆发出的汁水。他接受了父亲的角色，但是怀着困惑、喜悦和惶恐混杂的心情。他越看女儿越喜欢，也越不理解她。因此她让他处于一种惶惶不安的兴奋中；这个可怜人不管如何卖力，都无法预知她下一刻的心情，也搞不清楚她上一刻情绪的原因。

  在痛苦的旋涡中，他突然很高兴将任务移交给戈登·罗先生，让他来安抚这个莫名其妙变得歇斯底里的年轻女人。而戈登·罗先生直到这以前都只爱着书，此刻他终于绝望地意识到，爱一个女人到底意味着什么。

  佩兴丝仍然是个谜，既无法捉摸也无法破解。哭了一段时间之后，她便用罗先生胸前口袋里的手帕将眼泪擦干，对他笑笑，然后回到自己的房间。不管是威胁还是恳求都不能打动她分毫。她建议戈登·罗先生离开。不，她不会去看医生。是的，她非常好，只是有点儿头疼。面对探长疯狂的吼叫，她没有再多说一个字。戈登·罗先生和他的准岳父相视苦笑,然后罗先生便走了——他已经在遵从命令了。

佩兴丝没有出来吃晚饭。她哽咽地说了声"晚安",连门都没开。这天夜里,探长感觉到自己的心脏奇怪地怦怦跳动,便从床上爬起来,来到她的房间。他听到了伤心的哭泣声,伸手想要敲门,却又无助地放了下来。他回到床上,对着漆黑的墙壁痛苦地凝视了半个晚上。

清晨,他探头看了看她的房间。她还睡着,脸颊上依稀能看到泪痕,蜜色的头发披散在枕头上。她不安地扭动着,睡梦中还在叹息。他匆匆离开,独自吃完早饭,便去了办公室。

他无精打采地做着一天的常规工作。佩兴丝没有在办公室出现。四点半时,他大声咒骂了一句,拿起帽子,让布劳迪小姐下班,然后回到了寓所。

"帕蒂!"他在门口焦急地呼喊道。

他听到她的房间传来走动的声音,便迅速穿过起居室。她正站在卧室关着的门前,穿着一身朴素的衣服,鬈发上系着深色的小头巾,脸色苍白,神情古怪。

"你要出去?"他低沉地说,同时亲了她一下。

"是的,老爸。"

"你为什么要把门这样关上?"

"我——"她咬住了嘴唇,"老爸,我在收拾行李。"

他的下巴都要惊掉了:"帕蒂!亲爱的!怎么了?你要去哪里?"

她缓缓把门打开。探长眼前突然模糊起来,但他还是看到一个鼓鼓囊囊的行李箱躺在床上。"我准备出去几天。"她用颤抖的声音说,"我……这很重要。"

"但是怎么——"

"不,老爸。"她啪的一声合上箱子,扣上带子,"请不要问我去哪里或者为什么。什么都别问。求求你。只要几天。我……我想要……"

探长跌坐在起居室的一把椅子里,两眼盯着她。她抓起行李箱,跑着穿过房间,然后丢下箱子,微微抽泣着,又跑回来双臂揽住父亲的脖子,亲了他一下。还没等他回过神来,她就不见了踪影。

他瘫坐在那里,房间空荡荡的,熄灭了的雪茄耷拉在他的嘴边,帽子还戴在他的头上。公寓大门的关门声还在他耳边回响。随着逐渐冷静下来,他开始慢慢地仔细思考,反反复复地想着发生的事情。他想得越久就变得越不安。他这辈子和罪犯、警察打的交道让他对人性自有一番精明的洞察力。他把佩兴丝是自己亲生骨肉的事情搁在一边,开始意识到她这番举动特别古怪。他的女儿是一个头脑冷静、个性成熟的女性。她不会像有些女人那样习惯性地发脾气或者情绪爆发。她的古怪行为……他坐在逐渐昏暗的房间里一动不动几小时。到了午夜,他站起身来,打开灯,给自己来了一杯浓咖啡,然后心情沉重地上了床。

两天过去了,时间过得很慢。戈登·罗的生活痛苦不堪。年轻人打了电话,顾不上时间是否合适,仍然来到探长的办公室,像水蛭一样死缠着探长。听到萨姆咕哝着解释说佩兴丝出去几天"散心",他表现出非常不满意。

"为什么她没有打电话给我,也没有留张字条给我,什么都没有?"

探长耸耸肩:"我不想伤害你的感情,年轻人,但你当你是谁啊?"

罗脸红了:"她爱我,该死的!"

"看上去像这么回事,对吗?"

六天过去了,佩兴丝音讯全无,一点儿影子也没有,探长屈服了。他放下了故意装出来的满不在乎的样子,平生第一次体会到真正的恐惧。他忘记了自己精心寻找的工作借口,在办公室里心事重重而缓慢地来回踱步。最后在第六天,他再也受不了这种折磨。他拿起帽子,离开大楼。佩兴丝没有开她的小跑车,那车子还像她离开时那样停在萨姆家附近的公共车库里。探长无力地钻进车里,朝着韦斯特切斯特的方向驶去。

他发现哲瑞·雷恩正在哈姆雷特山庄中一处清凉的小花园里晒着太阳,一瞬间,探长被老绅士的样貌吓得都忘记了自己所遭遇的痛苦。不到一周的时间里,雷恩衰老得不可思议。他的皮肤变得蜡黄,就好像粉碎的粉笔那样的质地,叫人震惊;尽管艳阳高照,但他仿佛很冷,坐在那里还盖着一条印第安毛毡。他的身体似乎收缩了。萨姆回想起仅仅一周前,这个男人还展现出惊人的活力和旺盛的生命力,不禁浑身一颤,移开视线坐了下来。

"好啊,好啊,探长,"雷恩的声音很微弱,几乎是嘶哑的声音,"你能来这里真好……我想你一定被我的样子吓坏了吧?"

"呃——没有,没有,"探长急忙说,"你看上去很好。"

雷恩笑了:"你真不会撒谎,老朋友。我看上去有九十岁了,感觉像是一百岁。突然之间你肯定是这么认为的。你还记得西哈诺[1]在第五幕里坐在树下的那段吗？我演过那个角色不知多少次了，一个即将入土的老家伙。而在我的胸膛里，那颗心脏却有着年轻人般跳动的力量！现在……"他一瞬间闭上了眼睛，说："马蒂尼显然很担心。这些医生啊！他们不肯承认——用塞涅卡[2]的话来说——年纪大了是无药可救之病。"他睁开了眼睛，然后厉声说："萨姆，老伙计！发生什么事了？怎么了？"

探长用两只手捂住脸。当他把手拿开时，眼睛好像湿了的弹球。"是……是帕蒂。"他咕哝着，"她离家出走了——雷恩，看在上帝的分儿上，你必须帮我找到她！"

老绅士的脸色更加苍白了。他缓缓地说："她……失踪了？"

"是的。我是说'不是'。她是自己出走的。"他断断续续地讲完了故事。雷恩目不转睛地注视着探长的嘴唇，眼旁出现几道皱纹。"我不知道该怎么办。这是我的错。我现在知道一定出了什么事，"萨姆叫道，"她发现了线索，有了什么该死的想法，让她开始了疯狂的追踪。可能有危险，雷恩。现在快过去一周了。也许……"他支支吾吾，停了下来，无法形容内心那种恐惧不安。

"那么，你认为，"雷恩喃喃地说，"她快要接近真相了。她

---

1 西哈诺是法国著名浪漫主义剧作家埃德蒙·罗斯丹的名剧《西哈诺》中的主角，也就是人们所熟知的"大鼻子情圣"。第五幕是该剧的结尾，发生在第四幕的十五年后。此时西哈诺已经身受重伤，随时有生命之虞。

2 塞涅卡（约公元前4年—公元65年），古罗马政治家、斯多亚派哲学家、悲剧作家、雄辩家。

离开去追查那个第三者,也就是凶手。而他可能对她不利……"

探长默默地点点头,他那粗大的拳头有节奏地敲击着长椅。

两个人沉默不语了很长时间。一只知更鸟停在旁边的枝丫上唱歌。萨姆听到身后什么地方传来奎西暴躁的声音,他正在和一个园丁争辩着。但是雷恩的耳朵什么也听不见,他坐在那里盯着脚边的绿草。终于他叹了口气,把一只青筋突出的手放在萨姆的手上,萨姆那张痛苦的脸满怀希望地看着他。

"可怜的老朋友,我无法表达我的歉意。关于佩兴丝……莎士比亚曾经说过一句了不起的话。他说:

啊,最娇美的恶魔!谁能观察一个女人的心呢?[1]

"你是个男人,太诚实又太直率,我的朋友,你无法理解佩兴丝所经历的种种。女人有用之不竭的本事,为她们的男人们制造折磨人的麻烦,但很多时候又不自知。"萨姆憔悴的眼睛热切地盯着老绅士的脸。"你带了纸笔吗?"老绅士问道。

"笔——当然,当然!"探长手忙脚乱地在口袋里摸索着,拿出了雷恩需要的东西。

他焦急地看着他的朋友。雷恩不慌不忙地写着。写完后,他抬起头。

"把这个登在纽约所有报纸的个人启事栏里,探长,"他平静地说,"也许——谁知道呢?——会有些帮助。"

---

[1] 出自莎士比亚《辛白林》第五幕第五场。

萨姆恍惚地接过纸。

"一旦有消息就通知我。"

"当然,当然,"他的声调变了,"多谢,雷恩。"

一瞬间,一阵奇怪的痛苦发作让老绅士苍白的脸抽搐了一下。然后他的嘴角挤出一个笑容,同样也很奇怪。"没帮上多少忙。"他把手伸给萨姆,"再见。"

"再见。"萨姆咕哝着。他们紧紧握了握手。探长猛地大步走向他的车。发动引擎之前,他看了一眼雷恩草草写下的内容:

帕蒂,我什么都知道了。速回。雷恩。

他松了口气,咧嘴笑了笑,发动引擎,挥了挥手,消失在一片碎石和尘土中。雷恩站起身,露出古怪的微笑,直到车子走远。然后他又颤巍巍地坐下来,把毛毡裹得更紧了。

* * *

第二天下午,一老一少两个男人面对面坐着,两人都面色憔悴,咬着指甲。公寓里很凉快,也很安静。两人手肘边放着的烟灰缸里都堆满了烟头。他们中间的地板上胡乱地散落一堆晨报。

"你觉得她会不会……"戈登·罗声音嘶哑,这是他第十二遍重复这话了。

"我不知道,孩子。"

然后他们听到前门传来钥匙插进锁孔的摩擦声。他们跳起来,冲向门厅。门开了。是佩兴丝。她叫了一声，扑进探长怀里。罗静静地等着。没人说话。探长咕哝了几声，听不出在说什么。佩兴丝开始哭泣。她似乎饱受折磨，筋疲力尽，脸色苍白，神情憔悴，仿佛经历了什么难以忍受的痛苦。行李箱卡在门槛上，门就这么开着。

佩兴丝抬起头，眼睛睁得很大："戈登！"

"帕蒂。"

探长转身走向起居室。

"帕蒂。直到现在我才知道——"

"我知道，戈登。"

"我爱你，达林。我无法忍受——"

"哦，戈登，"她把手搭在他的肩膀上，"你是个贴心好男孩。我的行为真是愚蠢。"他突然抓住她，紧紧地抱住她，她甚至能感受到他的心脏贴着她胸口怦怦跳动。他们就这样站了一会儿，然后开始亲吻。

他们一句话没说，走进了起居室。

探长转过身子，满脸堆笑，一支刚点上的雪茄从嘴里喷出烟雾。"和好了，嗯？"他哈哈大笑，"很好，棒极了。戈登，孩子，祝贺你。那么，该死的，我们能太平点儿——"

"老爸。"佩兴丝低声说。他停住话头，脸上的喜悦消失了。罗抓住她毫无生气的手，她轻轻地回捏了一下："他什么都知道了？真的吗？"

"什么？谁——哦，雷恩！没错，他是那么说的，帕蒂。"他走上前来，用猿猴般的长臂抱住了她，"该死的，有什么区别呢？

重要的是你回来了，对我来说这才是最重要的。"

她轻轻推开他："不。有些事情——"

"他告诉我，"萨姆皱起眉头，"你一回来就通知他。也许我最好打个电话……"

"是吗？"佩兴丝苍白的脸色消失了，她的眼神突然兴奋起来。两个男人都盯着她，仿佛她发疯了。"不，我告诉你！最好我们亲自告诉他。哦，我真是个榆木脑袋的、爱发牢骚的、令人讨厌的笨蛋！"她站起来，狠狠咬着下嘴唇，然后冲向门厅。"他有危险了！"她大叫道，"快点儿！"

"可是，帕蒂——"罗抗议道。

"我说快点儿。我早该知道……哦，我们可能太迟了！"然后她转头跑出公寓。罗和萨姆面面相觑，脸上突如其来地露出不安的表情。然后他们抓起各自的帽子，飞快地追了上去。

* * *

他们挤进小跑车里出发了。年轻的罗当驾驶员。如果说在灯下他是个温文尔雅的书呆子，那么在方向盘后面他就是个恶魔。有一阵子他们穿梭在城市的车水马龙中，大家一句话也不说。罗面无表情地专注着往前开。佩兴丝脸色煞白，从她奇怪的眼神可以看出，她有稍许晕车。大个子萨姆像斯芬克斯一般警惕着。

当城市被抛在他们身后，宽敞的道路像白色的松紧带出现在他们前面时，探长打破了沉默。"告诉我们是怎么回事，帕蒂，"他平静地说，"显然雷恩有了麻烦。我一点儿也不明白你的意思。你应该告诉我——"

"是的,"她用沙哑的声音说道,"这全是我的错……不让你知道是不公平的,老爸。还有你,戈登。现在让你们两个知道是很重要的。戈登,快点儿!我告诉你,前面有……有血光之灾!"

罗紧闭嘴唇。跑车一路狂奔,就像一只被追赶的野兔。

"接近尾声了,"佩兴丝开始说,鼻子颤抖似的翕动着,"但是你们也看到了。我们原本得出结论认为,受害者和杀人凶手都是塞德拉兄弟。我们原本以为其中一人在屋子里杀了另一个。但是之后情况变了。上周——在博物馆里——情况变了。我们在那时得知,废墟中的死者是哈姆内特,幸存者是他的兄弟威廉,而威廉不可能是谋杀发生当晚在屋子里的两个人中的一个。你们记得我是怎么证明的:通过钥匙。所以这就意味着我们的理论不成立。我们知道受害人是哈姆内特·塞德拉,但是我们不知道当晚谁是第一个到访屋子的人,那个将马克斯韦尔绑起来的人,那个斧头狂……想到这点,我就回想起了一些被淡忘了的事情,当它们发生或者看到它们的时候我并没有完全明白是怎么回事。这就像……就像一道闪电。"

她的眼睛盯着前面的路:"整个问题迎刃而解,只要能查明第一个到访屋子的人的身份。当时发生了什么呢?在把马克斯韦尔绑起来并且塞住嘴巴丢在车库之后,这个人重新回到屋子里,使用了马克斯韦尔后来配的钥匙。门在他身后自动关上,这是因为弹簧锁的缘故。他从厨房的木箱里拿了一把小斧子,袭击了书房,显然理论上来说书房应该是最有可能隐藏他所寻找的文件的地方。他一点儿也不知道文件可能藏在书房的什么地方,证据就是他无差别地袭击了所有东西。首先他可能翻遍了所有的书，猜想文件可能会夹在书中。没有发现，他就用斧子劈砍家具——镶嵌木板的墙壁、地板。到了午夜——我们从指针的位置得出的结论——他打碎了那台落地钟，我想他认为里面可能藏着文件。但是他完全没了主意。他在书房里没找到文件。在一楼其他地方也没找到。所以他上楼去了威廉·塞德拉的卧室，那里是下一个最有可能的藏匿地点。"

"我们都知道，帕蒂。"萨姆奇怪地看着她。

"求你了，老爸……我们知道十二点二十四分他在卧室里，证据是打碎的卧室钟。既然哈姆内特是在十二点二十六分遇害的——根据他手上被打碎的手表——也就是斧头狂打碎楼上卧室的钟两分钟之后，那么问题来了：哈姆内特什么时候进屋的？他必须用钥匙打开门，走进书房，看到那里一片狼藉，然后爬到书架上那个空心的嵌板旁，取出文件，爬下梯子，也许查看了文件之后遇到了那个杀他的人，展开搏斗，最后被杀。这当然要花上不止两分钟！那么哈姆内特进入屋子的时候斧头狂肯定还在屋里！"

"所以呢？"萨姆低声咆哮着说。

"我就要说到那儿了，"佩兴丝木然地说，"我们从威廉·塞德拉上次的陈述中得知，哈姆内特想得到文件只是为了毁掉它。那么，当哈姆内特终于在书房里亲手拿到文件之后，他会怎么做呢？当然是立刻毁掉它。用什么办法呢？嗯，用火是最快捷可靠的方法。他一定是划了根火柴，手里拿着文件，让火苗舔舐文件。"她叹了口气："这只是理论上的，没什么用处，却澄清了一点。它解释了哈姆内特手腕和手表出现砍痕的原因。如果就在哈姆内特要用火烧毁文件的刹那，斧头狂从卧室下楼来，看到了正在发生的事情,他自然——他想拯救文件,而不是摧毁它——会袭击哈姆内特,以保护文件不被火烧毁。因此他如一道闪电般用手中还拿着的斧头劈向哈姆内特,劈中了哈姆内特的手腕和手表,使得正意图毁掉文件的这个人丢下文件和火柴。毫无疑问,哈姆内特奋起反抗,在搏斗中,斧头狂开枪打死了他。搏斗可能是从书房开始的,斧头狂将斧子丢在那里,然后逐渐转移到大厅,我们在那里发现哈姆内特碎掉的单片眼镜,哈姆内特可能就是在那里被射杀的……斧头狂把哈姆内特的尸体拖到地窖里,不知道那里有炸弹,然后——如果文件在他袭击哈姆内特的手腕之前没有被烧掉——带着文件离开了屋子。关于砍人和搏斗,有一点很重要,斧头狂无论使出何种手段——肉搏、谋杀——都要保护那份文件。"

罗先生全神贯注于通往悬崖的上坡路,哈姆雷特山庄就坐落在其顶上。当他娴熟地驾驶着跑车与急弯较劲的时候,佩兴丝沉默不语。突然间他们就来到了山庄边上,穿过了古色古香的小桥。轮胎轧在碎石路上,发出歌唱的旋律。

"我还是不明白,"罗皱起眉头说,"就算这一切是实情,帕蒂,你又能做出什么推论?你还是像之前那样根本不知道凶手是谁。"

"你是这么认为的吗?"佩兴丝叫道。她闭上眼睛,像个吞下苦药的孩子似的龇牙咧嘴:"我告诉你,这清楚得就像——就像原罪!我是说这个人的特征——他的特征,戈登。屋子里发生的种种行为暴露了特征!"

两个男人不解地看着她。他们此刻穿过了大门,沿着弯弯曲曲的主车道快速前进。奎西矮小的身影——他隆起的驼背像皮球似的突出来——从紫丁香丛中冒了出来。他睁大眼睛看着,然后绽开了满是皱纹的笑容,挥了挥手,飞奔到路上。

罗停下车。"奎西!"佩兴丝生硬地说,在两个男人之间微微站起身,"雷恩先生还……还好吗?"

"你好,萨姆小姐,"奎西激动地尖声说,"他今天好多了,谢谢你。感觉几乎精神焕发了。探长,我正要去把这封信寄给你!"

"信?"萨姆疑惑地重复道,"奇怪了。那就给我吧。"奎西递给他一个方形的大信封,他把口子撕开。

"信?"佩兴丝声音茫然。她又坐回两个男人中间,抬头看着蓝天。过了一会儿她又喃喃地说:"感谢上帝,他没事。"

探长默默地读了一遍信。然后,他双眉间拧出一道深沟,大声念道:

亲爱的探长:

我相信佩兴丝在经历这番痛苦之后会毫发无损地回来。我知道,我的"私人启事"会安全地把她带回家。在等待的这段时间里,也许能通过了解部分谜团的真相让你转移些注意力,毕竟你在调查这桩案件的时候对这些谜团一直困惑不已。

正如佩兴丝和戈登都指出的,主要的谜团在于,为什么像哈姆内特·塞德拉这样一个理智、聪明、有教养的人,想要毁掉一份真正的亲笔文件呢?它是那么罕见、珍贵、不可替代,这可是威廉·莎士比亚不朽之手所书写的信件啊！我可以告诉你这个答案，我用自己的方法解开了这个谜团。

这封信是写给约翰·汉弗莱-邦德爵士的先人的，显然他是诗人的密友。信中除了提到写信人——莎士比亚——怀疑自己遭人慢性下毒，还写到莎士比亚其实在自己的剧本中加上了疑似下毒者的名字……这是个非常非常奇怪的世界。莎士比亚指控给他下毒的那个人叫哈姆内特·塞德拉。探长，哈姆内特·塞德拉正是哈姆内特和威廉·塞德拉这对兄弟的直系祖先！

很奇怪，不是吗？现在就能理解了，这个学者、这个有教养的人、这个真诚开明的古文物研究者、这个骄傲的英国人，为什么会违背教育和科学本能的支配，千方百计不让世人知道这件事，甚至不惜毁掉这件宝物——它可能会成为世上最宝贵的东西。因为不朽的莎士比亚、埃文河畔的游吟诗人、卡莱尔[1]口中"最伟大的智慧"、本·琼森[2]所说的"不是一个时代，而是所有时代的"、这个三百年来受到感性的人类所崇拜敬仰的人，被哈姆内特·塞德拉的祖先谋害了。更恐怖的是，这位先人和他名字相同！有些人会在他的性情中发现某种疯狂的东西，有些人则毫不相信。但是对于祖先的骄傲就和年纪大了这种事一样，是无药可救之病。它会在自己冰冷的

---

[1] 托马斯·卡莱尔（1795—1881），苏格兰评论家、讽刺作家、历史学家。
[2] 本·琼森（1572—1637），英格兰文艺复兴剧作家、诗人和演员，英国文艺复兴的领军人物之一。

火焰中燃烧殆尽。

威廉没有染上这种病。在他身上，科学精神获得了胜利。但他也免不了受到世俗的折磨，想要把文件据为己有，而不是传给后人。那个第三者在谋杀发生当晚第一次也是唯一一次走进案子，成为主要参与者。他甚至愿意舍弃性命也要为世人保存这份文件。

请告诉佩兴丝、戈登以及其他可能关心此事的人——真相很快就会公之于众，老朋友——他们不必担心文件的安全。我已经亲眼看到它被送去英国——它属于那里，成为英国的合法财产，在精神上属于全世界。因为法律上的所有人——已故的汉弗莱-邦德去世了，他没有子嗣，所以他的财产归属国家。如果说我与这一重归有任何关系，探长，那就是我知道我的朋友们会永远记得我的好。和所有人一样，我自负地认为，即使在我生命最后的阶段，我也能给人类做点儿贡献。

佩兴丝和戈登，请原谅一个老年人来掺和你们的私事——我想你们在一起会非常幸福。你们志趣相同，你们都是有头脑的年轻人，我知道你们会相互尊重。愿上天保佑你们。我没有忘记你们。

亲爱的探长，我老了，累了，似乎再没有……恐怕我很快就会离开，在什么地方永远地安息着。这就是我写下这封长得离谱的信件的原因。既然我离开时可以说是无人在身旁，而且你也不知道，那么我就说些道别的话吧："他们说，他死得很英勇，他的责任已尽；愿上帝与他同在！"[1]

　　直到再见之日——

哲瑞·雷恩

探长皱起扁平的鼻子："我不明白——"

罗迅速环顾四周，但是周围一片安宁，哈姆雷特山庄的尖顶和塔楼在树顶若隐若现。

佩兴丝用哽咽的声音说："雷恩先生在哪里，奎西？"

奎西那好似青蛙的小眼睛眨了眨："在西面的花园里晒太阳，萨姆小姐。我敢说，他见到你一定会大吃一惊。我知道他今天没安排见任何人。"

两个男人从车里跳出来。佩兴丝相当僵硬地踩在碎石路上，走在两人中间。奎西安静地快步跟在他们后面，佩兴丝穿过柔软的草坪，向西面花园走去。

"你们瞧，"她的声音很轻，他们不得不侧耳倾听，"斧头狂暴露了自己。他没有犯错，他并不知道自己犯了错，是命运替他犯了错。命运化身为一台廉价的闹钟。"

"闹钟？"探长咕哝着。

"我们搜查书房的时候，看见壁炉上的架子上放着马克斯韦尔的闹钟，我们发现闹钟还是设定好了的。这意味着什么？也就是说闹钟在设定的时间会闹铃，也就是午夜十二点（因为我们在第二天中午之前检查过，马克斯韦尔在前一晚午夜之前设定好了闹铃

---

[1] 出自莎士比亚的《麦克白》第五幕第八场。

时间）。你们应该记得，我们检查的时候，那个小杆还指向'闹铃'。如果我们发现的时候小杆还指向'闹铃'，那么闹铃一定响过了。闹铃响过这一点有什么重要意义呢？事实上，如果响过了而且我们发现闹铃还是设定好的，那么它一定是响到停为止。假如刚响就被停止了，我们会发现小杆指向'关闭'，而不是'闹铃'。所以它没有被关掉。闹铃响啊响，直到闹铃的发条松开，铃声终止了，而小杆还指向'闹铃'……"

"但这该死的有什么含义呢，帕蒂？"罗叫道。

"说明了一切。我们知道午夜时分斧头狂还在房间里，所以闹铃响的时候他一定还在房间里。我们从两点得知这个事实：马克斯韦尔说他保证所有时钟都是准时的，以及落地钟正好是在十二点被敲碎的。"

罗退后了一步，没有说话，脸色苍白。

"很好，我跟上了，"探长低声咆哮着，"为什么拿斧子的人在铃开始响的时候没有把闹铃关掉呢？这一定会让他吓一跳！一个人在别人的屋子里偷偷摸摸地找东西，不管有没有旁人听到闹铃，他都会跳起来去关掉它。"

他们在一棵古老的橡树下停下来，佩兴丝茫然地摩挲着粗糙的树皮。"正是如此，"她低声说，"事实是，即使他就在那个房间，即使所有人都本能地会去关掉闹铃，他却不会。"

"嗯，我实在弄不懂，"萨姆咕哝道，"快点儿，快点儿，戈登。"他大步走过那棵树。其他人慢慢跟在后面。不远处，在一排低矮的女贞树篱的另一侧，他们看见雷恩安静地蜷缩在一张长椅上，背对着他们。

佩兴丝发出一声难过的叫声,探长迅速转过身。罗眼神呆滞,猛地上前,一把扶住了她的腰。

"怎么回事?"探长缓缓说道。

"老爸,等一下,"佩兴丝抽泣道,"等一下。你不懂。你还是没明白。斧头狂把哈姆内特·塞德拉的尸体拖进地窖时,为什么没有听到炸弹的嘀嗒声?他为什么一开始要去劈书房的墙壁?他明显是在找空心的地方。要找空心的地方,常规的方法是什么?轻轻敲击,轻轻敲击,老爸!他为什么不敲墙上的嵌板?"

萨姆看看这个又看看那个,感到疑惑和不安:"为什么?"

佩兴丝把发抖的手放在他粗大的胳膊上:"求你了。在你前面——看看去。斧头狂没有关掉闹钟,没有发现地窖里炸弹的嘀嗒声,没有敲击墙壁——因为同一个原因,老爸。哦,你还不明白吗?这事情让我非常痛苦,真是太可怕了,使得我就像个孩子盲目地四处乱跑。我想逃走,去哪里都行……他听不见闹铃。他听不见炸弹的嘀嗒声。他就算敲了墙壁也听不到空洞的回音。他是个聋子!"

小小的空地上鸦雀无声。探长的下巴就像吊闸的铁门一般落下来,眼睛里满是恍然大悟后惊恐的神情。罗站在那里仿佛石头一般,他的胳膊僵硬地抵住佩兴丝颤抖的身子。奎西原本跟在他们身后,此时突然发出一声哽咽的尖叫,然后像死人一样倒在草地上。

探长踉跄着朝前走了一步,碰到了雷恩一动不动的肩膀。佩兴丝猛地转过身,把她的脸埋在罗的外套里,哭得心都碎了。

老绅士的头垂到胸前,对萨姆的碰触没有任何反应。

探长虽然块头很大，但仍然有着不可思议的敏捷身手。他绕过长椅，抓住了雷恩的手。

他的手已冰凉，一个暗色的小空瓶从白皙的手指间滑落到草地上。

（完）

读客
悬疑文库
认准读客读悬疑，本本都是大师级。

专注出版中、英、美、日、意、法等世界各国各流派的顶尖悬疑作品。

为读者精挑细选，只出版两种作品：
经过时间沉淀，经典中的经典；口碑爆表、有望成为经典的当代名作。

跟着读客悬疑文库，在大师级的悬疑作品中，
经历惊险反转的脑力激荡，一窥人性的善恶吧。

扫一扫，立即查看悬疑文库全书目，
收集下一本精彩悬疑！